持遲

庚晴——著

目次

楔子

夜風拂過枝頭，驚動了棲息中的烏鴉，一雙眼睛在飄忽的月光下睜開，透露著久違期待。

男孩興沖沖地打開被窩起身，躡手躡腳地開啟房門，鑽出，以防精心的計劃被大人妨礙破壞。

下樓，他注意到旅社大廳沒人，又悄悄拉開紗門，果然見到晦暗月影下，一名顧盼著的女孩。

「有等很久嗎？」他滿心歡喜地上前，握住小女友的手。

「沒有！」女孩低下頭，害羞地回應。

對他們來說，此時此刻是彼此的天地，什麼大人、課業，都比不上這會兒的相聚溫馨。

他們就這樣抱了許久，在靜謐的夜裡感受彼此的體溫，與熾熱的心。

直到男孩在女孩耳邊提議：「要不要去哪走走？」兩人才互牽著手，共同往漆黑的山路走去。

他們是一對從小玩到大的青梅竹馬，雙方父母都是舊識，趁著這次暑假，兩家便協議帶小孩出來遊覽。

而他們倆不僅有著相同的興趣，求學歷程中，也總是不可思議地分到同一個班級，在這樣的奇妙緣分下，漸漸地對彼此產生依賴、產生情愫。

但他們的愛卻不容於現實，社會視他們的愛情如兒戲，真的笑死！難道大人們離婚的新聞還少過嗎？

每天上頭條的，不是妻子偷情就是丈夫外遇，再嚴重一點的換成你砍我一刀、我回你兩刀，這就是大人所謂成熟的愛嗎？

話說得冠冕堂皇，言行卻自相違背，哼！

「會累嗎？」男孩溫柔地問著，「白天跟著大人跑了許多景點，現在還不讓妳睡，擔心妳累。」

「才不會呢！」女孩語氣嬌嫩，卻難掩甜蜜，「但是附近都看膩了……」

「放心，我今天逛步道的時候，有看見一條隱密的山路，感覺挺有趣，要不要去探險？」男孩眼睛熠熠生亮，「那裡不會有人打擾，是真正的兩人世界喔。」

面對男友的提議，女孩自然沒有第二句話；兩雙布鞋一齊踩上雜草蔓生的草皮，四周全是未經開化的坡林，不禁讓女孩既期盼又畏懼，在這種荒山野嶺，甚至連一盞路燈照明也沒……

感受到緊張的力道，男孩只是輕輕握著，「我在。」

手電筒左右照著崎嶇山路，他們已偏離了觀景步道，所幸他們住的旅社離那不遠，即使半夜偷偷溜走，回去大人也不會發現。

男孩牽著女友爬上一條隱密窄坡，兩側樹蔭倏地將兩人籠罩於內，置身林間，更使男孩感覺耳朵被屏蔽掉許多聲音，但他一點也不在意。

該在意的，是大人那自以為是的愚見！

從國小到高中、從髮型到穿搭、從嗜好到特長，完完全全都要依照他們想像的樣子按表操課，到最後連他交女友也要管！

說什麼學業重要，考間好學校，以後自然會有女朋友，其實就只是滿足他們的虛榮心，好讓他們可以跟親戚朋友炫耀！

殊不知他爸媽還不是快過適婚年齡才靠相親認識結婚的，自己做不到就不要要求別人！

『嗷嗚……』

隱約的嚎叫讓男孩忽而停下腳步，這什麼聲音？

為免驚動膽小的女友，男孩假裝自己只是拉拉筋，隨後繼續撩開擋路的樹枝前行，只是下秒——窣窣……這回似有動物穿過樹叢般，發出令兩人不得不注意的聲響。

女孩立時縮在男孩懷裡，若是在白天倒還好，可是三更半夜，無論什麼事都會籠上一層漆黑的面紗而變得恐怖。

人在面對未知的事物時，正因不了解，乃至於會帶入先入為主的恐懼。

即便肉眼未見，卻已先膽寒。

「別怕，我會保護妳的。」男孩強作鎮定地摟著女友，光源來回照射，看似無事，但他總覺得每走一步，都有人在暗處緊盯他們……

正當心頭惴惴不安，男孩卻冷不防對上一雙黃得發亮的眼，瞬間顫了一下——

『嗷嗚——』

與此同時，清晰的狼嚎聲自草叢傳出，男孩再也無法保持冷靜，拉了女孩就是一個字——跑！

他邊逃，腦中邊想著那種叫聲，還有那雙眼睛……難道是野狼⁉

步伐快速掠過林間，他們僅能依照最原始的求生本能橫衝直撞，而沿路震盪的樹叢聲卻一再提醒他們這是無情的現實！

「啊！」毫無目標逃竄，加上心理壓力，讓男孩絆到腳尖整個人摔在地上；而女孩受到牽引，也跟著摔了一跤。

他迅速爬起身，馬上攙扶女友，簡單詢問對方有沒有大礙後，隨即拉著對方繼續逃跑！

不知跑了多久，他們才順利穿出密林，擺脫身處其內的窒息與危機感，乃在山頂之處，得一片心安開闊。

當前一根高聳突出的石柱，率先吸引了兩人注意；在那後方，還有座山峰流洩瀑布，沖刷著轟轟水聲。

他們惶惶向前，尚未脫離剛剛的惡夢，眼見如此奇景固然驚喜，但想到回程可能又會碰上野獸，他們便顯得焦慮。

「親愛的你看，這個東西好像某種遺跡呢……」女孩昂首觀看，這根石柱足足比個頭嬌小的她多出兩倍身高。

「嗯……這附近看起來也都荒廢很久，沒有人整理。」男孩扶著女友，「抱歉，害妳跌倒，有受傷嗎？」

「應該沒有……」或許是腎上腺素分泌的關係，縱然受了傷，也不會產生疼痛感。

她緩緩舉起手，不知哪來的念頭，她想起過往在歷史課本上看過，有些石柱都會伴隨著雕刻、圖騰，是原始民族向神靈祈福的媒介。

若是可以祈求他們平安離開這裡，至少她也會比較心安。

纖手抵上石柱，女孩盲摸了一會，心想這表面坑坑窪窪，該不會真的是某種儀式柱子吧？

她俄然心喜，夥同男友想藉由月光辨別石柱的樣貌，怎奈今晚的月亮時隱時現，也瞧不清刻著什麼東西……

「該死，手電筒好像摔壞了！」男孩來回切換按鈕，皆不見光線透出，所幸他個子較高，還能勉強看出石柱上，依稀刻有一個展翅形象，旁邊似乎還有些文字，他就真的無法辨識了。

「好像是圖騰之類，我也搞不——」話還沒說完，男孩赫覺手心黏糊糊的，定神一看，竟然是血漬！

「寶貝，妳的手⁉」男孩抓起女友的手檢查，見上頭已流了不少鮮血，只不過受傷許久，血跡已漸漸乾涸，「一定是剛剛跌倒摔傷的！」

「咦？」女孩瞅著自己的手掌，渾然不知何時摔了一個這麼大的創口。

「我們先去洗洗傷口，再到旁邊休息一下，小心走喔。」這回男孩不敢再疏忽，兩臂在女友周圍護持，就怕她又受到傷害。

他們坐在瀑布崖邊，與陡坡保持一段距離，這裡沒人看管，自然也沒有裝設護欄；不過在山頂上吹著微冷夜風，底下即為萬丈山谷，也別是一種浪漫。

「寶貝妳看，晚上的雲海。」男孩擁著另一半，對方亦將頭輕靠在他肩上，「雲海不停歇地飄著，猶如我對妳的愛，川流不息。」

突發的告白，使女孩又喜又羞地鑽入男友懷抱，此等柔情蜜意，不由得讓男孩激動得想在她頰上留下一吻！

到底是沉浸戀愛的青少年，這會兒已被甜蜜的氣氛沖昏頭，乃至於未注意到，距離他們百公尺的密林內，仍有雙眼睛死盯著獵物不放。

而他們背對的石柱，也在此刻閃著零星血光——

兩人同時一陣寒意湧上，隱隱的悲戚聲緊接響起，時尖時低，宛如生疏的絲竹管弦聲參差不齊，不免讓他們猝然起身，重新回想樹林的一切……

浮雲聚集，月光瞬而淡下，星斗一顆顆隱蔽於黑幕之後，面對伸手不見五指的昏黑，男孩僅將女孩抱在懷中，藉由體溫提供兩人若有若無的安全感。

「走吧，我們回去。」他哄著懷裡的女孩，盡量使她安心，想到要回去那片可怖樹林，男孩心裡也是千百個不願。

但他是男子漢，必須承擔保護女友的責任！

低頭順著來時的路而行，卻見一抹黑壓壓的龐然大影蓋過他們倆暗濛濛的視線！

男孩仰頭向天，登時抱著女友倒退了好幾步！懷中女孩亦在好奇心的影響下，將頭抬了起來——

八片似翼的黑影在空中展翅，自帶不容輕瀆的氣場，而咿啞的悲鳴聲，正來自眼前這位形體隱晦的……「天使」!?

「是、是天使嗎？」女孩靈光一閃，難道是剛才她不停地在內心禱告的緣故？但這怎麼跟她想的都不一樣？

那「天使」凌於半空，八翼開展，面貌似被迷霧遮蔽般，始終讓人看不清，但男孩卻能從中感受到懾人的壓迫感……

『血喚……』落寞的聲音異常重疊，恍若數張嘴同時開口，『莫非是妳……』

不對……就算他們再怎麼無知，也知道聖潔的天使根本不會與血掛勾！這東西……分明是妖怪！

男孩開始拉著女友後退，腦中不停激盪脫身之計，現下只剩身後密林可退，比起妖怪，他寧願與野獸一搏！

「都怪我……」淚水逐漸注滿女孩的眼眶，要不是她受傷、要不是她觸摸、要不是她祈禱，就不會害他們遭遇這些危險了！

「沒事，乖。」男孩極力穩住聲音，手撫上女孩的臉，「等等我拖住它，妳找機會趕快跑，知道嗎？」

女孩盈著淚搖頭，她怎麼可以捨棄他逃走！

「走啊！我隨後跟上！」男孩推了她一把，同時奔向那「天使」，意圖用自己微不足道的安危爭取女友的逃命時間！

但事實豈如男孩所料？那妖怪見女孩遠去，立即振翼追上，未曾將捨身忘命的男孩放在眼裡。

疾速的風壓挾帶土塵，吹得樹幹咿啞作響；枝葉橫飛，更導致女孩因環境陡變再次向前一仆——

「寶貝——」

女孩倉皇抬首，只見那妖怪翩然降落，猶如「天使」垂憫紅塵眾生，慈悲降世。

『是妳……是妳⁉』比起不久前，妖怪的語氣多了幾分期待與急迫。

「你別過來！」女孩放聲大喊，邊挪動身子往後，「我不認識你！你走開！」

此話一出，所有風剎然止息！堅決的否定句，成功阻止了對方逼近，卻讓兩人獲得更深一層的顫慄！

趁著空檔，男孩抓了根木棒悄然移動，準備從後施予襲擊，誰知卻聽那妖怪顧自言道——

『仍是……如此嗎——』

突如其來的咆哮化作衝擊，將妖怪周圍的樹木悉數震斷！強烈的風勁擊倒試圖偷襲的男孩，手中電筒噴飛出去，在空中迴旋兩圈落地後，一道光線定格在男孩的十二點鐘方向——

驚悚的鳥首齜牙裂嘴，八片「羽翼」實際上各擁意志，因為它……根本就是名符其實的九頭鳥！

「哇啊啊啊——」女孩驚聲尖叫，卻不足以表達內心的極端恐懼！

男孩倒臥在地，嘴角滲血，因此只能眼睜睜看著妖怪逼近女友——

『隨本座……』怪物微躬身軀，九頭低垂，看似憐惜，『共赴永恆吧——』

忽然間，怪物飛至上空，男孩親眼目睹星月無光的夜空驟現十八道紅芒，對應九頭十八隻眼！接著在紅光的閃爍下，天空像被撕裂般，驀地開了一道偌大的破口！

怪物身處中央，畫面看起來就像一隻紅眼俯瞰大地，驚悚非常；而女孩雖完好無傷，卻也被這幅景象震懾住，身子不由自主飛起，心神更無法控制！

「不——不要——」男孩拚盡全力吶喊，卻喚不回身體飛昇、靈魂恍如被抽離的心愛女友！

在內傷與悲慟的雙重打擊下，男孩來不及看到最後便暈了過去；直到黎明破曉，大人們才在山頂找到失去意識的男孩，以及留在地上，一片怵目驚心的青綠血跡。

然而，距離人群不遠的密林內，始終有雙黃色瞳孔彷彿還能映著男孩最後痛徹心扉的表情……與絕望。

第一章　出遊

鈴鈴鈴——鬧鐘刺耳作響，音量大到數公尺以外的人都聽得見，窗外鳥鳴啾啾，花香淡然，恰與惱人的鈴聲呈鮮明對比。

床上的女孩頂著一頭亂髮起身，卻只是把擾她清夢的鬧鐘按掉，隨後又倒頭繼續睡她的大頭覺。

指針指著早上七點，時間滴滴答答，在平凡日常的生活中默默流逝，直到一隻手冷不防拉了女孩的腳——

「小風，起床了！」

毫無預警的力道讓柳晴風瞬間嚇醒，她她她……夢到哪了？

見到親密的家人站在床頭，這才讓她回歸現實，「齁爸！你不要每次都這樣叫人起床啦，很像鬼『扯』耶！」

「不這樣叫妳哪會醒？」柳爸爸習以為常地輕哂，平時總扮演嚴父的他，唯有在叫女兒起床時才能為親子間的互動增加一點趣味。

討厭……柳晴風搔著頭，夢境陡然中斷似乎讓她有說不上的空虛感。

儘管她根本忘記做了什麼夢。

「快去梳洗，今天不是要跟同學去哪玩？」柳爸爸走向房門，開啟，一陣香味立即撲鼻而上，「妳媽一早就在廚房忙了。」

「喔！我馬上來！」柳晴風幡然醒悟，沒錯，她的確跟同學有約，三天兩夜的旅程……她居然完全把這件事給忘了！

跳下床，柳晴風足音蹦蹦地跑到浴室，並用最快的速度刷牙、洗臉，看著鏡子裡的自己，突然有陣悲哀湧上心頭，唉……

回到房內，她換上休閒服裝，理順頭髮，綁起馬尾，眼角瞥見陽光自外頭滲透進來，不禁呼吸一口氣，吐出，再練習幾個笑容，努力讓自己保持樂觀愉悅。

走出房門，正對的即是父母房間；左側為廚房，現下聽不見油煙機運轉的聲音，想必是媽媽已準備好早餐在客廳等了；而右側為穿堂，直走便是前廳，其間設有一扇門，用以隔開前後廳堂。

柳晴風走向前廳，寬廣的空間與肅穆的氣氛就像走入另一個世界，與後堂居家風形成一種極大的反差，是她自幼至今的薰陶之處。

眾多神尊供奉於神桌之上，檀香氤氳，佛音繞梁，她依照往日慣例，先點柱清香向外禮拜上天，再回頭敬拜神明，最後將線香插入香爐，雙手合掌，向神明祈禱雙親和自己身體安康、出入順遂。

禮畢，柳晴風掛上一抹微笑，每次來到這裡，都能讓她的心靈無比沉靜，神明一尊尊面色紅潤、香火飽滿，再沒有比這能讓她感到安心了。

他們家是地方小有名氣的宮廟，爸爸更是擅長處理陰陽兩界、懂得術數咒法的專家兼宮主，只不過因為現代神棍8+9上頭版的頻率日益增多，爸爸為免傳統宗教的名聲受到牽連，因此一直以來都保持低調行事，為善不欲人知。

按照爸爸的說法，一切際會皆是緣分，有緣自有因果，何須靠搏版面此等不切實際的作為出名呢？何況開宮是為了濟世救人，又非斂財營利，好歹十八年來，他和媽媽也靠這份「職業」養活一家，生活安樂，於此便該知足。

柳晴風非常能理解父親的想法，這裡的每一尊神明都照看她長大，是除了父母之外，最親密也最信賴的「家人」；也因為如此，從小到大她總比一般同輩還早熟，她自豪地認為：智慧開得早，完全是神明保佑的功勞！

旋身，她走向一旁的偏廳，看到爸爸正手持佛珠對著佛像做早課，而媽媽則拿了條抹布，進行每日的清潔。

有別於正廳的莊嚴，偏廳僅立了一座佛堂，以及供奉祖先牌位，其餘就如一般住家般簡約，有電視、辦公桌、茶具等，是爸媽接待信徒及辦公之所。

「小風，妳來啦，早餐快趁熱吃。」柳媽媽一面擦著桌子，邊將餐點擺好等待女兒享用，「有妳最愛的粉漿蛋餅喔。」

「哇，也太『澎湃』了吧……」柳晴風呆看桌上許多食物，蛋餅、蘿蔔糕、飯糰，敢情這是要辦桌嗎？

她端起盤子，夾斷一塊蛋餅，卻不是自私地放入口中，而是將之送到母親嘴邊，「來嘴巴開開，啊～」

面對女兒的淘氣，柳媽媽倒是很配合地將蛋餅吃下肚，露出寵愛的笑容，「妳這孩子，要是平時有這麼乖就好了。」

「欸，怎麼說得我平常很不受控似的……」柳晴風嘟起嘴抗議，但仔細想想，她以往好像真的滿常因為衝動闖禍的……

像國中家政課，她因為看不慣班上痞子拿熱熔膠槍欺負同學，火氣一上來就拿起剪刀扔了過去！雖然成功命中對方額頭一度讓她樂得大叫，不過隨之而來的卻是冷汗直流……

後來好在她平常做人成功，班上同學力挺到底，導師也肯定為人，她才能安全下庄；只是這件事自然又被爸媽訓了一頓，說她太莽撞、做事不顧後果，沒把那人丟瞎了真是神明祖先保佑。

而她事後當然也有檢討啦，她就是想的跟做的都比普通人快，所以才弄出這種事，因此以後她絕對會多想個幾秒再付諸行動！

吃完蛋餅，柳爸爸也將早課告一段落，看見女兒擺在廳裡的一副弓和箭，知曉那是女兒要帶去玩的，「妳出門就出門，還像個阿花帶弓箭去做什麼？」

「喔……我就怕山上無聊啊……」柳晴風起初也不太願意，先不說帶這弓箭有多麻煩，還得隨時背在身上，引人注目，很尷尬啊！

但同行的三位朋友兼社團夥伴都帶了，她沒理由不帶吧？說是萬一好山好水好無聊，還可以彎弓射箭以自娛。

她後來想想好像也有這麼一點道理，不過主要原因是，這趟旅行，有一個她不怎麼想接觸到的「朋友」。

所以如果可以藉由射箭避開和「他」相處的機會，那她是非常樂意的。

「真拿妳沒辦法。」柳爸爸搖搖頭，仍拿起女兒的弓箭端詳一番，嘴上唸唸有詞，並走向正廳，將弓箭恭敬地遞在香爐上順繞三圈。

柳晴風明白那是爸爸的加持儀式，意在希望她出門一切平安。

轉頭，柳媽媽已在替她收拾筷盤，另將幾個飯糰裝成一袋，就怕女兒在這趟旅程中挨餓，「這幾個飯糰給妳帶在路上吃，不要餓到了。」

此情此景，不禁讓柳晴風鼻頭微酸，她的爸媽，真的很愛她呢！

為了減少母親負擔，柳晴風主動搶走空盤鐵筷拿去廚房清洗，同時避免自己禁不住感動哭出來。

她將盤子甩淨，放到大鍋中晾乾，右眼皮卻毫無來由跳了一下！

柳晴風反射地撫著眼皮，怎麼會突然跳這麼大號的？該不會是什麼凶兆吧！還是這段時間失眠的關係……

抱著疑惑，柳晴風走進房間，將出遊要用到的行李準備好，再回到前廳，發現雙親都已站在門口等待。

「呃……爸媽，我只是去三天兩夜而已，不用那麼緊張啦。」看她爸媽的樣子，一整個很不放心啊？雖然眼皮跳這麼大一下也讓她有些不安就是了。

「妳還說呢，妳從小做事就冒冒失失的，這次單獨出遠門，我跟妳爸爸怎麼會不擔心？」柳媽媽接過行李，把飯糰放進箱子內，還順便檢查有沒有東西遺漏，擔憂之情全表現在動作上。

「哎唷，不是還有老師跟嗎……」柳晴風低聲咕噥，但也不敢將眼皮跳的事情告訴雙親，無謂讓爸媽多添煩惱。

「小風，平安符都有戴吧？」柳爸爸把弓箭遞還給她，並問了這麼個問題。

「當然有啊！」柳晴風從頸間掏出一枚碧綠色的護身符，說明她隨身戴著。

好歹她是在宮廟家庭裡長大的，怎會不知道護身符的重要性？何況那是媽媽親手縫紉的，說什麼也會牢牢戴好！

「那就好。」柳爸爸嘴角微微摻笑，像是滿意女兒表現。

他們夫妻一人一側，偕同女兒走出家門，而柳晴風自然知道雙親不捨，因此刻意打起精神，用極具朝氣的聲音向他們 Say Goodbye。

「那爸媽，我走囉！」柳晴風左手拖著行李，右手高舉長弓，神情洋溢，「嘿，兩天後再見！」

望著女兒漸去，柳媽媽牽著丈夫的手忽然握緊了些，「老公……」

「該來的總是會來，相信她吧。」柳爸爸回摟妻子，目送女兒遠去的眼神蘊含堅定，「再怎麼樣她也是我們的女兒。」

無論如何不捨，孩子終有一天得獨立成長，作為父母，唯有選擇支持，讓孩子自由探索、適性發展，方為父母之本。

然而這番道理卻是知易行難，有多少家長打著自由的名號，實際上反將兒女當作傀儡般操縱？美其名是「為你好」，其實只是將自己年少時得不到的遺憾寄託於兒女之上，藉此獲得心理慰藉。

當然亦有家長採取真正的放牛吃草，放任兒女自由成長，到頭來反怪父母沒有在生涯上、資源上給予適時指引與協助的案例也是所在多有。

柳爸爸暗嘆口氣，總歸一句，父母難為啊……

他們前腳剛進家門，哪知外頭忽傳熟悉又笨重的跑步聲——

「我、我忘了拿手機了……」柳晴風開門喘著氣，一臉尷尬地跑進偏廳拿回放在桌上的手機，然後迅速退場！

她猜她爸媽內心一定O.S.她沒救了，但她真的不是故意的！結果走出家外，彷彿還能聽見幾句低喃自屋內傳出——

「這孩子……」

◆◆◆

沁涼的冷氣流通於車身走道，在暮夏季節提供旅客最舒適的溫度；遠方旭日初昇，晨暉照耀，點亮一票躍動心情。

遊覽車上空空蕩蕩，小貓五六隻，卻有嬉鬧聲此起彼落，歡笑融融，展現滿滿的夏日青春。

清秀的馬尾女孩倚在窗邊，百無聊賴地托腮發呆，無精打采的神情與車上氛圍毫不搭調。

唉……突然有點後悔出門了。離開家裡，失去武裝的意義，柳晴風不免哀愁了起來。

她是剛畢業於普通科的高三生，在幾個月前透過繁星錄取大學，因而獲得這趟三天兩夜之旅的資格。

一開始她自然非常爽快，畢竟有幾乎免費的旅程可以參加，還能跟喜歡的人一同出遊，笨蛋才不報名！可是萬萬沒想到，昔日的戀人，如今不但形同陌路，甚至……

「欸！」肩膀突然被拍了下，柳晴風驚嚇中帶點困惑回頭，只見是和她一樣靠繁星上大學的社團夥伴兼同班好友，諾莉。

「出來玩就別這麼厭世啦，還在想他喔？」一頭俐落短髮，恰如本人的豪爽個性；頭戴空心帽，其上護目鏡乃諾莉的最大招牌。

「他就在這台車上，我很難不想吧……」柳晴風下意識地看向車身前排的男孩，偏偏「他」還坐前面，想刻意忽略都沒辦法。

「都過那麼久了，妳覺得妳這樣要死不活的，值得嗎？又或者說，他會在乎？」諾莉毫不避諱地講出殘酷事實，有話直說一向是她的個性。

「我知道妳的意思啦……跟妳當朋友真的不能玻璃心。」柳晴風無奈地笑笑，諾莉是她在學校的死黨，理由不外乎她們倆的性格相近，對於社會上的種種不平更是零容忍。

「妳會感謝我的。」諾莉從背袋拿出一包魷魚絲，車身空曠，幾乎每個人都把行李放在周遭空位，「吃點吧？」

「謝啦。」柳晴風抽走一根魷魚絲放進嘴裡咀嚼，視線重回前方，努力把前頭的一對情侶當作空氣。

其實諾莉說得對，都這麼久了……還記得三個月前，繁星放榜沒多久，一直與她是祕密班對的戀人突然向她提分手，理由是：沒感覺了。

當時的她宛如世界末日，整天以淚洗面，回到家還得裝作在學校過很爽玩很瘋，才不至於使爸媽起疑心；而諾莉是第一個察覺她異狀的人，因此她也將一直以來，心中累積的痛苦傾瀉而出，結果拍沒討到，倒是先被諾莉狠狠罵了一頓。

原因是分手後兩天，「他」居然與班上的另一位女生公開交往，而自己還不停找理由欺騙自己這不是真的！

後來諾莉極其嚴肅地告誡她：「對方擺明了是喜新厭舊的爛咖，妳真的欠罵還不清醒？」她才稍稍醒覺，只是時至今日，始終還是會感到心痛……

「小風怎麼啦？」坐在她隔壁排的黝黑男生移動到她身後，抓著椅背把手與諾莉攀談。

那是雷明頓，一位跟他們同齡，個性卻異常成熟的男生。

「還不是為了爛咖，我看這樣下去，她可以改名叫柳陰風了。」聽似嘲笑，但柳晴風知道諾莉沒有惡意。

「哎，妳別糗小風了，沒有人喜歡沉浸悲傷。」雷明頓穩穩說著。他出身單親家庭，母親是南美人，當年為愛遠嫁台灣，沒想到生父卻在母親生下他後人間蒸發。

是以這樣的出生背景及成長過程，反而造就他穩重內斂、與人為善的性格。

「前提是她得想開。」諾莉喬出身旁空位，好讓雷明頓不用罰站。

「振作起來吧。」一瓶可樂從前座遞了過來，納入憂鬱女孩的視界，「喝完就得快樂喔。」

柳晴風愣了兩秒，隨後呆然接過飲料，這人也和諾莉、雷明頓一樣，是她的社團好友。

他叫流星，本名趙健豪，實際上真的是個「箭豪」，不僅箭術超群，又因射出去的箭似流星追月般精準迅速，外界又賜予他「流星」這個綽號，是風靡校內男女的一號人物。

這三人撇除諾莉是同班同學，其餘兩人均是在弓箭社認識的夥伴。

而她作為一個剛……好，入門許多時日、箭術始終未見長進的社員，除了丟臉，她已經不知道要怎麼面對耐心教導她的夥伴了。

諾莉總說是「人」的問題，小雷和流星則挑明是她的個性太過急躁。

躁動的心將影響箭的平穩，一如人在面對各種抉擇困境時，焦慮無濟於事，冷靜是唯一解。這是流星初次指導她練箭時說的話，同時蘊藏處世哲理。

車身傾斜，遊覽車正式進入山路，位於最前頭的男老師特地站起提醒大家小心，避免自己撞到或是跌出座位。

結果說完沒幾秒，老師便因為遊覽車駛過土丘產生的顛動撞上玻璃窗，砰的一聲惹來眾人大笑。

柳晴風捧著可樂，卻笑不太出來，尤其當她直視前方一對情侶笑得燦爛甜蜜，內心反倒添了幾分酸楚……

老師名叫李礎耀，作為一名甫出社會的實習老師，他擁有相當火熱的衝勁，但不曉得是不是他天生帶衰，總會出現一些意想不到的狀況令他當眾出糗。

排除這點，他對教育現場充滿熱忱，許多學生認為他的教育方式與理念風趣又新穎，比起校內正職教師有過之而無不及，缺少的，只是那張證照。

他揉揉稍腫的額頭回座，不忘指著學生急喊：「不要笑、不要笑、不要笑！」

就某種程度上，與其稱他為老師，他更像是學生們的大哥哥。比如這趟旅程，只要是他跟過班的學生成功利用繁星錄取大學，他便全額贊助旅費，試問天下間有多少人肯做這種利他不利己的事？更別說讀書是為了自己，而非他人，他卻寧可用這種方法鼓勵學生，足見他視學生生涯更甚自身五斗米。

「既然大家這麼開心，乾脆來唱歌吧！」長捲髮的葉筱君抽出麥克風向車內眾人提議。

這番話使側首的柳晴風不得不把目光轉移到明明是高中生，打扮起來活像平面模特兒的女孩身上。

「唷，傻女出現。」諾莉嘲訕的聲音自後方涼涼傳來，隨即被雷明頓制止。

柳晴風望著那個自帶光環、同時也是「他」現任女友的少女。

她是這輛車上唯一沒有靠繁星錄取的學生，但因為家境富裕，堅持選擇自費跟上，老師拗不過她，只好讓其一同加入，因而讓這趟旅程變得更加艱難──對柳晴風而言。

「小風妳要秀兩首嗎？」葉筱君忽地點名，眨動長睫大眼盯著柳晴風瞧，「之前聽說妳唱歌很強，還有『歌姬』之稱？」

「呃好像……有點尷尬啊？」即使敦厚如雷明頓，依然為這種時刻捏一把冷汗。

聽見後座聲喁喁，柳晴風趕緊推托，「那個我喉嚨不太舒服，你們唱就好！」

「是喔……可惜。」葉筱君顯得有點掃興，但還是翻開歌本挑起歌，「不然老師來唱！」

唉，說到底筱君也是無辜的。柳晴風斜瞥那始終沒轉過身的背影……她和「他」交往的事，筱君完全不知情，而她也沒有把事情戳破的打算，這種痛苦太難受，沒必要多害一人。

況且筱君的條件確實比她要好得多，活潑外向、善於交際、更是熱舞社首屈一指的社員，她是男生也會選擇光鮮亮麗的筱君而不是自己。

「來啦，別憂鬱了。」諾莉看出柳晴風又陷入哀傷的迴圈，忙拉了她來後座，「玩個牌打發時間，很快就到了。」

諾莉飛快地將撲克牌分作四份，「流星一塊來吧。」

就這樣四人在狹窄的座位間打起撲克牌，另以李礎耀與葉筱君的歌聲充當背景音樂，時間果如諾莉所說，一晃眼即過。

柳晴風感受到路面漸趨平緩，猜是已臨近這趟旅行的目的地——阿里山。

拉開窗簾，怡人的綠林景色遍布視野，當中還有建築聳立、遊客濟濟；遊覽車駛上短坡，經過花圃構成的護欄，再上去則是車程的終點，飯店。

她們悠哉地提掇行李魚貫而下，不忘跟辛苦駕車的司機大哥道聲謝，表示他沿途安全行駛，讓乘客們一路平安。

柳晴風緩步下車，卻在腳尖踩到地面的那一剎那，眼皮又重重地跳了下！

「那礎耀，我先走啦，有問題隨時Call我！」許彌生將車迴轉調頭，向佇立窗邊的好友道別。

「OK，謝啦，下回請你吃飯！」李礎耀笑著揮手。多虧這位從事客車司機的大學好友幫忙，他才能將交通方面的花費降至最低。

回身，只看柳晴風等人全愣在飯店的噴水池前，周遭還有許多民眾聚攏，聲量嘈雜。

李礎耀滿頭疑惑，正要上前了解，那個長馬尾、挾長弓的清秀學生卻轉過身，眉頭打了個千千結——

「老師，這裡出事了！」

餘音未落，圓弧向上的水柱驀地堵塞，發出壓力不足、馬達空轉的沙沙聲；下一秒，大量血水混合著肉屑噴灑而出，將四周渲染成紅——

砰！

「哇啊啊啊——」

第二章　解封

灰白建築映著刺眼陽光，從外看上去，平凡簡單的風格並不新穎，也未若都市的富麗時髦，因此與其說是飯店，不如說像大型公寓更為貼切。

山上隔局很簡單，飯店由於地形的限制，至高只有四層樓，避免因地質不穩發生崩塌、滑坡等狀況，卻意外能凸顯休閒度假的樸實感。

一樓，黃色的封鎖布條熠熠生輝，水珠濺起宛如一顆顆閃耀珍珠——當然，這得扣除那些飄落的血肉。

「小風！」諾莉倉促地會同雷明頓退離水池，卻見柳晴風還愣在原處！

蛤？背對噴水池的柳晴風還沒反應過來，抬頭，只看一攤血水混合著肉屑從天而降——

「小心！」一雙手急將柳晴風帶向前，耳後立即響起淅瀝瀝的水聲，伴隨著周遭譁然！

柳晴風愕然回首，驚見這幅血肉模糊的景象，還有不少肉條自噴水孔漫流而出，只覺相當噁心！

再正首，陽光男孩背弓攜箭，手就搭在她肩上，說明驚險全在一瞬之間。

「謝、謝謝！」柳晴風用力吐了口氣，表示脫險後的舒緩，「謝謝你，流星！」

「小風！幸好妳沒事。」諾莉忙不迭湊近關心，「妳剛在發什麼呆？」

「兄弟，多虧你眼明手快。」雷明頓輕擊流星胸膛，展現男人間的讚美。

「小風，怎麼樣？有沒有事？」方才一幕李礎耀看得十分心驚，還好他的運氣沒有衰到拖累學生，不然他真不知該如何向家長交代！轉身，他誠心誠意、感激涕零地向男孩道謝，「謝謝你啊流星！」

「呃……老師，你的運氣好像真的不太好耶？」柳晴風很不想吐槽，但飯店是老師訂的，實在很難不聯想。

難道她一路上眼皮跳不停，指的就是老師帶衰嗎？

「我想一定是巧合……」李礎耀有點無力，但事實的發生讓他無從反駁起。

「老師，或許我們該擔心飯店還能不能入住。」流星輕撫下巴，身上護手、護臂、護膝均備，成熟挺拔，完全不像一名剛畢業的高中生，「情況明顯麻煩。」

眾人順著流星的眼神望向飯店門口，除了早已拉起的封鎖線外，還有許多遊客簇擁於若市門庭。

「大概是都在爭取退房及賠償吧。」細黑框的知性男孩攜著女友走近，柳晴風當即別開臉，唯有諾莉注意到，輕輕將手放在她肩膀上。

「唉，我去了解一下吧。」李礎耀垂頭喪氣，難得出遊還碰上這種鳥事，任誰都開心不起來。

何況大眾的情緒渲染總是快速，「噴血池」的異樣亦為在場民眾共睹，他這趟了解恐怕又得虛耗掉更多時間。

理由很簡單，因為看別人做，自己也跟著做。

李礎耀躡手躡腳地避開血灘走向飯店，但擁擠的人頭他光看就知道非一時半刻可以解決，看了看手錶，此刻是上午十點，他決定先讓學生自由活動，反正幾乎成年了，沒必要跟他綁在一塊兒。

「雷厲風行、米漿筱君——」李礎耀旋身朝學生喊道，「你們先去附近轉轉，十二點原地集合吃飯！」

人聲鼎沸，儼然就要蓋過李礎耀的嗓音，但這幾聲名字，卻使柳晴風完全無法忽略！

雷厲風行，指的是她、諾莉、小雷、流星四人，乍聽之下是各取她們名號一字作為代稱，其音「雷莉風星」意外地與「雷厲風行」相似，然實際上，還蘊含另一層雙重意義。

她們四人默契相投，是校內弓箭社最具特色的代表人物，撇除她之外，諾莉、小雷、流星的箭術似雷似風，迅捷而準確——雖然她是不明白箭術拙劣的自己怎麼也被歸在內啦……完全玷汙了這個美名啊！

至於米漿……柳晴風忍不住瞟了他一眼，因為「他」愛喝米漿到一種狂熱的地步，每天來兩杯基本是常態，故有此稱。

想當初他們還是因為米漿有所交集，進而擦出火花……如今，不堪回首。

「Baby～那我們先去附近逛逛吧！」收到解散令，葉筱君立刻挽住男友。夏季天熱，她只穿了件薄背心內搭小可愛，姣好身材一覽無遺。

「那大家，我和筱君先失陪一會，晚點見。」米漿微笑向其他人致意，慧黠的雙眼掃過流星、小雷、諾莉，獨獨遺漏清新秀美的馬尾女孩。

柳晴風望著外貌登對的兩人離去，內心不禁湧現一股失落，雖然這情景她也不是第一次看了，但心酸的程度哪怕不會因此減少幾分……唉。

「我想四處走走。」柳晴風背對那雙遠去的男女，朝三位好友說道。

「那我們一起吧？」雷明頓善於察言觀色，他知道米漿的反應多少帶給她一些打擊。

「呃，我想一個人去看看、拍些照片……」柳晴風硬是擠出一絲微笑，乾哈兩聲，「不用擔心我啦！」

「那有問題，隨時聯絡我們。」諾莉明白柳晴風的意思，也就不阻止，再說，她不想看到那種為裝而裝的笑容，技術笨拙、破綻明顯，讓看的人非常尷尬，「行李放我這吧，我們幫妳顧。」

「好，謝謝你們！我會提早回來和你們逛逛的！」柳晴風算是鬆一口氣，她還以為諾莉會當面拆她臺，遭受二度傷害，「待會見！」

「看來我們班的傻女不只一個呢。」諾莉等到友人走遠，下了這樣的結論。轉身，看見陽光男孩若有所思的表情，不免竊笑於心。

「別沮喪～」諾莉拉了雷明頓邁開步伐，回頭拋出一朵笑，「她總會看見你的。」

遠遠的，柳晴風脫離好友獨自一人行走於繁花坡道上，一面省思自己的心態是否太傻。

就像諾莉說的，自己一直要死不活，他根本連看也不看她一眼，更別提在乎了……那麼她一個人心酸、難過，真的值得嗎？真的有意義嗎……

看看這些熙來攘往的遊客，每個人都開開心心充滿歡笑，就只有她一個人愁眉苦臉抑鬱寡歡，是不是太可悲了？

爸爸常說快樂是一天、悲傷也是一天，何苦於悶悶不樂呢？

柳晴風邊走邊想，漫無目的地沿著柏油路前行，途中經過好幾間飯店、餐廳、雜貨鋪，內外同樣擠滿了人潮，熱鬧不已，直到她行至一處杳無人跡的路口，眼尾似乎瞥見某個物體高速移動——然後眼皮又跳了下！

這到底怎麼回事⁉真是她沒睡好的緣故嗎？還是……警示著某種不祥之兆？

被分手失戀已經夠慘了，拜託能不能別再捉弄她了啊……

她左瞧右看，左側彎道只有幾間荒廢矮屋，大概是尚未開闢的觀光路段，現只作為交通運輸的路徑，倒是正前方吸引了柳晴風的注意。

一抹白影閃進直走向下的路口，另有個告示牌標示禁止進入，但荒涼原始的景致，隱約散發著某種魔力……

柳晴風不自覺地移動腳步，一步、兩步地往裡探去，除了主要道路尚且殘餘路面開發的跡象，左右兩邊均是成千上百的喬木樹種。

她盯著排排亂中帶序的樹木，須臾過後，她竟忽略鬆脫的鐵鍊、無視告牌，筆直走了進去！

她知道她一定是腦洞大開才會做這種沒品遊客在做的事！不過，她總覺得這條路、那抹白影、此片樹林……又或者說盡頭，有她不得不在意的事？

踏足柏油、泥土參半的地面，高聳直立的喬木頓時將陽光遮掉大半，柳晴風眼觀四面，瞬間有種在叢林探險的氛圍。

她的手機還是典型的智障機，並沒有照明功能，因此每走一步路，都得先確認立足是否穩當，才敢接著走下去。

山路地勢迂迴而下，就像是內縮的漩渦，彷彿深處存在無法想像的可怕怪物；隨著行走越深，周圍樹木主幹依舊單一而明顯，因此樹與樹之間的縫隙，成了愛亂想的她最首要的素材。

會不會等等從裡面竄出什麼蛇啊狼啊咬她一口、或是把她分屍獵食？抑或出現「魔神仔」把她拐去吃蟲吃土？

看那噴血池的慘狀，搞不好還真是被人肢解棄屍的結果……

儘管這麼想，柳晴風依舊沒有停下的意思，對她來說，弄清她想知道的比什麼都重要。

人家總說好奇心會殺死一隻貓，但對她來講，有疑問卡在心裡不去釋疑、不去探究，更會殺死她一堆腦細胞！

所以媽媽說她衝動，當然也包含她這種不問結果好壞便衝的行為……幸好爸媽不在，不然又要被唸了。

走過十幾分鐘，柳晴風終於來到盡頭，這兒的樹比她來時的那些更為巨大、更為濃密，且將陽光遮得一點不剩，再也沒有光線能透進來。

她定定地望著周圍，慶幸自己在昏暗的視野裡適應了一段時間，才有辦法看清底部的奇景。

被喬木圍繞成圓的空間，地表因為長年失去陽光的照射，致使只有泥土覆蓋而寸草無生；正中央的巨木盤根錯節、樹高參天，站在底下，居然無法窺得樹冠有多高！

厚重的土味和著霉味刺激鼻腔，陰風徐徐，氣氛尤為詭異，若換作別人，恐怕一刻也不願多待。

柳晴風徐步繞著巨木走一圈，此時眼皮又跳動起來，幅度、頻率均比早先更加激烈！

「煩死了！給我停下來！」她揉著右眼，試圖舒緩這種令她煩躁的顫動，但越是這麼做，眼皮就愈發無法靜止——

她暴躁地睜開眼睛，視線正巧對上根深葉茂的古木，心頭一個奇想：該不會是這棵樹導致她的眼皮跳不停吧？

無心細琢，柳晴風直接將猜測化為行動，她遵循女人的直覺伸出手，豈料指尖觸碰樹皮的那一剎那，整個地面居然為之震動！

柳晴風觸電般地縮回手，不敢想像情況有多嚴重，忙護住頭部往後撤！地震愈演愈烈，幾百公尺外的落石坍崩聲亦恍在耳畔，甚至眼前那棵千年巨木也開始分裂——

「不是吧！」柳晴風瞠目結舌，她只是輕輕碰了一下、就一下耶！

來不及發愣，她迅即扭頭就跑！雖然內心深處依然存有一絲渴望想要看到最後，但終究不能拿命來賭！

她拿出跑百米的速度，邊閃避跳躍沿途倒塌的喬木樹幹，一鼓作氣跑回山頂，終於在數分鐘後，見到名符其實的「璀璨前程」映射於前——

「呼……」陽光照在氣喘吁吁的柳晴風身上，所幸她體育能力還算不錯，不然這下鐵定死在裡面！

地面至此仍在晃動，她喘了幾口大氣，再朝飯店方向跑了些，已能聽見不遠處的連綿驚叫聲；用她記憶猶新的地科所學來比喻，現下大概有個三到四級震度，足以喚醒人們對於九二一地震的恐懼！

她邊倒退、邊探向塵土飛揚的一端，樹木傾塌，斷裂聲、撞擊聲不絕於耳；當中，一抹墨綠色的龐大物體趁勢直沖天際，獨為柳晴風所目擊！

那東西在耀眼朝暉下，似乎叼著某種白色物體，並未顯出其應有原貌，反之僅能從那展翅的輪廓，判別應是鳥類的一種……

可是也太大了吧！柳晴風望著將近佔據整片天空的猛禽，腦中一閃要命的兩個字：天葬。

在西藏民族中，死後常有將遺體送給大型猛禽食用的習俗，除了是受到傳統地形限制外，藏傳佛教認為把身體布施給眾生，是人類此生最後一件善事。

另一方面，主要是人都死了，靈體進入輪迴，肉體自然沒有保留存在的必要……即是這輩子活到最後，身軀終究只是一具皮囊，留不下也帶不走。

柳晴風緊盯著猛禽，心想這東西……該不會是她放出來的吧！

風獵獵地響，那猛禽每拍動一下翅膀，就連帶捲起周圍空氣形成風切，異象劇變連連，柳晴風慌亂地取下長弓，她擔心萬一被攻擊，至少還有武器能提前反擊……雖然能不能命中還是一個問題。

她瞄準那巨大無比的怪鳥，可對方非但沒有要飛下來的意思，還朝西面越飛越遠，直至看不見它的蹤影……

就這樣了？柳晴風緩緩放下弓箭，不敢相信會是這樣的收場，她還以為這下完蛋了耶！

「小風！」

熟悉的叫喚聲自後響起，柳晴風訝然轉身，只見來人是她熟識三年、也是社團中最受人仰賴的人物——

流星擎著弓，隻手指著遙遠天邊的極小物體，眉頭緊鎖——

「那是什麼!?」

日式冰店裡，遊客來來去去，在經歷過地震的襲擊後，人潮並沒有顯著減少，畢竟出來玩的，若是受了點驚嚇便打退堂鼓，那可是萬萬划不來，也不符所謂的比例原則。

柳晴風四人坐在店內角落的榻榻米上，神色凝重，因為兩對男女中，就有一對目睹巨大的怪異猛禽現世，其中一位更是這場地震的……呃，帶動者。

「妳說你們看到巨大的怪鳥？」雷明頓一副意外的表情，他剛剛和諾莉閒晃到這間店，覺得外觀看起來不錯就進來吃了。

「呃……對。」柳晴風頭低低，挖了一匙抹茶冰卻躊躇著該不該吃，怯怯的模樣活像闖了大禍的小孩。

「然後這場地震全是妳引起的？」諾莉舀了一口草莓冰放進嘴裡，「就因為妳手賤碰了一棵樹？」

「呃……好像是。」柳晴風頭垂得更低了。

「若不是親眼看見，實在很難相信世間存有那樣的生物。」流星回憶起當時情景，內心仍感受到震撼，「小風遇上的，恐怕是科學也難以解釋的事。」

「這我同意。」雷明頓將冰含在嘴中，他點的口味是巧克力，「世上本來就千奇百怪。」包含他母親為愛走天涯仍不後悔的心。

「嘛，至少你們還能安全回來？」諾莉趁隙一瞅流星，剛才他藉故跑掉，原來還是放心不下人家嘛～

「是說……流星你應該和諾莉小雷一起啊？」柳晴風狐疑地望著身旁的成熟男孩，「怎麼那時候……」

來了來了！諾莉和雷明頓不約而同地互看一眼，心中抱持看戲的心態大於正事。

「呃、我，只是剛好無聊走到那……」流星一時語塞，慶幸自己還沒把冰送到口中，不然這下恐怕得當她的面出糗。

「蛤？是這樣喔……」柳晴風不以為意，諾莉卻暗暗罵了她聲傻，怎麼這笨蛋對別人的八卦就敏感異常，對自己的事就像根木頭遲鈍？

「呃、嗯……」流星連挖了好幾匙冰，反倒使腦血管急遽收縮擴張，凍得他直抱頭。

「喂喂兄弟……」雷明頓看著好友窘態，臉上掉下三條線。

「咳，但妳那樣做也是意料中事，否則就不像我認識的柳晴風了。」諾莉兜回話題，實則替流星解圍，不然她不知他會結巴成什麼樣。

「那時我也不知道為什麼會走進去……」柳晴風現在想來也說不上原因，可能是受到疑惑與好奇的雙重驅使，才宛如鬼遮眼似地闖進去。

「事情既已發生，也沒有造成傷亡，妳就別內疚了。」流星向雷明頓討了幾口溫水喝，頭痛總算緩和下來，「倒是噴血池與我們較有切身關係。」

「這我和諾莉了解過了。」雷明頓壓低聲音，他認為這種話不宜在公開場合廣而告之，「聽說這陣子常有飯店發生分屍案，今天適巧輪到我們投宿這家。」

分屍……柳晴風悄然心驚，她剛剛才在山底想過這回事耶！

「然後為免造成觀光恐慌，相關單位刻意將這件事壓了下來。」諾莉鄙夷地哼了聲，「到底是利益重要啊。」

其餘三人不難理解諾莉的意思，他們之所以成為好友，均是無法容忍社會上的種種黑暗面與不公。

「那噴水池的源頭……該不會就是棄屍的位置之一吧？」想到早上的爆裂聲，以及四處噴飛的血肉，一股惡寒自柳晴風心裡蔓延全身。

「看樣子是的。」諾莉聳了聳肩。

「兇手呢？完全沒著落？」流星表情嚴肅，身為弓箭社社長，他擁有超越常人的濃厚正義感。

「嗯，兇手犯案俐落，完全沒留下任何蛛絲馬跡。」雷明頓對此十分無奈，「據說警方對時間、人數、凶器等皆一無所知。」

「太扯了吧！」柳晴風不可置信地嚷了聲，公家部門吃案也就算了，連警方也拿兇手沒皮條嗎？

「嗯……不過我才離開一會，這些消息你們哪聽來的？」流星濃眉微挑，畢竟是封鎖的內幕，他的夥伴怎能輕易得知？

「這就全靠諾莉了，是她去問的。」雷明頓朝諾莉一笑，表達稱許之意。

諾莉自豪地揚起嘴角，「是一個路過的警察告訴我的。他自稱姓雲，剛從警察大學畢業就被調來這種鳥不生蛋的地方。」

「他說，整個局裡包含局長在內，都受到地方人士的『請託』，將這些案子搓湯圓搓掉了；而他身為基層警員，也沒辦法改變什麼，只能默默蒐集證據，等到時間成熟再一口氣爆出來。」

「而且這人很有趣，居然跟我說想在這做到退休！」諾莉忍不住大笑，她實在想不到有人的志向如此短淺，或說是容易滿足？

「可能看妳只是學生，平時又沒有對象傾訴，才將這些內幕吐露給妳知道吧。」流星很能明白，正所謂知音難尋，無論古今中外，「知己」都是證明自身價值的方式之一。

一如他們國文課所學，許多文人作品之所以多為哀怨、自憐、發牢騷的性質，主要原因都是才華難展不得志，也就是沒有人認可。

一個人的興趣理想不被上位了解、不被親友支持、不被世俗接受，那是何等的無奈與孤寂啊！

只可惜這些作品所要傳達的真意，都被現今的考試制度與教育方式扭曲了……那麼學這些文章、詩詞，又有什麼意義？

「嗨，你們在這啊？」遠遠的情侶檔走來，中斷了四人小組的談話。葉筱君勾著米漿，臉色洋溢著幸福。

傻女又來囉。諾莉以嘴型示意其他三位友人，沒有回應對方的打算。

「我路過這間店，覺得還不錯就找上諾莉、流星、小風了。」雷明頓淺淺笑著，擔任緩和雙方的角色，「你們剛逛完嗎？」

「是啊沒什麼好逛的。」葉筱君一副理所當然的樣子，「剛剛又地震，有些景點根本不讓人進。」

「那也是為了遊客安全著想，沒事。」米漿摸了摸女友的頭，「這裡的冰看起來不錯。」

「是挺消暑。」流星明白兩位女性好友忽視的原因，只是出來玩，沒必要弄僵。

「那我們也去點一碗吃！」葉筱君愉快地拉著男友往櫃臺擠去，甜蜜的互動，讓柳晴風平復的心情又掉谷底。

她低頭攪弄著稍融的冰沙，四人間又陷入尷尬的沉默。

此時流星接到李礎耀打來的電話，要他協助集合其他學生，而流星更直接把手機交給每人喂了聲，說他們在冰店，才讓這份靜默再度活躍起來。

「我猜我們大概得露宿街頭，老師的衰運不是開玩笑的。」諾莉講話毫不遮掩，「賭十塊！」

「應該沒人想當莊家。」流星勾嘴笑著，意思是他也對此表示贊同。

「雖然不想承認，不過老師真的有點……」雷明頓不願把話說得難聽，「其實大不了也就是回家而已，哈。」

這番話讓柳晴風情緒一轉，要是真的就這麼回家，好像也是不錯的選擇齁？

幾分鐘後，李礎耀氣喘如牛地趕至，他滿頭大汗，見到學生坐在店內安如泰山，憂慮的心總算能稍稍寬慰。

畢竟剛剛那場地震嚇得他不知所措，對自己的運氣也沒什麼信心……

轉向櫃臺，葉筱君和米漿捧著冰迎面走來，看到李礎耀還笑出一臉輕鬆自在，問他要不要順道來一碗？

「啊，你們兩個也在，那好。」汗水浸濕李礎耀的襯衫，他仍在兩桌之間盤腿而坐，反正都是認識的學生，用不著拘束，「我剛剛去確認過了。」

李礎耀揚聲嘆息，「首先是壞消息，飯店我們沒法住了。」

「Oh！」諾莉一陣哀號，其實是惋惜沒人陪她賭。

「飯店因為早上的意外，加上裡頭本來就有狀況發生，為了避免再出意外，業者決定暫時歇業。」結果事實如他所料，民眾根本只在乎補償相關事宜，能不能住反倒是其次。

「那我們怎麼辦？不能住別間嗎？」葉筱君立刻發難，這趟旅行她可是盼望很久啊！

「甭想了！暑假本就是觀光熱潮，如今飯店出事，用膝蓋想也知道其他遊客往哪去。」諾莉扁了扁嘴，傻女就是傻女。

「應該說，暑假旺季，其他飯店可能早就滿房了，現在出事，也就更沒有機會另住。」雷明頓就諾莉的回應稍加潤飾，好讓聽者不那麼刺耳。

「是的。所以我現在想和大家討論，是否先送你們回家，之後再另行規劃？」李礎耀拿出手機，隨時準備動作，「現在是中午十一點，我朋友車應該還沒開遠。」

「我認為只能先打道回府了。」柳晴風默默把聽到的消化完畢，在談正經事時她還是相當認真的，「不然我們晚上沒地方住，有錢也沒用。」

「小風說的是。」流星目光遍掃所有人，「大家沒異議吧？」

「也只能這樣了。」米漿推推鼻樑上的眼鏡，笑容仍舊充滿智慧。

「OK，那我就Call我朋友了。」討論既定，李礎耀便起身步往外頭聯絡好友，雖然掃興，但也是沒辦法的事。

「唉……」葉筱君失望地把冰一口兩口挖完，再將空碗端去櫃臺；臨走之際，一個眼熟的人影與其擦身而過——

「欸……阿君？」

聽見耳熟的招呼，葉筱君遽然回首，比起地震、旅行中斷更令她始料未及——

「阿君……係你？」

「……叔叔!?」

第三章　暗潮

日正當中，豔陽高掛，熾熱的天氣使得往復旅客汗如雨下，笑語歡騰，可見其味「甘」之如飴。阿里山的海拔未達三千公尺，在台灣百岳中完全沾不上邊，然而論知名度、遊賞度，卻是民眾心目中的佼佼者。

柳晴風一行人頂著烈日，杵在日式冰店外看著姣好身材的葉筱君與步入中年的男人寒暄；李礎耀則是手機貼耳，難為情地請求遠去的好友折返。

「對……飯店出事了……不是、真的不是我帶衰！」李礎耀百口莫辯，雖然他早預料到請友人歸來勢必得被調侃上兩句。

望著汗水不停滾落李礎耀臉龐，柳晴風突然有點同情，自費請學生出來玩，還一直被噹……用網路術語來講，她真的只能幫QQ了。

「咦？真的嗎？真的可以嗎——」葉筱君驚喜般的高呼引起眾人注意，她旋踵跑來，喜出望外，「老師！我找到地方住了——」

「欸？」暖風拂過柳晴風的髮絲，她顯得有些驚訝。

「筱君，怎麼樣？」米漿上前牽住女友的手，諾莉立即翻了白眼，到底是有多愛放閃？

「怎麼回事？」李礎耀手機剛掛，就聽到學生呼喊，「什麼找到地方住？」他千拜託萬拜託才把好友請來，可別讓對方覺得他在呼攏啊！

「那位是我叔叔，他說他在這附近有開民宿喔！」葉筱君指著不遠的中年男人，那人隨即走來。

「你們好齁！我是阿君的叔叔，你們叫我葉叔就可以了。」葉叔說話有著特別的腔調，像是很想把國語發到標準，卻又與一般的台灣國語不盡相同，簡而言之，就是怪。

「葉先生您好。筱君跟我說，您有在經營民宿？」李礎耀作為負責人，即使跟學生家長接觸，也必須問詳細聽清楚，才不容易造成後續的誤會。

「嘿，啊我那間民宿齁，離這邊有點距離啦，所以都沒有人客住。」葉叔從汗衫口袋取出一張名片，「啊我自己有在種茶啦，民宿生意不好，幸好這邊的店都用我的茶葉啦！」

「這樣啊……」李礎耀將名片上的資訊概要檢視一番，確認沒問題才回頭詢問柳晴風四人組的意願，「你們的意思呢？」

「我是沒意見啦。這次不算老師主動找的，應該不會受到連累？」諾莉賊賊笑著，「開玩笑的！」

「我想老師可以先詢問價錢再作打算。」流星雙手抱胸，展現冷靜沉著的一面，「你是出錢的人。」

「我的想法和流星一樣。」雷明頓側首看向尚未發表意見的夥伴，「小風呢？」

「蛤？」柳晴風倉促昂首，顯然沒在參與話題，「喔，我也覺得老師決定就好！」

「妳又在想什麼啊？」諾莉走到柳晴風身邊，低聲附耳，「還在想他？」

「不是啦！」柳晴風急忙作出澄清，「我是在想……她叔叔就住這附近，怎麼筱君一副不知道的樣子？」

「大概是傻到腦子除了爛咖就沒別人了吧？」諾莉斜眼鄙視，她也不明白這傻女的思維。

「那麼葉先生，如果我帶學生到貴莊住宿，不曉得費用怎麼算？」如流星所言，李礎耀的確沒有太多預算，雖然飯店已將住宿費全額退回，但就他所知，一般私人民宿要價未必比飯店便宜。

「這個錢都好商量啦！」葉叔笑起來十分豪邁，可能與他長年做生意的手段有關，對於「感情交陪」的看重勝過純粹利益，「阮阿君也讓老師照顧了啦！」

「既然這樣，我們方便哪時候過去呢？」李礎耀敞開笑容回應，他接觸的家長並不少，儘管只是實習老師，卻已在補習班、家教工作過一段時間了。

依據他的經驗，葉叔這類人較明瞭人情世故，即使小孩犯錯，也不會在第一時間不分青紅皂白護短，是極少數仍保有「尊重專業」觀念的家長。

相反地，都市生活水平普遍比鄉村來得高，知識與見聞傳遞快速，部分家長因而「自有」一套專屬的教育理論，倒視教師為下等幫傭。

「啊可是齁，我的車載不下你們這麼多人餒。」葉叔拿出感應器，對著一台藍色貨車輕點，「我剛到這邊送茶葉啦！」

「這沒關係，我有請人來載，倘若葉先生方便，稍後我便帶學生到貴莊。」李礎耀看看時間，他朋友最快也還要三十分鐘左右才到。

「那我就先回去整理一下，你再照名片住址來駒！」葉叔打開車門上了駕駛座，「耽恁來喔！」目送葉叔駕車離去，葉筱君樂得不可開交，「我們可以繼續玩了！」

「老師，既然住宿有著落，我們不妨先去吃午餐？」受到女友情緒感染，米漿明顯愉悅，「也順便等司機。」

「我和諾莉稍早前有看見一家中式餐館，裡面空間開闊，不如去那裡用餐？」走到哪記到哪，是雷明頓的一大優點，這才能隨時為同伴提供地理資訊。

「那就走吧，杵在這裡我都快被烤熟了！」諾莉使勁搧著風，香汗不停自帽簷滑落。

眾人在雷明頓帶領下，很快就抵達阿里山境內的服務區。寬廣的佔地，不光作為大批車輛停放所在，許多紀念商店、餐館林立，包含旅客中心、電信行、以及生活絕不能缺少的7-11均在此處，場面喧鬧不已，熱烈非凡。

踏進餐館，門上的空調吹來透心涼，讓一行人原本熱到焦躁的心情獲得舒暢；館內裝潢使用了大量的朱紅色，表達強烈的喜氣，亦為中式餐館之特點。

用餐時間未達尖峰，因此館內空間並未擠到無法行走；李礎耀領著學生坐在落地型冷氣前，這樣能一面冷卻熱食，一面降低灼熱體溫。

他們點了五菜一湯，價格也選擇較便宜的料理，算是替老師省荷包；電視新聞播放著最新的社會案件，成為上菜前的聊天話題。

一對畢業的高中生情侶，女方因為男方劈腿，無法接受事實，亦難以割捨舊情，遂透過共同好友將兩人約了出來……最後雙方談判破裂，女方以預藏的蝴蝶刀刺殺兩人數十刀，再當街崩潰自殺。

根據警方檢驗，被害死者刀刀見骨，加害者本身亦死狀慘烈，實在難以想像一個小女生怎會有如此力氣。

「愛有多深，恨就有多深吧……」柳晴風雙眼泛著惋惜，那名女高中生的悲傷，她非常能感同身受。

「但最悲哀的，莫過於迴盪現場的哭喊聲。」流星眼神也透露同情與無奈，三人死亡，即代表三個家庭破碎。

李礎耀長嘆一聲，「孩子們，機會教育。千萬不要為了不愛你的人傷害自身。」

「不光是生命，也包含興趣、理想、財富、心情、健康等。」談及教育，李礎耀就會變得十足認真，他看的案例不能再多了。

譬如為愛出賣靈肉供男友吸毒的女孩，如若對方是真愛，又豈會讓自己心愛的人遭受第三者侮辱？或是任伴侶予取予求的男孩，必須定時送禮討其歡心，一旦自身無法負荷而中斷，則被女友定調為不愛，那麼對方究竟是愛人、抑或愛錢？

諷刺的是，這些實例不僅出現在青少年階段，即使成熟如中老年人，亦不時看見被名為愛的糖衣蒙蔽理智，進而受騙受傷的例子。

「我明白被愛情沖昏頭的情況下，這些道理都是馬耳東風。但希望你們謹記：要懂得換位思考，不是失去了就是活不成。」

雷明頓率先點頭贊同，老師說得不錯，當年他母親遠嫁台灣，也曾在生父拋下她時險些尋短，後來憑藉小孩無辜，念頭一轉，便靠這股信念存活至今。

人家說為母則強，這句話套用在他母親身上最適合不過。

諾莉嘴角微挑，這番道理的確受用，然而……她眼角暗瞥，不知對那痴情傻瓜有沒有用？

柳晴風察覺到注視目光，知道諾莉多半是想藉這番話提醒自己。說實在的，這則新聞案例，就是當初的她如果處在不理智的情況下會做出的事情啊！

滿滿的既視感，要是排除結果的部分她還以為是在說她哩！幸好從小家裡灌輸給她的觀念，並不會讓她偏激到那種地步，頂多是在失戀後日夜傷心而已。

此時流星悄然瞟了柳晴風一眼，發現他對面的男生，米漿，也下意識地將視線投向於她。

看來那人也知道自己的骯髒事，沒全忘？

「來喔小心燙喔——」幾個服務生端著餐盤，一口氣將五菜一湯全部上齊，總算暫止了這個沉重話題。

葉筱君瞧出氣氛凝重，便自發地夾了塊糖醋豬到老師碗裡，「老師辛苦了，謝謝你帶我們出來玩！」

她端起玻璃杯，朝眾人致意，「乾杯——」

用完午膳，李礎耀特地向店家多買一瓶綠茶，好讓臨時趕回的友人在路上有涼飲能解渴；他和對方約在餐館前，看看手機，也差不多到約定的時間，便領著學生在店門口等待。

叭叭——遊覽車踩著油門疾馳而來，充分反映出駕駛人的不耐！許彌生將車停在路邊，啪的一聲打開車門，可想而知出現眼前的是一張臭到不能再臭的臉——「哇沒想到我這麼快就過完三天兩夜了，好賺。」

「呃……彌。」李礎耀驚覺矛頭不對，連忙賠著笑臉上車，恭敬地將綠茶遞到好友面前，「辛苦你跑一趟！」

許彌生哀怨地望著散發冰涼的綠茶，然後又盯盯好友欠打的表情，嘆了一口氣，「算了，是我自己說有問題Call我的，上車吧。」

「抱歉抱歉。」李礎耀掏出兩張藍色小朋友放到駕駛座前，「當作車資，別推回來！」

「行了，你也沒賺多少，省著吧。」柳晴風跟著其他人上車，驀地聽見司機大哥與老師的談話，深感這就是男生間的友情吧！

無論嘴上、心裡多麼不願，還是肯為好友兩肋插刀不求回報。老師得友如此，也算是平反了帶衰的運氣吧！

她提拿行李回到原先位置，見諾莉整理完自身家當後，轉身順便取過她的行李放置穩當；而流星小雷聚了過來獻上飯後零食，一群人湊在一塊，繼續上午未竟的遊戲時光。

看來，她也同樣擁有這麼好的朋友呢！說著奇怪，當她發現這點時，那股沉積內心已久的愁苦竟一瞬似撥雲見日般消散！

這，就是換位思考的力量嗎？好像真的有一點威耶！

遊覽車駛過山間小路，路程並沒有持續太久，大約二十分鐘過去，便抵達葉叔名片上註記的地址。眾人再度下車，也再一次地謝謝司機載送他們到此；李礎耀更是心懷感激，即便許彌生表示倘使再出問題也不要Call他，但李礎耀很明白這只是玩笑話，真有事的話，他這位好友絕不會袖手不理的。

旋過身子，他們一行人就站在外觀全然不像民宿的建築前，樸素的構造、傳統的格局，倒像是獨立鄉間的普通民宅，與葉筱君想像大有出入，讓她原本興奮的情緒又趨冷卻。

葉叔聽見屋外動靜，連忙換上夾腳拖鞋出門迎接貴客，一張臉笑得合不攏嘴，「來來來歡迎歡迎！」

他熱情地招呼，彷彿許久未見客人，能講解什麼、介紹什麼，便使出渾身解數服務到一百分；柳晴風走在後方，對於葉叔的口音她是有聽沒有懂，不如自己見識要來得快速且實際。

從門口走進去，先是一扇屏風作為阻隔，營造出空間的層次感；屏風之後是大廳，兩列新穎的木製吧檯打磨得十分光滑，瓷器、花瓶、石雕均有，充斥著古色古香。

大廳左方是一室的泡茶區，葉叔特地以太師椅及樹根原木桌凸顯此區的傳統風，好讓客人品茗之餘，也能推銷自家茶葉；右側為開放式電影區，沙發前方設有投影幕，亦可視顧客需求改變為現代KTV。

走過大廳，後方即是廚房與樓梯。葉叔表示，民宿地處偏僻，旺季時若是一個月有五組客人就該偷笑了，因此民宿的飲食全由他負責，也不須另聘廚師。

上了二樓，挑高的空間設計，舉目皆為茶色的木製裝潢是公共區域，這兒有張大圓桌擺放著咖啡機、飲水機、烤箱、電鍋等各式器具供旅客自由使用；精緻的日式風格，完全與樓下是兩樣國度。

盡頭共有六間房間，左右各三，葉叔指著最靠牆的雙邊房間，「啊你們男生女生各一間可以齁？裡面空間都很大啦！」

口說不如實際見證，柳晴風三人最先走到盡頭左邊的房間，叩叩兩聲完成敲門儀式，再拖著行李入內，將其擱置一旁。

採光良好的落地窗、漫山遍野的夢幻景色，是她們進入房間的第一印象；柳晴風走到窗前，放眼眺去，皆是不同於民宿門口的山坡景致，縱使是五星級飯店，也未必享有如此視覺饗宴！

再回頭瀏覽環境，同樣是一系列的日式家具，床的部分改為榻榻米上鋪設床墊，牆上一層層置物格，有的擺放薰香、有的置入茶壺，最特別的莫過於天花板全由玻璃片所構成，這樣即使不特別外出，也能在夜晚光是躺著，便瞧見滿天星辰。

「這不紅沒理由啊……」諾莉震驚地給予這樣的評語。

「啊啊——我太喜歡這裡了！」葉筱君高興地大叫，她剛剛還以為得在一個破破爛爛的房子熬過三天兩夜呢！

尖叫聲引來諾莉一記白眼，然而柳晴風卻能理解葉筱君的喜悅，因為……她也很亢奮啊！一想到在遠離塵囂的夜晚，能在靜謐的日式套房仰望星空，簡直是人生一大享受！

倘若身旁……算了算了不想！柳晴風搖搖頭，將逐漸淡出的影像甩出腦外；諾莉不禁暗地興嘆，這房內似乎只有她一個人正常？

三人簡單打點完畢，柳晴風則因為適才酸菜湯喝多了，不得已需要跑廁所解放，其餘兩位女生才先下樓等待。

闖進浴室，柳晴風立刻拉下馬桶蓋，將膀胱屯積已久的水分盡數排光！起身壓下按鈕沖水，再到洗手台清洗兼醒臉，忙碌的動作卻突然遲疑——

匡匡。

柳晴風微圓雙眼，瞥向鏡框邊緣，她剛剛好像看到……鏡子在震!?

想起上午手賤的後果，她不敢再貿然觸碰，於是她倒退兩步，戒慎地盯著橢圓鏡面，一秒、兩秒度過……安然無恙，看起來應該是沒——

砰！

「靠！」一突如其來的重擊讓柳晴風嚇得差點跳起！雖然她從小在家長大，但這還是她第一次碰上所謂的靈異事件耶！

驚詫中摻了點好奇，更多的是匪夷所思的興趣，她很想知道這東西究竟是什麼！

抑住鼻息，按捺那顆躍躍然的心，期待會有更多的異狀出現在眼前——只可惜接下來時間滴答過去，始終顯得一片正常，不免讓柳晴風有些……失望？

但其實她須想的，應當是發生異樣的背後原因才是——

是哪一路的鬼？在這自殺的？被害的？抑或沒事路過的？特地在她面前製造騷動，是想表達冤屈？還是惡意挑釁？她記得剛剛也有敲門表達禮貌吧？

算了，想不出個所以然，柳晴風索性轉動門把走了出去，大不了再找機會打聽這裡是不是有過什麼八卦好了。

她低頭前行，嗅著二樓獨有的奇特氣味，卻沒留意到門口有人，險些一腦撞上那個她極力不願再有接觸的男孩，米漿。

動作僵了兩秒，她裝作沒看到，試圖從縫隙中溜走，哪知對方竟叫住了她——

「阿晴。」

柳晴風瞬間止步。

這是多麼熟悉且奢侈的稱呼……自從失戀以來，她無不想著有朝一日能再聽見這聲叫喚……

五官均綻放聰穎的黑框男孩走到她面前，曾經最親暱的臉龐又回到最盼望的距離，只是開口而出的，卻非馬尾女孩的祈望。

「我希望妳明白，我們已經結束了。」

「嗯，我知道。」言語刺痛著心臟，卻必須故作堅強，儘管內心暗潮洶湧，柳晴風仍淡淡笑著，「祝福你們。」

話一說完，柳晴風旋即三步併作兩步逃離那幾近窒息的氛圍。

她每下一步階梯，心裡跟著唉了口氣，明明心情正要轉好的……

下了樓，撇除「他」之外，其餘人皆已坐在大廳吧檯等待，邊品茗來自葉叔驕傲的高山茶；看樣子，米漿是特地留下來「提醒」她的嗎？

就因為看見那則新聞，擔心她也會失控暴走？……真是一點都不了解她……

「妳來啦，我正要上去找妳哩！」諾莉看向走近的柳晴風，「拉肚子喔？」

流星聞言立刻放下茶杯轉向身後的女孩，「不舒服嗎？」

「呃沒有啦！我剛剛在廁所遇到蟑螂，所以耽擱一會，別擔心。」柳晴風胡亂謅了個藉口，要是讓他們知道她遇上阿飄，還不嚇死他們！

「蟑、蟑螂——!?」葉筱君倏地從座位上彈了起來，這「禁語」無論對誰都是可怕，「結果呢結果呢!?」

「放心我解決了。」柳晴風隨口應道，至此諾莉已察覺好友有異，但只得私下詢問。

「我一定要跟叔叔抗議！」葉筱君高聲叫著，企圖讓在廚房忙的葉叔聽見。方才她叔叔說，在他們來前剛好有一組客人造訪，是以這會兒他正準備點心給人客吃。

「對了小風，老師說待會要帶我們去附近的景點晃晃，我們可以拍張照紀念。」雷明頓看見米漿接著下樓，於是趕緊進入正題。

「喏，我順手幫妳拿了。」諾莉指了指流星座位旁的弓箭。

「紀念弓箭社到彼一遊！」流星高舉著弓，展現脫離未全的稚氣與衝勁。

「抱歉久等了。」米漿信步走來，葉筱君隨即黏了過去。她看見其他人人手一弓，心生羨慕，誰叫熱舞社都沒什麼標誌性的東西可以拿來打卡……

「大家可以休息一下，四處看看。」李礎耀將高山茶一飲而盡，帥氣起身，當然也不負眾望地被茶水嗆到，再次出糗——

「出——咳、咳咳！兩點出發！」

傷心山，一座聞之姓名，便觸動往事心弦的高山。

民宿沒有包廂車，因此李礎耀在陽光漸弱後，才帶著學生沿著阿里山公路漫行，享受夏日和風揉合山上清風吹來，淡淡的暖陽芬芳，也別有一番悠然閒暇滋味。

他們沿途照相，毫無行車的公路成為絕佳的拍照背景，活像廣告中的男女主角，讓每個人都有充分的自由發揮，也算消磨掉不少時間，是以待他們真正抵達傷心山頂時，已是下午三點左右。

觀景臺上遊客並不多，早在葉叔推薦時，就說這兒是一處鮮少人知的私密景點，不僅環境保存良好，也未受到許多人為破壞，是方圓百里中，最適合他們年輕人遊賞拍照之處。

柳晴風拿著相機，走向護欄，將鏡頭對準明媚山光，為此刻的澎湃紀錄成像。只是這麼美的景色，怎麼會取名傷心山呢？

「老師幫我們拍照！」諾莉示意柳晴風將相機交給李礎耀，另外那對一個傻一個渣，她不屑領他們的情，「小心不要弄壞喔！」

「嘖……知道啦！」李礎耀聽得懂諾莉話裡的意思，這可愛又可恨的學生還是嫌他的運氣會把學生相機用壞，嗚嗚。

「來，三、二、一，笑一個——」透過鏡頭，李礎耀看著這群孩子發自內心敞開歡笑，青春之無限，不禁想到當年的他，也是這般青澀……

柳晴風四人一連擺了好幾個Pose，長弓在手，無論是冷峻的瞄準、豪邁的開弓、颯爽的餘姿，皆透過相機烙印了下來。

另一頭的小情侶只管自拍合照，葉筱君雖然羨慕弓箭社的人，但身旁這位帥氣的男友才是她的全部！

他們倆連續拍了好幾張照，這裡的美景不光是葉筱君，連一向淡定的米漿都堆滿笑，足見傷心山之秀麗。

「小風，我……能和妳單獨拍一張嗎？」在替柳晴風與諾莉拍完合照後，流星靦腆地提出這個請求。

「喔，可以啊！」柳晴風想都沒想便答應。

流星竊喜又彆扭地站到柳晴風旁，個頭恰與她呈現最萌身高差，一顆心更是噗通噗通狂跳——

「來囉，三、二、一——」雷明頓按下快門，為好友流星留下最值得留念的一刻；諾莉則在一旁憋笑，擁有眾多女粉絲的弓箭社之星居然這麼害臊啊！

傷心山上歡聲笑語，光陰轉眼流過，日暮西沉，雲海聚集，眾人全都倚著欄杆，體悟大自然的雄偉。

「從明后以嬉游兮，登層臺以娛情。立雙臺於左右兮，有玉龍與金鳳。俯皇都之宏麗兮，瞰雲霞之浮動。休矣……美矣……」受到眼前景象感染，李礎耀乃藉由吟詠表達內心的感動。

柳晴風等人望向李礎耀，忽而有股尷尬癌湧現，即便課業優異的他們都能明白老師的行為所為何來，倒是葉筱君腦袋浮現兩個問號完全不懂這是在幹嘛？

在中國最早的韻文《詩經》中，有所謂賦、比、興三種寫作手法，其中「興」者，代表的是託物興詞，意即以景物為開端，再引發心中所要歌詠的事物。

這雖是古人流傳下來的文學手法之一，卻是出於人類的天性。

對於「美」的感受，並不會因為古今內外有所差異，因而將其化作「言辭」，從中抒發，是以撇除葉筱君在外，其餘人均能明瞭李礎耀此刻的心情——儘管真的尷尬。

而柳晴風等人亦知老師所吟的，正是《三國演義》中〈銅雀臺賦〉的一段。

雖然意思完全不同，但李礎耀巧妙地將「登臺娛情」比作「登觀景臺賞景」，將「玉龍金鳳」比作「學生」，重點在雲霞之浮動，實是難以形容的美與壯觀。

「難逢奇景，不如你們各自以『夕陽』為素材，吟誦一首如何？」現在的李礎耀好比古代文人，興致一來便邀請學生附和風雅，「我記得我跟課的時候有跟你們玩過類似的。」

「蛤……又來？好吧，就陪老師玩玩。」儘管諾莉有些不願，但區區吟詩還難不倒她，「阮籍推名飲，清風滿竹林。半酣下衫袖，拂拭龍脣琴。一杯彈一曲，不覺夕陽沈。予意在山水，聞之諧夙心。」

「嗯……孟浩然〈聽鄭五愔彈琴〉。不錯不錯，諾莉將飲酒彈琴化為拍照賞景，不覺太陽西沉，主旨明確，意在山水，很好！」

「一曲新詞酒一杯，去年天氣舊亭臺。夕陽西下幾時回？無可奈何花落去，似曾相識燕歸來。小園香徑獨徘徊。」雷明頓見諾莉輕鬆吟出，自己也不落人後，好在中國古典文學所蘊含的魅力一向為他所喜。

「這是晏殊的〈浣溪沙〉。詞中有著淡淡的哀愁，感嘆美好易逝，但萬物有情，仍會歸來，正是情中有思，小雷，詠得好！」

對於李礎耀的評價，以及諾莉、雷明頓吟詠的詩詞，葉筱君完全霧煞煞，也覺相當浮誇！而米漿雙眼輕闔，嘴角上挑，雖胸有成竹，卻不願加入李礎耀等人的吟詩遊戲。

李礎耀暗暗一瞟，深知這孩子對此不感興趣，也不去強迫，「接著換誰，小風？」

「槐陌蟬聲柳市風，驛樓高倚夕陽東。往來千里路長在，聚散十年人不同。但見時光流似箭，豈知天道曲如弓……」柳晴風專注於遠方橘黃色的落日，那令她相當有感觸，「夕陽無限好，只是近黃昏……難怪這座山取名叫傷心。」

「哈哈，好！有柳有風有箭有弓，這首〈關河道中〉，小風用得十分貼切！只是兩首詩俱為傷感之作，倒是失去妳本身的晴了。」李礎耀再三吟讀，深深對柳晴風能選這首詩感到非常佩服。

「莫聽穿林打葉聲，何妨吟嘯且徐行。竹杖芒　輕勝馬，誰怕？一簑煙雨任平生。」流星驀地輕誦而出，語調輕快且瀟灑，「料峭春風吹酒醒，微冷，山頭斜照卻相迎。回首向來蕭瑟處，歸去，也無風雨也無晴。」

眾人還沒來得及消化完畢，李礎耀已經拍了好幾下手大聲叫好，「蘇軾的〈定風波〉！」

「這闋詞接在小風之後，當真是妙！」李礎耀連連讚嘆，「來來來，我解釋給大家聽。」

「微冷者，象徵我們人生遭遇的各種苦難，也是最低潮時；然而山頭斜照，意味著人生不可能總是潦倒，就如心灰意冷時，驟然見到一抹夕陽跟你Say Hello，那種來自大自然的鼓舞，不正是老師我上午說過的，換位思考嗎？」

「因此小風的傷感詩，由流星的豁達詞來解，實在是妙不可言！」李礎耀惋惜手邊沒有素材，不然他真想當眾頒獎給學生。

「原來是這樣！兄弟，真有你的！」雷明頓拍著手，在老師的講解下，確實精妙之處都鮮明了起來。

「怎麼你們都那麼會啊……」葉筱君呆然聽著掌聲，「我都不知道這些詩詞有這樣的意義耶？」

「那是考試僵化了妳的思維。」諾莉憑欄遠眺，「要是考試盡考我哪本書是誰寫的、哪個理論是誰提的，再有價值的教材也形同糞土。」

更別說文學賞析，每個人各有其感悟，考試答案卻只能用選的不能用答的，不是很莫名其妙嗎？遑論她記得之前有則新聞，內容是考現代散文，結果答案反被原作者打臉，更顯現出考試制度的弊病。

「諾莉的想法深得我心。」李礎耀點頭稱許，這也是日後他從事正式教師，首要改革的陋習。雖然他只是一隻名不見經傳的菜鳥，但相信只要繼續保持這股熱忱，感染更多相同目標的教師，想必終有一日能改善這種教育風氣。

柳晴風靜靜聆聽著這番談話。不曉得為何，當她凝望這片落日之景，心裡除了感傷，還有一股心神上的安寧。

山頭斜照卻相迎……這句話一直在她的腦中盤旋，她反覆思量，打從上午的新聞，到此刻流星的鼓勵，無不是在提醒她早日走出憂傷。

那麼她，似乎也應當打起精神，回歸到原本的自己了。

「好啦，時候不早了，葉叔說太陽下山後，山中容易起霧，為免迷路，少爺小姐們，我們該回鑾囉！」李礎耀走下觀景臺，模仿古人朝學生們一揖，吆喝著啟行。

柳晴風忍不住再貪戀夕陽一眼，以及如海浪翻騰的雲海，要是有機會，她也想帶爸媽來看！趁著餘映尚在，她踩著漸漸釋懷的腳步，輕盈地跟隨其他人離開。

距離人群數十公尺遠的枝頭，一隻黑燕眨著猩紅雙眼，目送那名長馬尾的女孩離去後，也悄然從枝頭飛走。

第四章　迴夢

回到民宿後，敞開大門燈火通明，再來微微的香氣撲鼻，使倦乏的歸客為之一振，體力彷彿又燃燒起來。

學生爭先入門，幾乎都往廚房裡靠，果然看到穿著汗衫的中年男子舞著鍋鏟，忙得不可開交，一旁還有鍋湯燃著烈火，焦味漸濃，看似就要失控！

雷明頓趕緊上前關火，並將抹布浸濕，暫時提拿鐵鍋放在水泥地上，這才免卻一場災難。

「叔叔！」葉筱君失措地高嚷，「你……真的會做菜嗎？」

「說、說什麼啦！咳咳！」葉叔被濃煙嗆得直咳，「我只是太久沒準備晚餐給人客吃了啦！」

柳晴風默默地走到餐桌旁，目視其上一盤黑漆漆的料理……這，難道就是他們奔波一天的晚餐嗎？簡直慘不忍睹啊！

「呃……」流星也看見那團烏漆抹黑的成品，胃口瞬間去掉大半。

「難怪……」諾莉才納悶，論裝潢、論景色，這間民宿都算得上是一絕，即便行銷手段再差，也不至於慘成這副德性，原來肇因全在伙食上……

「葉叔，要不我來幫你吧！」雷明頓決定自告奮勇，「突然來這打擾，為了答謝你給我們方便，這頓晚餐就由我來做吧！」
「蝦咪⁉你會做喔！」葉叔不敢置信，但這個小朋友也不像是黑白講？
「好了叔叔，我們別打擾他們做菜！」葉筱君直接將葉叔推離廚房，她相信不管是誰做，都絕對有辦法比她叔叔的暗黑料理還美味！
「呵，辛苦了喔，我去看看老師有沒有需要幫忙的。」米漿掛上微笑，向雷明頓頷首，跟著步出廚房。
「這兩個……坐享其成啊！」諾莉大翻白眼，縱使那爛咖和小雷、流星不同班，但至少這種情形留下來幫忙洗碗端盤是禮貌吧！
不參與便想共收成果，簡直是自私中的自私！
「不過小雷，你說你會做菜是認真的嗎？」認識這麼久了，柳晴風還不知道他有這個手藝耶！
「別看小雷這樣，他的手藝未必輸給持有證照的廚師。」流星笑著動手切菜，將之分裝成碗，「我去他家吃過幾次飯，都是小雷負責下廚。」
「哈，本來我也不想反客為主的，但葉叔的料理看起來實在……悲劇。」雷明頓取過流星切的白菜，下鍋，翻炒，一如在他家時與好友的分工合作。
他之所以擁有純熟的廚藝，全因不捨得母親勞累，因此從小就在母親身旁看著，直到完全記熟母親的工夫。
「那我來看看有什麼能吃的食材可以用。」諾莉轉身翻起冰箱，發現裡面滿滿的蔬菜和菇類，一點肉魚都沒，「這葉叔是吃素的嗎？冰箱居然什麼肉都沒有！」

「肉的話……在這。」柳晴風端著那盤「暗黑料理」，黑糊糊的全攪在一塊，勉強把焦味忽略的話，還是能聞到些微肉腥味，看來葉叔的廚藝真的不優……

她把那盤肉倒進廚餘桶，轉身開始幫忙洗菜。這樣一來，諾莉擔任助手，她負責清洗，流星切菜，小雷掌廚，一切流程有條有理；少時過後，一道道出自他們四人小組的精緻菜餚躍上餐桌，香氣四溢，讓柳晴風當場拿起相機紀念！

「弓箭社之餐！」快門聲喀擦喀擦，柳晴風一連拍了好幾張照。看看這些料理，每一樣各具特色，皆非台灣隨處可見，小雷的手藝真不是蓋的！

他們人手一盤端往大廳，李礎耀見狀，便和米漿將兩張吧檯合一充當餐桌，葉筱君負責擺椅子，葉叔則是瞠目看著美食上桌，完完全全想不到幾個小孩子有辦法變出這樣的菜色！

「臨時下廚，煮不出好菜，讓大家見笑了。」雷明頓紛紛與好友們取下背上長弓，剛剛太緊急，他們四個都背著弓在廚房工作，居然也不覺得礙手礙腳。

「燉菜、烤甜椒、炒蘑菇、玉米湯。」流星替友人介紹起菜色，「雖然都是家常菜，但口味融合了台灣與小雷家鄉的南美風，很特別，大家試試。」

「怎麼都是素的啊？」李礎耀並非肉食主義者，但滿桌蔬菜也讓他頗為疑惑。

「啊……我那盤肉咧？」葉叔筷子停在空中，竟不知從何夾起，那盤肉他花了很多心思做餒！

「那個……我倒進廚餘桶裡了……」柳晴風難為情地開口，儘管那種東西根本不是人吃的，但要她當面承認把人家的心血當作「ㄆㄨㄣ」倒掉，她還是覺得很失禮。

「蝦咪啊！」葉叔驚叫出聲，「那個肉我還用茶葉一起炒餒！」

「叔叔！別說了。」葉筱君嫌惡地皺起眉頭，「你那個根本不能吃啊！」

「那欸安捏……」葉叔落寞地夾了口燉菜，驚覺味道辣中帶酸，更牽引出蔬菜的清甜，「這好吃餒！」

「口味滿特別的，很下飯。」米漿眼神掃過三道蔬菜，發現彼此都有個共通點，「這是紅醬嗎？」

「對，在家鄉我們叫Salsa roja，是用辣椒、番茄、洋蔥、香菜等製成，為了符合台灣人口味，我還調整過辣度跟酸度。」有幸介紹家鄉的美食，雷明頓覺得很光榮，「可惜在這不能做我最擅長的Tamale，要不然包你們讚不絕口。」

「大馬……什麼？」突然冒出幾句拉丁文，柳晴風一下子聽糊塗。

「Tamale，就是墨西哥粽。」雷明頓笑了起來，「是用玉米粉包肉，再以玉米葉包起來蒸喔！」

「聽起來好酷！」稀奇的料理勾起了柳晴風興趣，「有機會我可以吃吃看嗎？」

「當然沒問題。」雷明頓溫溫笑著，受到稱讚讓他有些害羞，「下回老師、諾莉、以及兩位同學也一起來吧！」

晚餐時光在歡笑聲中過得特別快，雷明頓是當中最快樂的人！與西方國家相比，台灣對外來文化的包容程度確實不低。

同樣都是圍繞民族而生的風俗，本來就沒有誰比誰優劣。

眾人陸續回到房間盥洗，而柳晴風是最後一位，其他洗好的人均已在電影區喝茶享受，吹著沁涼冷氣。

她經過二樓最前方的房間，忽然止住步伐——她怎麼覺得哪裡怪怪的？

望向左右，除了尾末兩間房是他們住之外，她記得下午曾聽筱君提起，在他們來之前有一組客人到此，那剛剛怎麼不見那組客人下去吃飯呢？

好奇心再次作祟，她墊著腳尖靜靜移動到左右房門，動作輕柔地將耳朵貼在門板上……

……嗯？沒有聲音？現在才八點，敢情那群人都這麼早睡嗎？

不過剛剛吃晚餐時，葉叔也沒有要叫客人下來用餐的意思，或許他知道原因？待會再問問好了。

打定主意，柳晴風回到房內，將換洗衣物準備好踏入浴室，迎面的橢圓鏡框立即讓她回憶起下午遭遇的靈異現象。

要是路過的阿飄也就罷了，再不然存心挑釁也沒關係，可千萬不要挑她洗澡的時候跑來亂啊！

一想到可能會被別的東西偷窺，要命的或許還是隻男飄，柳晴風就覺得渾身不自在！

希望神明們保佑，就算要被騷擾，也拜託等她洗完澡再來！柳晴風默默O.S.完這段話，接著打開蓮蓬頭，讓溫水淋濕頭髮。

水氣蒸騰，她的動作絲毫不拖拉，畢竟想到可能有阿飄在旁窺伺，她就無法放下心來洗澡！

取過浴巾，她飛快地擦乾長髮，換上衣褲，盯著那布滿霧氣的鏡面，她微微鬆了一口氣。幸好這隻飄還算有風度，懂得避開可愛女性的沐浴時間。
挽起頭髮，用毛巾包覆住，就在要走出浴室時，一聲細微的震動碎響再度引起她駐足回首——
匡匡。
柳晴風微瞠，她才慶幸對方很合作的耶！不就好在她衣服穿得快！
「喂！我不過來住兩天而已，就不能安分一點相安無事嗎!?」柳晴風氣呼呼地插著腰，這已經快超出她的忍受範圍了。
接下來的數秒，只有水滴答答回應，有那麼一瞬間，柳晴風覺得自己像個神經病，居然對著空氣自言自語？
匡匡……匡、匡匡——
鏡子震動的幅度倏顯強烈，跟著一隻肉眼看不見的手啪的一聲拍上鏡面，就像隔空對著柳晴風嗆聲一樣！
她嚇得跳飛起來，卻不是出於恐懼，而是這種毫無預警的驚嚇根本讓她來不及做好心理準備！
清晰的掌痕印在霧面鏡子上，雖不像電影裡演的鮮血淋漓，卻也讓人寒毛直豎。
柳晴風緊盯來自對方的「嗆聲」，眼尾餘光瞥見一抹碧綠——是她掛在置衣架上的護身符！
她迅速跳躍過去，隻手取下護符，再一個漂亮迴身，將其印在鏡中掌痕上——
霎時間，什麼反應也沒有，難免使柳晴風有唱獨腳戲的錯覺；但她深信，護身符的威力一定讓對方不敢再接近！

將符戴回頸上，柳晴風珍惜地撫著細緻織工，幸好她有隨身攜帶……爸媽不在身邊，就剩這枚護身符能帶給她家裡的溫暖了。

惶惶的心漸趨安定，她默默走回房內，卸下包巾，將頭髮吹乾，再束成馬尾，稍微歇息後，才打開房門下樓。

走至大廳，依然只有他們那群人坐在電影區喝茶閒聊，全然不見樓上的房客，亦不見其他人感到好奇。

腳步聲讓友人們抽離電影的劇情，轉頭招呼；而葉叔和李礎耀則把茶具搬至電影區，兩人一面泡茶，一面聊著孩子在校的學習狀況，也算投機。

「小風，妳怎麼洗那麼久？」諾莉看著錶上時間，已鄰近九點，也就是說她洗了快一個鐘頭！

「那個，葉叔，我想請問你一件事。」柳晴風忽然正經的語氣，不禁讓在意的好友們紛紛投以目光。

「啊，妳請說！」遽然被點名，葉叔顯得有些意外。

嗯……此刻柳晴風心中共有兩個疑問：一是樓上的房客，二是這棟民宿的八卦。但她又不好堂而皇之地問這間民宿是不是死過人，只好轉而詢問同樣好奇、卻比較……無關緊要的事？

「為什麼都沒有看見其他客人啊？」柳晴風刻意裝作臨時起意的模樣，較為自然，「只是突然想到的啦！」

「對耶叔叔，你不是說還有一組客人比我們先來？」經柳晴風這麼一提，葉筱君也覺得奇怪。

「喔！那組人客早早休息了啦，還要我別去打擾哩。」葉叔挺不以為然，「真正是什麼款人都有。」

是喔……柳晴風暗自忖度，所以她貼著門板偷聽才什麼聲音都沒有嗎？

「小風，坐著聊吧。」雷明頓指著諾莉身旁的空位，還附贈一杯現泡茶。

電影區的沙發呈現ㄩ字型，中央坐著流星、雷明頓，左側是米漿、葉筱君，右側是諾莉，再過去則是葉叔與李礎耀泡茶的小圓桌。

柳晴風癱在沙發上，雖然感覺是十分爽快，但心中始終無法踏實。有疑問卡在心底，真的是非常痛苦啊啊——

「葉叔！」柳晴風到底還是忍不住，有疑慮卻不能探究不如一刀給她痛快算了，「這間民宿、或是這附近，有沒有什麼有趣的傳說啊？」

她盡量把話說得稀鬆平常，否則一下導入飄話題，她覺得今晚大家都不用睡了。

「蛤？傳說喔？」葉叔愣了一會，這妹妹怎「熊熊」問這款問題？「我這間民宿是很乾淨啦！啊山上本來就很多奇奇怪怪，也不算什麼啦。」

「不過齁，在我年輕的時候，的確看過一隻大鳥飛到這附近，沒多久，山上就多了一根石柱喔！」說到這，柳晴風和流星對看一眼，大鳥……他們早上也見過。

「那隻鳥很奇怪，竟然有九顆頭餒！哎唷差點嚇死我，後來我到處查，才知道有種妖怪鳥叫『鬼車』，正好就是九顆頭啦！」咦？柳晴風轉了轉眼珠，她看見的那隻……只有一顆頭耶？

「啊恐怖的來了，這隻鳥鶌，聽說會在沒有月亮的半暝仔，出來吸人魂魄，所以在我這裡，只要晚上起霧沒月光，我就一定關燈啦！」葉叔說得煞有其事，還真的跑去外頭檢查。

「葉叔說的這段……我滿熟悉。」李礎耀不知為何，談話至此，心跳居然有些加快，「我高中看過一篇古詩，就講過鬼車的事蹟。」

「嘿對！」葉叔的聲音從外傳進，他碎步跑去臥室，回來時手上已多了一份老舊卷宗，「在這。」

「那是？」對於這個話題，李礎耀比學生更急切。

「你們看就知道！」葉叔一臉神祕兮兮，從卷宗內取出半張泛黃的紙，「裡面就是古早人對那隻鳥的紀錄，代表我沒有黑白講喔！」

李礎耀小心翼翼地取過紙張，赫見這上頭寫的，竟是他高中讀過的古詩內容！

「我也要看！」身隨意動，柳晴風見老師神情錯愕，推測那一定是不得了的大八卦！

> 嘉祐六年秋，九月二十有八日，天愁無光月不出。……天昏地黑有一物，不見其形，但聞其聲。其初切切凄凄，或高或低。……吾謂此何聲，初莫窮端由。老婢撲燈呼兒曹，云此怪鳥無四倚。其名為鬼車，夜載百鬼凌空遊。……此鳥十頭有十口，口插一舌連一喉。……昔時周公居東周，厭聞此鳥憎若讎。……射之三發不能中，天遣天狗從空投。自從狗嚙一頭落，斷頸至今青血流。爾來相距三千秋，晝藏夜出如鵂鶹。……有時餘血下點污，所遭之家家必破。

柳晴風快速將內容閱覽完畢，簡而言之，在很久很久以前，有隻怪鳥叫鬼車，起初共有十顆頭，後來被周公命人射箭驅趕無效，於是上天派下天狗咬掉它其中一顆頭，直到三千年後的作者朝代，鬼車依舊血流不止，並且傷口的血滴到哪，便會引發家破人亡的慘劇……

「沒錯，這確是我那時讀過的古詩……作者是北宋歐陽脩。」李礎耀愈讀心愈驚，「只不過我記得後面還有，看來是脫漏了……」

這會兒學生們已通通圍靠在李礎耀身邊，連一向不信鬼怪的米漿都挪動身子，對葉叔和老師說的感到入迷。

「既然後面還有，何不上網查查？」米漿突破盲點，現代網路資訊發達，這類資料只要輕鬆按幾個鍵，便能輕鬆獲取。

「歹勢齁……啊我這邊收不太到網路啦。」葉叔抓了抓頭，「所以可能是因為這樣，人客才都不來我這住……」

眾人一陣沉默，原因彼此心照不宣。

「看上面所載，鬼車是一隻凶鳥，姑且不論真實性，突然冒出石柱，難道沒有引起政府或遊客注意？」流星對這首古體詩持保留態度，雖是古人作品，他也親眼見過大型猛禽現世，但「家必破」一說，他認為有待商榷。

「不是住這的人，根本不會知道；即使住這的人，也沒幾個知道啦！」葉叔這話說得肯定，「除非齁，等哪天政府想到，才會來這附近開發啦！」

李礎耀將紙張遞還給葉叔，他萬沒想到出來遊玩，居然會接觸高中為了排遣無聊，無意中發現並深受吸引的傳說……

「啊既然你們都知道，我看差不多可以關燈了，外面攏霧濛濛。」葉叔說完便先關了一盞，「寧可信其有啦，你們也卡早休息！」

看葉叔開始動手清理茶具，學生們也各自將喝完的茶杯放回原木茶盤；流星和雷明頓負責電影區的場復，李礎耀搬回圓桌，其餘人則在旁等待。

「那孩子們，該回房休息啦，明早老師再帶你們去附近逛逛。」李礎耀不堪疲憊地打了哈欠，他是真的累了，尤其今天一堆亂七八糟事，讓他的精神與體力即將用盡。

「那老師、流星、小雷、葉叔，大家晚安！」柳晴風趁還沒熄燈，向還在忙碌的男生們揮手——扣除米漿的部分；隨後便和諾莉、葉筱君一同回房。

進到房內，柳晴風已經迫不急待地撲上床，辛苦一天，最期待的就是這時候啦！

鬆軟的床墊與日式木頭香，讓她險些失去意識直接找周公下棋……順便問祂為什麼如此仇視鬼車，還要人用箭射它？

換個姿勢平躺，她勉力睜開眼睛看向右側的兩位女孩，鼾聲徐徐，看來她們也累了，一倒頭便睡呢！

柳晴風闔上雙眼，心念明明還有大好夜景等著她享受……卻再也沒有動力，意識也逐漸飄遠……

「再忍受半天……」

嗯？近距離的低喃讓柳晴風回神，發現她這一次睜眼，周圍已不是熟悉的日式套房，倒像是……古中國的建築？

大門咿的一聲被打開，她順著聲音望去，見來人一副仙風道骨，身著米色道袍，雖已年過半百，面容卻仍保持神采紅潤。

「方士大人。」熟悉的聲音出自自身口中，柳晴風暗暗心驚，現在的她……意識正在某個人身上嗎!?

「小姐膽識過人，莫說女子罕見，即便鬚眉男兒猶未及之。」方士雙手一揖，朝自身一拜。

「大人客氣了。若非我曾見他現出原形，恰逢大人在我完婚前雲遊至此，我豈不終身錯付於妖？」

咦!?這番話更讓柳晴風驚訝，聽「她」的意思是，她即將結婚，而且對象還是隻妖怪!?

「嗯……小姐處變不驚，老夫甚是敬佩。」方士從袖中取出一小袋布囊，上頭咒語云云，顯非凡物，「此物請小姐收下。」

「這是……」柳晴風「接」過布囊，如今的她只是意識的存在，並沒有任何身體主控權。

「昔日周公率眾逐妖不得，乃禳天助之，後遣天狗從嚙，為免此妖再生禍端，此牙便由先人傳下。」方士平穩說著柳晴風記憶猶新的故事，「待洞房花燭，酒巡一過，立以此物投妖，老夫自會現身相助。」

「我當謹記，多謝方士大人。」柳晴風感受到「她」鬆了一口氣……原來她一直這麼緊繃嗎？

送走方士，柳晴風的意識跟著被急速吸引，就像電影陡然快轉——下一秒，她已身處女子的閨房之內！

「她」看向窗櫺，夕陽自外頭潑灑進來，正是黃昏之時；再轉頭，房內薰香縈繞、紅綢結采……難道，現在的「她」已來到洞房的環節了嗎？

可是才黃昏耶——等等，不對，她記得聽老師說過，古人結婚真的是選在黃昏時分舉行，因此「婚」才以「昏」作為偏旁，「昏」更是「婚」的本字！那麼——

「娘子。」輕快的嗓音由後傳來，「她」立即迴身。

只見對方英俊溫文，綾羅喜氣，臉上額墜更點出持有人的高雅。這麼一個帥哥……會是鬼車幻化的妖怪嗎？

「嗯……初次成親，我有些緊張……」她將恐懼壓下，焦灼的心理卻為柳晴風所感，「先喝杯酒吧？」

男人輕笑，眼眸深情而溫柔，「也好。」

他走向圓桌，舉手優雅地將酒斟滿八分，再將爵杯[1]端至柳晴風眼前——她緩緩接過，見對方一飲而盡，自己也一口兩口地黃湯下肚，以壯膽氣。

對方取過爵杯，旋身欲再斟，「她」當即掏出方士贈送的布囊，趁男人全無戒備時，將裡頭的天狗牙迅速扔出——

獠牙在空中幻化成純白似狐的狗頭，男人察覺立即嚇出一身冷汗！並非見到昔日的剋星，而是他最深愛的女人竟——

「妖孽受死！」方士從窗外突入，取出另一支天狗牙投射而出！

他料定一發不中，是以在妖怪心慌未定之時，再行奇襲，必可使妖怪身負重創！

男人左閃右避，果如方士所料，他雖緊急躲過首波攻擊，卻在其後被方士擲出的天狗頭咬個正著！

柳晴風隨著「她」的視線，呆看男人表情痛苦地護著頭顱，右肩卻已血肉狼藉……因為，狗頭將他整支手連臂帶肩咬掉啊！

但是她——根本不想這麼做的！她明明想阻止的啊——

「不愧是妖鳥九鳳，兩支天狗牙竟未能取你性命！」方士抽出身後長劍，「以你修為，老夫遠不及也，而今你身負重傷，老夫必當除之，造福百姓！」

「我……從未負妳……為何……」直到此刻，男人仍望著柳晴風——這副軀殼的主人，眼神只有

[1] 爵：古中國一種用於飲酒的青銅容器。

柔情，沒有責備。

男人沉痛地閉上雙眼，睜開，兩道紅芒跟著透出，身後瞬間多出四對翅膀——方士持劍刺去，只看男人展動八翼，瞬息間竟沖破屋頂而出！

青綠色的血液自屋上缺口涔涔滴下，柳晴風不明白，她分明不想這麼做的！但為什麼這副身體的主人要——

來不及多想，她只感覺意識再次被吸引……那男人傷心不已的神情、彷彿淚水的血滴聲，是柳晴風最後的印象——

喝！柳晴風倒抽一口氣嚇醒，她驚魂未定地伸出兩手望向四周……靜謐的日式套房、稀疏的夏蟬鳴聲……

她，醒了？……又或者說，回來了？

方才的夢猶在眼前，如此切實，從小到現在，她還是第一次經歷這麼真實的夢境……

爸爸總說前世今生，該不會她剛剛所夢的，正是她上輩子、抑或幾輩子以前的事⁉

九鳳……那個男人……是那麼深愛她，但幾輩子前的她，卻因為對方是妖，而聯合方士傷害他……

不曉得在那之後，九鳳怎麼了？柳晴風想起晚間葉叔分享的傳說……九顆頭的鬼車鳥，會是九鳳嗎？

那麼溫柔深情的男人，真的會是那個吸人魂魄、載鬼夜行的妖怪嗎……

她餘悸猶存地下床，夢境帶給她的震撼，讓她毫無心思顧忌浴室裡的靈異。現在的她只想上個廁所、洗個臉，好好平復一下心情……

然而屋頂上，始終有隻黑燕透過玻璃，悄然無息地盯著柳晴風，直至其走進浴室，才振動雙翼飛走。

「呼……」柳晴風從浴室出來甩了甩手，醒臉過後的她，腦中思緒已比較平順。

不管那夢是實是虛，現在的她叫柳晴風，有一對愛她的父母、三個意氣相投的好友，爾後她也將步入大學，人生順遂，無論前世如何，今生皆不會受到過往的牽絆與束縛！

啪……

柳晴風正首。當然，就好比現在……眼前這票爬滿落地窗的皮包鬼就是她今生該在意的！

傻眼！繼廁所那隻沒品飄後，這群……全身乾癟的畸形飄又是來搗什麼亂啦！

人家葉叔裝這扇落地窗是為了讓遊客觀賞滿山夜景，才不是看你們這群噁心東西爬來爬去！

其中一隻發現柳晴風注目的視線，開始扭動身子，極力想將身體「擠」進來，儘管玻璃根本無縫可鑽。

夠了喔！柳晴風定在原地，並非怕了這些鬼，而是她擔心一有動靜，反而會把床上的兩位女孩吵醒。

諾莉倒也罷，但筱君非得嚇得大吵大叫，這下大家就真的不用睡了！該怎麼辦……

柳晴風眼珠上下游移，胸前忽感一股灼熱，對啊！她才想到，她還有媽媽親手縫紉的護身符啊！

溫暖的熱度、潔淨的微光……家裡的力量一直在守護著她！

她將護身符握於掌心，接著飛身一跳，將去勢威猛的拳頭輕擊在爬滿鬼的落地窗上——

拳頭籠罩的微光瞬而向外擴散，所有亡者立時彈飛！窗外又恢復下午看見的那片山野景致。

只是一抹黑壓壓的龐然大影經過，咿咿軋軋，聽起來宛如馬車輪軸運轉——

柳晴風心中一凜，是鬼車⁉

她不敢聲張地抬起頭，見上方一片黑，疑是對方整隻覆在玻璃上從外偷窺，但是護符的力量還在，似乎令對方無法發現她……

夜載百鬼凌空遊……歐陽脩採訪的那位老婢沒有說謊。

遠處黎明漸昇，黑夜逐散，柳晴風等到鬼車離開後，才把握僅存的睡眠時間躺回床上補眠。

可惜的是，若她能再堅持一下，或可在太陽昇起後，藉由曦光照耀，發現剔透的玻璃屋頂上，流有幾滴青綠色的血液。

第五章　仗義

朝日初昇，天濛濛亮，霧氣瀰漫於山崗高嶺，似絲綢般鋪展綻放；白氣裊繞，山間茫茫一片，身至其中，不免使人產生誤入仙境的錯覺。

清晨六點，空氣新鮮，每深吸一口氣，就彷彿淨化久居都市的肺汙染。

柳晴風起了個大早，因為前一晚的事情，導致她根本沒辦法悉心安睡；梳洗完畢，她帶上弓箭走到公共區，中途經過客房，裡頭也是全無動靜。

她兀自泡了杯咖啡下樓，大廳活像唱空城般昏灰，幸好沙發帶給她的舒適感並不會因此減少。想到今天還有一連串的行程，她就擔心自己精神不濟。

喝完咖啡，柳晴風走出民宿，昨天下午她有和諾莉他們稍微參觀了一下，面對民宿的右手邊，是葉叔自個兒開闢的茶園，面積稱不上大，產量聽說已足夠供應鬧區的需求。

茶園呈長方狀，從入口進去，是為「卜」字形的路徑，正上方都設有布棚阻擋降水；往右是一列列葉叔引以為傲的茶葉，喝了這麼多次，柳晴風只能說味道不差，但酷愛垃圾食物的她還是比較喜歡珍珠奶茶。

往前直走，那兒有條橫長形的空地，因為再過去就是山崁，地質上不允許種植，所以昨天她和好友們在此弄了一個臨時射擊場，也算善用其地。

面對箭靶，柳晴風想想早起也沒事做，不如練練箭殺時間，她可不想上大學後還被人笑話。

抽出箭矢架於弦上，拉弓的手臂不自覺地發抖，一想到每次射箭的結果都是Miss，這樣的壓力便讓她無法專心。

她一連射了幾箭，全都偏離靶心之外，心中大感氣餒……再怎麼樣她進弓箭社到現在也畢業了，為什麼箭術總是沒有長進呢……

難道她天生就沒有射箭的資質嗎？

「心與箭息息相關，射手心躁，箭也就無法保持平穩；射手心正，張弓搭箭才會穩固，射出去的箭自然容易射中目標。」

冷靜的指導伴隨腳步聲，流星手握長弓信步而來，「妳不相信自己，箭又怎麼會懂妳呢？」

「你……怎麼也那麼早？」被看到自己丟臉的一面，柳晴風只有尷尬，「抱歉，我太不受教了。」

打從入社開始，流星是最不厭其煩教導她練箭的人，偏偏她就是怎麼學也學不會，深深覺得自己就是孔老爺爺口中的朽木，唉……

「沒有什麼值得抱歉的。」流星柔和輕笑，「妳知道，為什麼我的箭總是準確嗎？」

就因為你厲害啊？這是柳晴風內心的答案，但她搖頭佯作不知。

「射箭，不僅僅是門體育項目。」流星單手打直，架起箭矢，距離箭靶的位置要比柳晴風遠出三分之一，「《孟子》中有段話：『仁者如射。』」

「『射者，正己而後發；發而不中，不怨勝己者，反求諸己而已矣。』意思就和我剛剛所說的一樣，心正與否，全反映在箭上。」

咻的一聲，流星輕輕鬆鬆命中靶心。他們玩的都是傳統弓，操作上比起現代複合弓更加考驗技術與力氣。

「所以說，發而不中，並不是妳不受教，而是妳心有罣礙。」流星拔下箭矢，將之遞到柳晴風手中，「記住：射箭不只是妳拉弓放箭射目標而已，更是對這門技藝、對所追尋之事物，義無反顧的精神！」

這番話柳晴風似懂非懂，她愣然搭箭，心中細細琢磨流星話裡的涵義……

是啊，每每射箭，她總先預設立場，箭未射出，已預想失敗；再加上自我壓力，偶爾塵務經心，精神根本沒辦法集中……

「妳有正義的心，卻不夠專注。射箭除了義無反顧，更須心無旁騖，所謂一意專心！」流星雙手環胸站在一旁，對柳晴風張弓怯怯的模樣予以指點。

義無反顧……心無旁騖……一意專心……柳晴風闔上眼睛，試圖摒除腦中雜念，即是什麼都不要想，只管想著絕對命中嗎？

俄頃，她重啟明眸，心中已保持一片澄澈，敏銳的眼睛直盯靶心，纖手彎弓——放！

咻——咚。

柳晴風不敢置信地揉了揉眼睛，望著靶心上的箭矢，她……居然真的射中了！

「哈，射得不錯喔。」流星不吝給予鼓掌，正如他所想，這個女孩只是欠缺正確的箭道觀念。

在古代，「射」之所以歸於「六藝」，不單因為射箭是原始生活的必要技能，此外也藉由射箭，充分反映出一個人的內在。

心正則箭穩，是他一向秉持的觀念，更是他為人處事、結交朋友的準則。

每樣事物都有其存在意義，只是缺少發現，因此孟子直接挑明「射」的觀念：行有不得，反求諸己。

事情做不好，必先反省自身；不懂得檢討自己錯誤的人，註定要成為失敗者。所以說，生活處處是學問。

技巧固然重要，但操弓者的心與態度，才是影響準確度的重要關鍵。

「嘿，趁勝追擊！」柳晴風得意忘形地射了一箭，結果一如往常地偏離紅心，瞬間又感挫折，「怎麼這樣……」

「哈哈，這著實不易，但妳已經可以掌握『以意操縱箭』的訣竅了，剩下的，就是慢慢練習囉。」流星替她撿拾掉落在地的箭矢，回身安慰。

「謝謝你流星！」柳晴風真心感激，這是她第一次藉由射箭獲得這麼大的成就感，內心喜悅簡直無法形容！

「對了！我還想謝謝你另一件事。」她將弓背起，走至崖邊，「就是昨天……我知道你是要幫助我早日走出傷痛，才吟了那首〈定風波〉。」

「呃嗯……其實我想說的，不光是老師解釋的那些。」流星羞澀地將眼神投向山崁，那也是從他們房間窺出的景色，「蘇軾遭到貶謫後，處於人生中的萬丈深淵，但因為山頭一抹斜照，使他得以跳脫悲傷，正是其『人生跳躍』的正向觀。」

「因此我想表達的是……過去的所有都是美好的養分，灌溉著你我意識持續成長。」流星赧紅著臉，突然覺得說出這些話比參加比賽還緊張，所以再後面那句他索性不說了……

即是詞牌名為〈定風波〉，他更希望她的心情能就此安定。

「我明白，我也知道這麼久了，不該一直沉淪下去。」柳晴風換上釋懷的淺笑，「別人說得再多，終究要我自己想開才行，所以昨天在傷心山上，我醒悟了。」

「人心變就是變了，無論過去多麼美好。」她望向遠方初昇的朝陽，那彷彿自身心情獲得解脫的意象，「再說，我怕繼續下去，諾莉會忍不住打我，哈！」

流星側首看了柳晴風一眼，露出欣慰的微笑，對於在意的女孩能擺脫過去的枷鎖，他相當替對方高興。

這樣靜靜的陪伴，對他來說也足夠了。

「你看！好漂亮啊……藍天蒙上一層霧氣，朝旭若隱若現，陽光也因此變成藍黃色的，這就是所謂的霞嗎！」柳晴風這才發現，原來在她黯然神傷時，竟忽略了身旁還有許多美景，「太夢幻了！」

「生活中，永遠有值得我們留意、欣賞的地方。」所以古人說得妙，眾裡尋他千百度，驀然回首，那人卻在燈火闌珊處。
人在追求、執著時，往往只重結果，而忽略過程。一味向前衝固然可以快速達成目的，卻也時常付出許多無可挽回的青春、精神、金錢作為代價，爾後除了萬般空虛、無所適從，更多的是悔不當初。
拿昨天中午的新聞來說，女高中生由愛生恨，殺死對方確實滿足一時的激憤，但付出的不光是別人的性命，同時也是自己的人生，以及複數家庭的破碎。
若她能放過別人，也放過自己，或許在不久的將來，便可結識一位疼愛她的男孩。
生活在於享受，而非折磨。
「星に願いを……」柳晴風情不自禁地哼唱起歌，是時微風輕拂，一綹綹髮絲憑風而起，在流星眼中像極了一幅美畫。
他靜靜聽著擁有「歌姬」之稱的美聲，對方所唱的全是日文歌詞，卻能從曲調中感受到該歌的純真與希望之光。
這是他首次聽見心儀的她歌唱如此令人心動的歌……他抑住幾欲出口的澎湃，將整首歌曲聽完才發問：「歌詞唱的是什麼？聽起來……很可愛。」
柳晴風會心一笑，唱完拿手的歌再呼吸新鮮空氣，精神立刻翻倍，「這是我最喜歡的歌。歌詞的大概意思是：向繁星許願，今日雖然無法盡如人願，但可以期待明天。看見的事物不完全是一切，希望正逐漸成真！」

「看見的事物並非全部啊……」這句歌詞令流星頗有感觸，「就像做人不能只看表面，交友更不能以貌取人，而是要用心去感受。」

「咦？」柳晴風沒想到他隨隨便便就從歌詞中體悟出人生哲理，「你也太會了吧！」

「哪裡，不是有句話這麼說：好的朋友帶你上天堂，壞的朋友帶你進靈堂？」對流星來說，交友從不容易，更須明辨是非。

「你說的很有道理，我爸媽也常常這麼告誡我。」原因在她本人好打不平又衝動，她父母十分擔憂她被人利用還不自知，「我會好好記住的！」

柳晴風轉過身，打算繼續練習終見長進的箭術，迎面卻見兩名好友賊賊走來。

「我就想妳一早怎麼不見人影，原來是偷偷躲在這和流星約會啊～」諾莉喜孜孜地朝著二人訕笑，早晨的太陽不大，她僅戴上護目鏡便和雷明頓出來尋找同行的夥伴。

「諾、諾莉！」流星瞠然，臉上登時浮現兩朵紅暈。

「我在房裡沒看到你，出來遇到諾莉也說沒看見小風，便猜到你們是在這練箭。」雷明頓一臉神清氣爽，對於諾莉說的也沒表示反對，要是他兄弟和小風真的有戲，他肯定樂見其成。

「約妳個頭啦！我在這練箭，剛好遇上流星指導。」柳晴風稀鬆地回道，諾莉就喜歡拿她開玩笑。

哎唷？反應不一樣了欸？諾莉頗感詫異，以往只要她略為提起相關事物，馬上就會使這傻瓜陷入失戀的迴圈，現在看來……這傻瓜終於想開了嗎？

嘖嘖……諾莉將視線轉向害羞的成熟男孩，要是他肯衝一點，說不定還真有機會哩！

「咳，那小風妳練得怎麼樣？」雷明頓轉了個話題，要不然他的好兄弟可能會被諾莉整死，「要讓我們開開眼界嗎？」

「喔，可以啊……」柳晴風靜下心來，回想流星剛剛所教導的，要相信自己絕對會射中——

咻！箭矢射出，僅射中靶心邊緣，雖稱不上完美的命中，至少未偏離射擊軌道已讓諾莉和雷明頓雙眼一亮！

「這大概是我目前為止看妳射過最準的一次了。」諾莉向她比了一個讚，「不錯嘛！」

「既然小風有所精進，我們也不能鬆懈！」雷明頓拿下長弓，躍躍欲試，「來比賽吧！」

話還沒說完，雷明頓已先射了一箭；諾莉與流星見好友發出戰帖，也通通執起長弓與之較藝！

四人各自彎弓比起箭術，一度令柳晴風聯想到昨天李礎耀吟詠的〈銅雀臺賦〉。那時銅雀臺新建落成，曹操為了鼓舞士氣，便將錦袍吊在樹上作為獎品，以此考驗手下將士的武藝。

現在的場面比起那時自是小巫見大巫，他們也非彼時武將為了榮耀而爭破頭，僅只是好友間因共通興趣相互切磋，共求進步。

柳晴風笑得特別樂，這是她首度認為自己的箭術足以「望友項背」，總算不辜負「雷厲風行」的連稱。

時間一晃眼來到八點，他們四人也因為消耗不少體力，漸感飢餓，便一同回到民宿，看看葉叔與其他人是否已經醒來。

進到大廳，乒乒乓乓的吵雜聲從二樓傳來，諾莉示意眾人噤聲，偷偷摸摸地爬上樓梯，想知道是不是葉叔又在弄些什麼暗黑早餐……

「Baby～巧克力、花生、抹茶，你喜歡哪個啊？」葉筱君拿著抹刀，嬌嫩地詢問身旁男友，正準備塗抹吐司，「好可惜這裡沒有你愛的米漿……」

「我喜歡妳喔。」米漿一手環過女友的腰，親暱地將下巴抵在女友肩上，「沒有米漿，但是有妳。」

「討厭……很癢啦。」葉筱君難為情地甩動肩膀，「你很壞！」

親密的調情舉動盡收悄然上樓的四人眼底，流星、諾莉、雷明頓彼此不約而同地瞥向柳晴風，深怕她看到如此畫面會理智斷線。

柳晴風淡然一笑，踩著階梯踏上公共區，朝情侶們揮手道早，「嘿！」

其後的三位友人見她這麼淡定，也通通登上二樓；其中諾莉最感不可思議，她萬沒想到這痴情傻瓜一夜之間說放就放啊！

「啊，你們來了。」米漿瞬間撤下摟腰的手，有陌生人在場他還是不太習慣張揚。

「是啊，我們似乎來得不是時候？」諾莉話中帶酸，儘管好友看似釋懷，但對這兩人不酸上幾句，心裡實在不快。

最怕空氣突然安靜，雷明頓看桌面上擺著碗盤、吐司及各式果醬，隨即打破沉默，「你們是在準備早餐嗎？」

「對！叔叔剛剛出去了，說是民宿沒肉要去採買，吩咐我烤些餐包跟吐司給大家吃。」葉筱君趕緊回話，否則這麼尷尬的氣氛她也不知道要怎麼辦。

「那昨天那些房客呢？」柳晴風望向那兩間房，總不會現在還在睡吧？「不用準備他們的嗎？」

「叔叔說他們天沒亮就退宿了，說要去看日出。」葉筱君將幾片抹醬吐司放進烤箱，那是她和Baby的份，「你們要什麼醬啊？」

柳晴風哦的一聲，這樣的確可以解釋那些人那麼早睡的緣故，「我都可以，妳問大家吧！」

「那麼老師呢？」流星這話問的是米漿，他和小雷陸續起床，難道這人沒順便叫醒老師？

「我在這……」尾間的房門被打了開，李礎耀拎著兩輪黑漆漆的眼圈走到眾人前，「你們早啊……」

「……老師，你是沒睡好嗎？」柳晴風認真擔心，老師的氣色與昨天簡直不同人啊！

「是啊，老師你臉色也太差了吧！」李礎耀毫無生氣的模樣，連諾莉都不忍心吐槽，「作惡夢喔？」

「嗯……不大算。」李礎耀裝了杯水喝，也順便醒醒腦，「葉叔呢？」

「出去了。」流星眉頭微蹙地盯著李礎耀，老師的樣子看起來不太對勁，「夢的內容是什麼？要說出來讓大家參詳參詳嗎？」

「蛤……」李礎耀顯得有些呆滯，「我夢到有個人一直在叫我，我不認識他，卻又覺得很熟悉……」

「聽起來很沒什麼啊？」葉筱君手邊在忙，其實耳朵都有在聽。

「這可能顯示老師近期有某種莫名衝動。」米漿這番言論令所有人驚奇，畢竟柳晴風與葉筱君都知道他是科學主義者，夢境這回事不可能引起他的興趣。

事實上也的確如此，只不過是他恰巧翻過某本民俗夢境解析，出於必要時能哄哄女友的心態便記了下來，「不要太輕易相信某人某事，小心上當。」

「這……有根據嗎？」從短而撲朔的夢境推出這等啟示，雷明頓有點難以相信。

「不曉得。」通常夢境、命理、星座這類玄幻異談，對米漿來說都同樣荒謬，「我是在書上看到的。」

李礎耀仰著頭，他本身對夢境也略通一二，因此對米漿說的不是不能理解，只不過……

若是尋常夢境也罷，但夢裡的他每聽到一聲叫喚，便似有千根針般刺痛著心臟……那股傷痛、那種絕望，絲毫無法忘懷……

說到作夢，柳晴風也是當事人之一，怎麼難道這棟民宿除了沒品飄、畸形飄之外，還附加了會作惡夢的詛咒嗎？

「唉……別說了，早餐吃一吃，老師帶你們去附近晃晃。」李礎耀有氣無力地沖了杯熱咖啡，藉由攝取咖啡因舒緩腦中的不適。

柳晴風擔憂地看向他，覺得老師才是需要被照顧的對象；而諾莉也收起刀子嘴，心想莫不是老師的衰運已升級成作夢也不得安寧了？

早餐時光就在李礎耀的凝重氛圍下食用完畢，他稍微看了地圖，因為民宿地處偏遠，又沒有代步工具，是以在與學生討論後，他決議帶眾人前往鄰近的景點——水山巨木。

這個決定自然讓葉筱君諸多埋怨，但見沒人反對，她也只得在內心咕噥……為什麼大家就喜歡把時間浪費在看一棵樹上？

眾人陸續準備隨身行囊，柳晴風則又因咖啡喝多了，不得已跑往浴室小解……

「小風，我先下去喔。」諾莉拿回空心帽後，對著浴室內的柳晴風說道，「妳慢來，別趕。」

「謝謝妳諾莉……」柳晴風一陣感激，諾莉嘴利歸利，但同樣身為女生，她也很能理解喝了利尿飲品後的感受……真的不是能控制的！

起身把水沖乾淨，再走到洗手台進行清潔，柳晴風忽然有種兩天都在做重複事情的感覺。

她走出浴室，裡頭那面橢圓鏡框卻脫離掛鉤的牽制，偏斜，重重地摔在地上——啪啦！

刺耳的碎裂聲在寂靜的民宿中顯得特別駭人，重疊的腳步聲紛紛傳到二樓，只見柳晴風驚愕地站在浴室門口——

「發生什麼事!?」諾莉衝進房門，流星等人則因為是男生不方便入內，所以只在外頭等待。

「沒、沒事！」柳晴風嚴肅地盯著碎裂一地的鏡面殘骸，這並不是純粹的意外，而是來自對方……那個沒品飄，正式的警告。

因為，破碎的玻璃裂縫正好呈現幾個字——

離——開——

陽光照射在公路上，映出一票人的倒影；清晨的白霧業已消散，隨著初陽東昇，溫度也漸漸升高。

李礎耀手拿地圖，帶領學生行走於山中，只是後方一片低沉，難免與昨日下午邊走邊拍邊當網美的雀躍情緒相距甚極。

「哎呀妳們開心點嘛，不過就是鏡子碎了，大不了我再告訴叔叔一聲就好啦！」葉筱君剛剛和男友待在大廳，鏡子碎掉的聲音她也有聽見，但她不懂這群人有必要這麼沉重嗎？

諾莉瞥了葉筱君一眼，當傻女的好處就是對任何事情都毫無警覺心；但小風也真是！早在前一天就發現異狀，竟然不告訴她一聲？

「遭受突如其來的驚嚇，小風也需要時間平復。」流星走在隊伍最後頭，方才他和小雷站在門外，也不清楚發生什麼，不過就小風與諾莉的表情看來，事情一定不單純。

三十分鐘後，他們走下公路進到山中，茫茫的青苔遍布樹石，林蔭茂密，由此算起，已屬觀光路線的範疇內。

他們沿著廢棄鐵軌徐行，這兒人煙較多，學生們總算變得稍微熱絡，還聊起水山巨木的相關背景。

據說在日治時期，水山線是日本人開墾檜木的路徑之一，全長約1600公尺，中途依序經過神木樹洞、車站、吊橋，鐵道終點不遠處即為水山巨木本體；而水山之名，來自阿里山園區的主要水源皆取自該山頭之故。

不過他們算是半路插進來的，因此所謂的神木樹洞他們無緣一見。

沿路景致相當清幽，樹木蒼翠蓊鬱，一絲絲陽光透出樹蔭稀稀疏疏，植物特有的芬多精充斥於林間鐵軌，沐浴其中，恍如投入大自然的懷抱。

「你聽說沒有？今天凌晨又死人啦！」走在他們前頭的中年婦女向身旁的竹帽男說道，「真邪門啊！」

「哎……附近店家說，現在每天出人命已是常態了！」竹帽男的口氣一點也不緊張，「幸好我們今天過後就會離開，好家在。」

柳晴風瞠圓了眼，這是出人命該有的反應嗎？居然不是關心如何解決問題，而是慶幸自己沒事!?就算本身愛莫能助，也沒必要把這種「幸運」掛在嘴上啊？難道藉由別人的不幸凸顯自己的幸運，是這麼值得自豪的嗎!?

「你們有聽到嗎？幸好我們也住叔叔的民宿～」葉筱君也笑得開心，卻被李礎耀重重喝止——

「筱君！別說這種話！」

怎、怎麼了……葉筱君無辜地梗住喉，她說錯了嗎？

米漿微笑輕輕牽住她的手，筱君錯是錯了，只是錯在讓高道德感的人聽見事實。

人皆自私，他不信有人大愛到願意捨己救人。

諾莉走在葉筱君身後，她發誓要不是了解這傻女腦子沒藥醫，她早就翻臉了！只要是稍微有點同理心的人，都知道這種話不該堂而皇之地放嘴邊！

氣氛再度陷入沉默，柳晴風細細回想那對男女遊客說的話……又有人死了，而且是在凌晨……她總覺得腦海似乎有些線索可以聯想，卻一時無法拼湊……

「這裡就是車站，在日治時期作為運送木頭的中繼站，現在只剩下這個小月臺。」雷明頓也拿了份導覽地圖，指著眾人腳下的木製臺階。

月臺右側為鐵軌，再過去則是茂林；左側有一長方型的石磚地，磚頭縫隙間同樣長滿青苔，上附低矮長凳，可推知是給那時的伐木工人休息用。

再往前來到水山線的末段，這裡不同於前頭的平坦鐵道，而是一座木棧吊橋，鐵軌就鋪設於橋面上，現今為了遊賞安全，還特別使用桁架加固。

柳晴風如臨淵谷地將腳踩在木板上，雖說這樣誇張了點，但腳底踩的確實為鏤空橋面！高度不高，但與地面的差距仍讓人無法輕視。

眾人安安分分過橋，每個人在橋上都不會有過激的行為，就像在搭電梯時，不會有人傻到在裡頭瘋狂蹦跳——扣除掉某些巧遇的小女生們。

通過吊橋，鐵軌至此也到了終點，迎面看似無路，其旁一條石磚階梯則標示通往此行的主角，水山巨木。

踏上石階，階面因青苔覆蓋、亦殘留露水的濕潤，因此立足都要小心再三，避免一個不注意摔得鼻青臉腫。

拾級而上，盡頭即為木製觀景臺，當中有棵巨木矗立在彼，宛若在此見證千年來的興衰歲月。

「水山巨木的樹齡高達兩千七百年，是一棵不折不扣的紅檜巨木。」柳晴風聽著李礎耀的解說，親身站在巨木底下觀看，完全顯現出身為人類的渺小。

巨木樹圍十分粗大，用眼睛估計，就算合他們雷厲風行四人也未必能夠抱住；當然，這種千年巨木一般遊客是禁止碰觸的，所謂只得遠觀不可輕褻。

樹瘤線條飽滿凸出，尤具怪誕美，其中樹幹有塊區域凹陷，遠遠觀之，還真與長者臉孔有幾分神似，彷彿代表水山巨木本身的靈魂。

柳晴風拿出相機，對著巨木拍攝幾張照片紀念，不禁憶起昨天在山底遇上的那棵古木……無論高度、寬度、還是樹齡，好像都遠遠超出這棵巨木……

記得也是從那之後，她的眼皮真沒再跳過了，卻也接連碰上許多怪事！

回身，鏡頭轉到空地，還能從中看到一個貌似殘缺的小男孩坐在地上，周遭圍了許多遊客——咦⁉

她驚然放下相機，跟著同伴及老師上前查看；遊客聲喁喁切切，有的交頭接耳、有的只管拍照，卻都沒人上前關心，不禁令她大失所望！

為什麼人心冷漠至此呢？只要事情不是發生在自己身上，就可以冷眼旁觀、置之事外嗎？

不行，她無法違背自己的良心，眼睜睜地看著弱勢在面前卻不伸出援手！

信念化作行動，諾莉卻比她更快奔到小男孩前蹲下——「小弟你為什麼一個人坐在這？」

只看小男孩拎著無害的稚臉抬首，因為對象是陌生人，反倒牽引出他內心的膽怯；他想挪動身子往後，但是身體的缺陷讓他無法如願，原因在於……他只有一隻腳。

「小弟弟你別怕，我跟這位姐姐只是想幫助你，不是壞人！」柳晴風徐徐上前，深怕嚇著這位小孩子；流星、雷明頓接著湊近，李礎耀則是詢問旁人關於這位男童的來歷，只有米漿和葉筱君待在原處看著。

見柳晴風與諾莉出自真心，小男孩總算沒有那麼害怕，可嘴巴仍是緊緊閉著，一句話也不敢說。

「這兒的遊客都說沒見過這孩子，唉……」李礎耀搖搖頭，世上苦人何其多！

「老師！我們先把他帶到民宿，再請警方協助怎麼樣？」儘管諾莉對這裡的警察毫無信心，甚至可能被搓湯圓搓好搓滿，但不代表她會就此漠視！

「嗯……好吧。」李礎耀幾經熟慮才勉強答應，畢竟他們只是外來客，由他們負責這位男童的安全及去留，終究說不過去。

然而他身為老師，亦有必要維護所謂的「身教」，否則在課堂上教得冠冕堂皇，言行卻自相悖離，不就是標準的教一套做一套嗎？

「那筱君，我們先把這孩子帶回民宿，妳再通知葉叔報案好嗎？」這也是出於下策，山區沒有訊號，他們僅能透過葉叔聯絡警局再作打算。

「是可以啦……」葉筱君表現出猶豫，好不容易出來玩，她不太想因為不認識的人放棄自己的行程，「不曉得叔叔會不會有意見……」

「放心！他的錢我出！就當他去民宿度假，葉叔絕對沒意見！」諾莉直接從腰間挎包掏出一疊厚厚的藍色鈔票，證明她說得出做得到。

「哇賽！諾莉妳哪來這麼多錢的？」李礎耀大吃一驚，現在學生一個個比他有錢，瞧那份量，說不定還比他此行攜帶的家產多！

「錢是用來幫助有需要的人，不是心情好就拿出來炫的！」諾莉這番話顯然在暗諷葉筱君的行為，人人都知道，這趟旅行她是自費跟來的。

「既然定案，小孩就交給我和小雷吧。」流星望向雷明頓，兩人相視一笑，深知彼此心意。

他們倆一人一肩扛起小男孩，由李礎耀帶路，打算從觀景臺的另一側離開；柳晴風雖對行程草草結束感到惋惜，但實際助人還是要比遊山玩水來得有意義。

爸媽若是知道，一定也舉雙手贊成！

對於諾莉的提議，小男孩僅是低垂著頭任流星與雷明頓擺布，木訥呆板的神情，始在離開觀景臺的那一刻有了波動——

笑了。

第六章　失蹤

覆滿青苔的石階迴旋而下，比起來時一路向上攀登，出口更像是環繞著山走半圈回程。

而所謂的出口，其實就是下臺後，沿著巨木與觀景臺的間隙小徑離開。

也因為如此，從小徑到石階，寬度狹窄，一次僅能容納一個人走，無法並行，乃使攙扶男童的義舉變得更加艱困。

真不知這孩子是怎麼上來的喲？柳晴風走沒幾步，忽然冒出這個念頭。

不過好在遊客們多聚集在觀景臺上拍照休息，所以流星和雷明頓也不會因為人潮壓力造成困擾，可以放心慢慢走。

行至彎道準備下階梯時，有塊極不起眼的告示牌吸引了柳晴風的目光，上頭寫著：禁止攀越。

這又讓她想起上一個這麼寫的牌子已被她忽視兼跨越了……唉。

此時領頭的李礎耀突地緊急剎車，他……也看見了那塊告示牌，但不知怎麼地，內心硬是有股衝動，促使他往雜草叢生的那端走去。

腳步與身體逐漸朝告示牌靠攏，眾人均不懂李礎耀這個舉動所為何來；看出李礎耀的遲疑，諾莉乾脆直接提問：「老師，我們要進去嗎？」

「……好。」豈料一向深思而行的李礎耀竟沒有過多猶豫，隻手撥開與常人等高的雜草，就這麼反常地踏了進去！

其他人見狀，只道老師是急於將男童送返家中，因此也不多問，忙將腳步跟上。

他們跟從李礎耀進入一片密林，裡頭枝幹與樹叢繁多，阻擋了絕大部分的光線，就連耳朵也彷彿隔上一層膜，終於讓葉筱君忍不住抱怨：「這裡真的是可以走的嗎!?」

當然就連李礎耀本人也不清楚，他只知道自己的步伐一直在加快，心中有股莫名緊張感，完完全全不想在此多留一刻！

「你們覺不覺得老師……有些奇怪？」看李礎耀動作慌忙，比起趕路更像逃命，雷明頓而乃發出疑問。

「不只老師，這片林同樣瀰漫著詭異氣氛。」流星攙住男童的同時，雙眼也沒忘記打量四周，這是他身為射手的習慣。

「而且沒有道路指引，老師卻好像知道該怎麼走？」諾莉走在他們倆前，已和李礎耀有些距離。

「米漿說老師會有莫名的衝動，該不會是真的吧！」柳晴風眼盯李礎耀身後的那對男女，幸好她這兩天都進過類似的地方，心理素質和視力都算適應。

「妳已經可以這麼自然地叫他了啊？」諾莉設法與李礎耀保持一定距離，避免他走太快，自己和三位同夥會跟不上。

「蛤？」柳晴風第一時間沒Get到諾莉的意思，幾秒後才反應過來，「喔，我說釋懷了就是真的看開啦！」

「呵，歡迎我熟悉的柳晴風歸來！」諾莉是真心高興，一來她的好友終究能以樂觀開朗的心情面對舊情，二來流星若是展開追求，也不必擔憂對方心裡尚存另一個他。

對比四人的歡欣，數步之遙的李礎耀仍按照本能的直覺疾走，他可沒法像學生這般輕鬆！

尤其……當他看見沿路這些木叢時，便如芒在背地迫使他無法冷靜！

速度愈顯遑急，從行走到快步，再從快步到疾趨，到最後甚至改用半奔跑的，不一會兒，所有人總算能透過視野的盡頭看見晨光微露！

出了密林，空氣撲鼻清新，隱隱地蘊藏水氣，學生們不自覺地大口喘息，柳晴風更是雙手大開地享受高山涼風吹來，藉此掃除置身林內的窒悶感，也還眾人一片心曠神怡。

「你們要不要把小孩放下來休息一下啊？」她看流星與雷明頓一路攙扶男童，為免好友手痠，便走到男童身邊想接力，哪知對方眨著無辜大眼，又抬手指向前方——

一根聳峙搶眼的石柱，很難不讓柳晴風聯想到昨晚葉叔說的鬼車鳥，且以那石柱為圓心，樹木向外攔腰斷裂，若說是自然景象，未免太過一致；若說是人工所為，也沒有大費周章的必要。

在石柱的北方，還有一座突出的高峰，白花溪水不停地從那山頂流洩而下，形成一座小瀑布，美麗而壯觀。

李礎耀面無表情地站在石柱前，腦中似有稍縱即逝的斷片……殊異的感覺，總令他熟悉，而且心痛。

「老師，你在看什麼？」米漿偕著女友靠近，老師的反應讓他有點好奇。

學生的叫喚讓李礎耀抽離思緒回到現實，他恍恍地看了米漿和葉筱君一眼，再回首石柱，「我在想，這會不會與葉叔提到的傳聞有關。」

米漿眉頭一挑，無論葉叔如何繪聲繪影，始終無法改變那荒誕的故事性；身為老師，竟然會相信這種鄉野奇談，他也是笑笑。

「是巧合吧。」縱然內心鄙夷，米漿依舊和顏悅色。

「這上面有刻東西耶！是……鳥嗎？」葉筱君一番話引來柳晴風和流星高度關注，「好像還有一些奇怪的字。」

「我看看！」柳晴風碎步跑去，見石柱因年久失修，圖騰略不可識，只能勉強從輪廓認出鳥類展翅的圖樣；此外尚有幾個她無法辨別、卻又眼熟的古字……

「這字體不是我們熟悉的楷書。」流星側首友人，「小雷，認得嗎？」

「不，這也不是拉丁文。」雷明頓昂首端詳，「或許是某種古文字？」

「這就得請教我們未來的正式教師啦！」諾莉將小男孩抱了起來，走到好友身邊。

「這看起來像是鐘鼎文的一種……也就是俗稱的金文。」李礎耀僅能給出不確定的答案，「我大學沒修過金文，所以我也無從辨認。」

「不過若依字形的演變，以小篆強解，第一個字應讀為『北』。」李礎耀正使勁燃燒過往所學，古文字真的不是他的強項，「以及倒數兩個……『天』跟『樍』？」

「北什麼天樻？」諾莉有聽沒懂，這什麼怪名？

倏地一陣電流經過，柳晴風以為自己聽錯，腦海深處像有什麼雷達被打開——

從小出生在那樣的家庭，屢屢看爸爸為人解決疑難雜症，舉凡風水、命理、除靈，都在爸爸的服務範疇內。

家中也因而收藏了不少典籍古書，成為她小時最喜愛的「課外讀物」；縱使語言的造詣不足以讀懂那些書，卻有本《山海經》令她印象深刻。

為什麼呢？《山海經》不僅是中國最早的地理性古籍，裡頭也蘊含了許多神話、仙獸、妖怪等等的介紹，其中最吸引她的，莫過於那些仙妖鬼獸插畫，簡直和兒童故事書沒兩樣嘛！

然而北什麼天樻的，要是她不牢靠的兒時回憶沒記錯，正確名稱應當是「北極天樻」！

至於那兒有哪些特徵、特產、棲息著什麼，她還需要回想一下……

閉上眼睛，記憶如同久違的潮水般緩緩刮來，一幕幕記憶湧現，伴隨著令人心安的檀香味……

大荒之中，有山名曰北極天樻，海水北注焉。有神，九首人面鳥身，名曰九鳳。……靠！

無數波瀾震撼著內心，柳晴風幾乎雞皮疙瘩都起來了，等等等等，這也太巧！

這根石柱叫「北極天樻」，然後後方有瀑布，不就象徵海水北注嗎!?再融合葉叔說的，九頭鳥、鬼車……九鳳……那個男人……

不是吧！九鳳真的是……鬼車鳥？那她作那個夢，究竟是什麼意思!?

震驚的她僵在原地，身旁好友尚對此議論風生，葉筱君則是拉著米漿去瀑布自拍，所以沒人注意到李礎耀望了石柱許久後，同樣流露出異樣的神色。

他看向學生，表情有些複雜，最後幾乎是苦笑——

「我們回去吧。」

當他們回到民宿時，已是十一點左右。

眾人進到屋內，肚子由於連番的跋涉漸漸發出叫聲，畢竟處於青春期的他們，早餐只有幾片吐司和餐包，根本不夠吃。

大廳靜悄悄地，連燈也沒開，若不是還有李礎耀等人捧場，說這家民宿倒閉了也不為過。

「叔叔老這樣，怎麼會有生意？」葉筱君皺著眉，深深覺得沒客人不是沒理由的，當然那些光看就難以下嚥的暗黑料理才是主因。

「葉叔似乎不在，這午餐看來是沒了。」諾莉將男童安置在沙發上，並隨意放了部電影，「你先乖乖坐在這，晚點姐姐就找警察叔叔帶你回家。」

小男孩靜默不語，只呆呆瞅著投影幕上的畫面。

「午餐……不供應也罷，我倒期待我們自己準備。」流星朝雷明頓露齒賊笑，「如何？就像昨天那樣？」

「哈，就知道你想的。」事實上雷明頓也希望自己下廚，能一展廚藝給好友們享用，其樂並不輸遊覽賞玩。

「那我也來幫忙！」想起昨晚四人分工合作，柳晴風亦想重溫那份體驗。

「等等。」李礎耀遽然叫住學生，一本嚴肅的模樣讓柳晴風直覺不尋常。

「民宿的錢我昨晚都付清了，明天早上七點，我朋友會來這裡接送大家回去。」李礎耀忽地說了段毫不相干的話，比起叮嚀，更像是在交代什麼，「大家要記住別給葉叔添麻煩。」

「老師你……發生什麼了嗎？」不好的預感讓柳晴風忍不住擔憂，「怎麼突然這麼說？」

「啊，沒事啦，快去準備吃的吧。」李礎耀笑得無力，明眼人都看得出有問題，「我餓了！」

「是是，我們這就去準備，伺候您這位大爺～」諾莉不是沒發現老師的異狀，但老師既不願意說，她也沒必要戳破。

四人進到廚房，各自依照職掌分工動作，卻不再有昨日的歡騰；尤其是柳晴風，一顆心惴慄難安，總感覺要出大事。

桌上一鍋滷肉散發著熱氣，其旁壓有一張白紙，顯是葉叔留下的。

柳晴風拿起字條複誦：「昨天讓你們看沒有，今天這鍋茶香滷肉是我的手路菜，你們一定要試試。我去送茶葉，傍晚就回來。」

「這葉叔真不死心啊。」諾莉將鼻子湊近，只聞到一股濃厚的醬油味，完全沒有所謂的茶香，估計又是個失敗品。

「小風，這次妳還要……」倒掉它嗎？雷明頓不好意思把話說完，那到底是人家的心意。

「呃……葉叔都講成這樣了，我再倒掉就是擺明跟他過不去了吧。」柳晴風輕嘆，還是覺得很失禮，「是說諾莉，我一直想問，為什麼妳對那孩子……」

諾莉微愣，隨即勾起嘴角笑道，「我是孤兒。」

咦？在場的三位好友無不倒抽一口氣，諾莉一向鮮少提及自己的家庭背景，原以為她只是不習慣透露隱私，沒想到她居然——

「所以我很能了解那種無助。」諾莉輕哂，卻不以此感到自卑，「當初若不是修女媽媽撫養我長大，還給我取名諾莉，我想我根本不會活到今天。」

所以她學習堅強，為的就是有朝一日，能將對修女媽媽的感謝化作大愛感染他人，一傳十，十傳百。

修女媽媽鼓勵她，當自己有能力去照顧別人時，是一種榮耀，也是幸福。

因此想要保護自己重要的人，不光是身心要變得強大，還必須擁有相應的能力才行！

「我們……都不知道。」柳晴風聽來慚愧，諾莉是這麼獨立且堅強，反觀自己先前因為一點小事就難過得要死要活，實在太不應該。

「怎麼啦？這可是妳最要好的朋友八卦呢，聽了怎不見妳興奮啊？」諾莉是想表達安慰，但不擅感性言語的她，時常讓聽者誤以為在挖苦。

「這種事是要怎麼興奮啦……」柳晴風噘著嘴，還好她知道諾莉的性子。

流星和雷明頓默默聽著對話，手邊繼續切菜、翻炒，效率雖不亞於昨日，整體的氣氛則反之。

雷明頓簡單炒好幾樣菜，再順手熱熱那鍋滷肉，其他三人則將烹飪好的菜餚端至大廳，等待一切就緒。

「奇怪，老師人哩？」諾莉將男童抱到餐椅上，看柳晴風擺好碗筷，流星與雷明頓在廚房善後，唯獨缺了李礎耀，「不是喊餓嗎？」

「還有筱君他們也沒看到。」柳晴風搬來幾張椅子，再打開冷氣，完全把民宿當自個兒家。

「來了～」葉筱君與米漿牽著手，意興闌珊地走回室內，「等好久我都餓了！」

諾莉暗暗瞪了她一眼，每次聽這傻女開口就來氣，小雷下廚可不是為了侍奉他倆啊！竟講得這麼理所當然？

「你們有看見老師嗎？」柳晴風狐疑問著。現在的她即使正視這對情侶曬恩愛，心中也不再如以往愁悶，尤其知道諾莉的過去以後，她更該敞開心胸面對自己的未來！

「沒耶。」葉筱君渾不關心地坐上餐椅，她才不在乎老師去哪了！

剛剛她和米漿在外頭獨處，聊起這兩天飯店死人的事情，她一直很疑惑，明明住在叔叔的民宿裡躲過凶殺很幸運啊？為什麼老師要當眾吼她？

於是米漿告訴她，有些事實聽在高道德標準的人耳裡，叫作罪惡。說穿就是兩個字，矯情。人都是自私的，只不過因應群體社會，不得不束上名為「道德」的衣裳，以期讓社會表面的「視覺性」更美；殊不知卸下衣裝，有多少醜陋隱藏其後，卻無人深究。

別人不幸，他們幸運，憑什麼就不能表示喜悅？與那些人素昧平生，難道還要虛偽地表達哀輓才算大愛嗎？真是可笑！

所以米漿說她沒有錯，只是錯在把話說給偽善的人聽而已。

「欸，老師不在嗎？」雷明頓看著七個人八副碗筷，缺少他們之中的大家長，「你們餓的話要不要先開動？」

「先吃吧。」米漿已感受到身旁的女友飢不可耐，「食物冷掉會失去原有的美味，也就可惜這一桌熱騰騰菜餚了。」

「我還不餓。」流星瞥了米漿一眼，兀自背起長弓箭袋往門外走去，「我去練練箭。」

「我也去！」柳晴風是餓了，但好歹老師是帶他們出來玩的人，名義上也是他們的教師，怎麼可以不分尊卑？

「我餵飽這孩子再去找你們。」諾莉盡夾些雷明頓炒的青菜放在小男孩碗裡，葉叔的滷肉太危險，她不能讓小孩年紀輕輕就遭受暗黑料理的荼毒。

柳晴風拿起弓箭，才剛要踏出門口，腦中忽而覺察……昨天媽媽有塞給她兩顆飯糰啊！她居然忘記了！

天哪，希望在這種大熱天不會酸掉！

扭頭旋踵，柳晴風不顧眾人眼光奔上樓衝進房內，急忙從行李箱翻出兩顆包好的飯糰，確認飯糰沒有臭酸變質才鬆一口氣！

她將飯糰放進電鍋裡加熱，再遮遮掩掩地帶出民宿，但不曉得是不是她的錯覺，二樓的奇特氣味似乎變重了？

「喏，這個給你。」柳晴風遞出飯糰，正好聽見成熟男孩飢腸轆轆，不由得失笑，「真是的，明明餓了還逞強。」

「這是？」流星臉上一陣羞紅，卻搖了搖手，「妳留著吃就好。」

「我自己也有，是我媽媽做的喔。」她亮出另一顆飯糰，走至崖邊席地而坐，「你送我可樂，我送你飯糰，我們也算禮尚往來~」

「呃嗯……謝謝妳，小風。」流星立即咬了口，緊實分明的飯粒與香脆油條提供了口感上的和諧，滷蛋吸附飽滿醬汁揉合著蛋香，留於口腔內久久不散，令流星欲罷不能地一口接一口。

填飽肚子，流星乍然想起早晨的疑問，柳晴風和諾莉的反應都令他在意，「小風，早上究竟發生了什麼？」

「嗯……你相信我嗎？」柳晴風猶豫說與不說，儘管流星和她均目睹過巨型猛禽現世，但阿飄的性質與那又有所不同。

「為何這樣問？既然是……夥伴，怎有不信任妳的道理！」流星的表情很認真，這更讓他確信事態棘手。

「好吧，那你聽了別嚇一跳喔。」柳晴風先注射預防針，接著才一一把廁所的沒品飄、半夜的畸形飄介紹給流星「認識」。

至於九鳳的夢……她怕資訊量太大就先不提。

「怪不得妳今早看起來心事重重。」流星濃眉不展，對柳晴風說的也感到困擾，「不只有鬼，還要『妳』離開啊……」

「唉，而且……我覺得老師很奇怪。」柳晴風始終心神不寧，「從他今天起床……不，或許早在昨晚，就可以發現一些端倪了。」

「妳想說的是，葉叔介紹鬼車時嗎？」流星馬上意會，「我和小雷都有發現，老師對鬼車的反應很特殊。」

乃至於回到房內，行為舉止也處處透露著不安與急切。

「不管如何，我會保護大家安全。」還有妳的安全！流星語氣堅定地作出承諾。

「嘿，我可是有能力保護自己啊～」諾莉抱著男童走來，流星動作還真快，「又在偷約會？」

「齁，不是啦！我在和流星討論這兩天的怪事。」柳晴風難為情地解釋，雖讓流星暗吁口氣，卻不免讓他感到些微失落。

「什麼怪事？諾莉剛剛有和我說了一些……」雷明頓擔心諾莉一個人照顧男童忙不過來，方才便留在民宿，「她說妳遇到，呃，鬼？」

「沒錯……」雖然碰上靈異事件一度令柳晴風興奮，但是接連而來的困擾更甚前者，「不過比起阿飄，老師更值得我們在意。」

「我和小風聊到，老師昨晚就出現異狀了。」流星和雷明頓互視一眼，明瞭所言何事。

「他的確很怪，也許這麼說不吉利，但老師的話像在交代遺言。」諾莉憶起那從容就義般的神色，「彷彿不會回來。」

此話瞬間點出盲點，空氣亦為之凝結，四人都因這番話想到最壞的後果；而小男孩偷偷轉著眼珠，狀似思考四人間的談話——

「我覺得……老師是去了北極天樻。」

柳晴風細思極恐，老師自從聽聞鬼車的事蹟後就顯得怪異，而北極天樻又是九鳳的棲息地，結合這兩點下來，她幾乎可以認定九鳳就是鬼車！

再加上米漿的解夢，顯示老師易受衝動、可能被表象所迷惑，她就越覺得自己的猜測是對的！只是九鳳跟老師……又有什麼牽連？

「北……什麼？妳知道？」相較李礎耀的行蹤，柳晴風驟然喊出那根石柱的全名更令諾莉驚奇。

「嗯……北極天樻。」一如父親的低調，即使交情密如雷厲風行，好友們也全然不知柳晴風家中背景，自然無從知曉這句正名所為何來。

既然開了頭，柳晴風索性將昨夜的「穿越」夢境、以及繼畸形飄後緊接而來的鬼車鳥全盤托出。

「以上就是我的推測，這一切都太過於巧合了！」完整的論述，又能綜合各種線索自圓其說，柳晴風儼然成為調查事件的偵探。

「這……也太獵奇了……」雷明頓深感不可思議，若這番推論屬實，老師豈不是危險了!?

「雖然我很想說是不是前一晚的傳說令妳夜有所夢，但這次，我信了。」撇除掉遲鈍呆傻的部分，柳晴風的敏銳向來為諾莉所佩服。

「小風說的不無道理，但這只是我們的猜測。我認為我們先回去等待，要是一個小時內老師仍沒回來，我們就得採取動作。」最後，是流星為此制定對策，「求助葉叔，或親往北極天櫃走一遭。」

方針確立，四人無異議地回到民宿跟著葉筱君和米漿看電影排遣閒暇，直到下午兩點，不管是李礎耀還是葉叔，依舊全無音訊。

民宿外遊雲匯聚，水氣積累，大好晴天逐漸暗下，細雨一絲兩絲飄落，形同一種暴雨前的徵兆。

柳晴風開始耐不住這種等待，決定四處透透氣，否則人沒等到，她已經先被這種詭譎氣氛給悶死了！

走上二樓公共區，空氣由於水氣飽和的緣故，那股奇特的氣味也因氣壓降低而變得沉重清晰……鐵鏽般的腥味、檜木的香氣形成一種衝突，更像是被壓抑的真相！柳晴風順著氣味來源，走到她數度好奇的房門前……柔荑搭上門把，輕輕轉動，卡榫應聲而開！

殊不知映入柳晴風眼簾的場景，竟讓她止不住驚惶地放聲尖叫——

「怎麼了!?」流星第一時間衝上樓，連同情侶檔在內，所有人均爬上樓梯，誰叫柳晴風的聲音太過驚駭，他們都——

傻住了。

遍地血跡的房間似是經歷屠殺般，所見之處無一不沾染了鮮血，卻不見任何屍體殘骸！柳晴風摀著嘴，原來那股味道，正是被檜木強行抑制的血腥味啊！

「這、這是什麼——」葉筱君緊躲在男友懷裡，不敢再多瞄一眼。

連日的分屍案，至此終於輪到他們民宿了嗎？

「小風妳有沒有怎樣!?」諾莉當即衝到好友身邊，人在遭逢意外時，最需要的就是溫度與陪伴。

柳晴風搖搖頭，並引頸四處顧盼，前、左、右方的血液都已風乾，上方——

一陣冰涼觸及馬尾女孩的臉龐，她卻連伸手拂拭都不必……因為在他們頭頂上方，玻璃片黏了半截腸子，血液正如窗外的雨勢，緩緩滴落。

「大家鎮靜，在警方來前，不要破壞現場環境！」領袖魂上身，流星熟練地引導其他人遠離。

這裡的血不僅乾涸，且褪為黑紅色，定是死了段時間！

隱隱火苗在柳晴風內心燃起，她知道了……早在遊覽水山巨木時，她就該想到的！

為什麼他們總沒見到其他房客？為什麼明明住宿條件優渥卻鮮無人跡？為什麼這麼巧命案也在「退宿」的凌晨發生——

因為——柳晴風握緊粉拳，葉叔，根本就是這一連串凶殺案的兇手啊！

眾人聚於大廳，奇詭的氣氛令葉筱君不自覺地顫抖，她雙手掩面，深怕叔叔回來會把他們全殺了！

民宿裡裡外外瀰漫著詭異，溫馨的日光燈照在此刻格外諷刺，配合著答答鐘擺聲、點點雨滴聲，頗有懸疑小說中等死的角色們之感。

柳晴風清洗掉臉上血汙，決意往葉叔房裡一探，若能就此發現證據，為民除害，這趟旅行也算值回票價了。

況且老師不在，他們勢必得自立自強！

走向櫃臺，葉叔的房間即在其後，柳晴風沒有遲疑地打開門，眾人依序而入，裡頭樸實的木製裝潢無論怎麼看，皆難與葉叔連續殺人魔的真面目畫上等號。

房內飄溢著與二樓相同的腥味，柳晴風止住呼吸，當她發現這種味道的來源之後，只想極力避免這種汙穢侵瀆自身！

「這裡好像沒有線索可尋。」雷明頓摀著鼻子，此處的血腥令他難受。

「肯定是有密室吧。」米漿向來偏好閱讀，尤其以懸疑推理小說為最，當中情節正巧派上用場。

他將房門關起，並要所有人放輕動作，目的在於讓空間氣流處於靜止狀態，「仔細留意哪裡有出風口，便是這股氣味的來源。」

因此除了葉筱君外，其他人均依照米漿的計策而行，柳晴風雙手攤開向下，以掌心感受地面湧動的氣流，若說密室，最有可能就是建成地下室了吧……有了！

她驚奇地蹲下，一面讚嘆米漿的智慧，一面沿著微弱氣流的輪廓，找到同為木質地板的密門本體——她想的果然沒錯！

眼神左右掃視木板上的紋路，一塊與周遭相異的凹槽迅速被柳晴風發掘，她與諾莉齊將木板搬開，一道沉積已久的腥味與臭味瞬即擴散開來！

「我以為這只有在小說電影才會出現耶！」柳晴風盯著隱藏其下的密道，這讓她聯想起柯南裡的101種犯案手法，許多作案理由更是荒唐。

她挪動腳步往下，卻被流星一把拉向後——

「我負責開路吧。」他一手弓一手箭，不得不佩服那人能想出這種辦法來推估密室位置，但他也非世俗之輩，要女性……尤其是她擔任冒險的角色，他豈肯接受！

六人踩著謹慎的腳步徐徐而下，密道並不長，半分鐘未過他們便達底部，只是……

「好噁！」女生們一齊叫出，有誰想得到，密不透風的地下室裡竟屯了許多奇形怪狀的屍體！

柳晴風幾度乾嘔，對這些屍體的模樣再熟悉不過，因為這些皮包骨，正是昨晚爬上她們房間落地窗的畸形飄啊！

惡意湧現，柳晴風不禁思忖……難道廁所的沒品飄要她離開、畸形飄半夜跑出來嚇她，全都是為了給予她警告嗎!?

一抹光照現於眾人背後，回身，只見葉叔掛上一貫的親切笑容——

「恁……在這裡做什麼？」

第七章　現形

窒息的氛圍和著滲透許久的腐臭味，帶給生者不可言喻的死亡壓力；陰暗的地下室裡，屍體四散扭曲，像在擁擠的房內被人隨意塞放堆疊，畫面直叫人反胃。

學生們戒慎恐懼地望著突然出現的中年男子，內心不由自主發慌，亦有無形的冷汗直流。

「恁……在這裡做什麼？」葉叔提著手電筒，狀似關心，「怎麼隨便跑到人家房間哩？」

「叔叔……你不是去送茶葉嗎……」葉筱君聲線明顯顫抖，知道叔叔的真面目後，對他只有驚駭，再也沒有所謂的親情。

「啊下雨我就回來啦。」葉叔探頭看了一下，作出極為驚訝的表情，「哎唷！怎麼會有那麼多屍體啦！」

「別再裝了！」流星大聲怒斥，甚至抽出箭矢蓄勢待發，「賣茶葉開民宿不過是掩飾你令人髮指的行為！」

「欸欸少年仔！恁老師沒教你要敬老尊賢嗎？」葉叔斂起原先的寬厚面貌，長者形象蕩然無存，「對長輩是這種態度？」

「我們尊賢，但絕不會敬一個殺人魔老頭！」諾莉火了性子，「再敢裝蒜我就一箭射過去！」

「哼……你們這些小朋友，實在很沒禮貌。」葉叔的口音忽地起了變化，不再是那折騰聽者的奇怪腔調，「敢用這種口氣跟我講話，看是活膩了？」

「光憑這句話，就知道你不值得我們尊重了，葉叔。」雷明頓一向語帶保留，那是因其與人為善的性格，但要是連他也把話說得直接，即意味著此人不再受到他的尊重。

「你不簡單餒小黑鬼！」葉叔眉頭挑高，想不到這最憨厚的小子也伶牙俐齒，「阿君，妳也要跟他們站同邊？」

最不願面對的選擇還是來了。葉筱君縮在米漿懷中，即使沒有回話，答案也早在大家心中。

「小雷再黑也沒有你的心肝黑！」柳晴風跟從好友擎起長弓，「看看這些屍體，就知道你戕害了多少條人命！筱君才不會受到你的迷惑！」

一想到那些鬼死不瞑目，甘願冒著被誤會、淨化的風險警示她離開，她就無法原諒葉叔的所作所為！

「各位，能不能……別傷害我叔叔……」葉筱君不敢直視，雖然叔叔罪有應得，到底是她爹地的親人……

她可以不認叔叔，但不能不顧念爹地的感受啊！

「不傷害他就要傷害我們了！」諾莉厲聲回道，這傻女思維是死了嗎？

「哈哈！就憑你們幾個？」面對四名高中生的瞄準，葉叔顯然不把當一回事，「我倒要看看你們敢對我怎樣！」

葉叔捨下手電筒，志得意滿地走向高中生們，他殺過的人何止上百，又豈會將區區幾個小鬼放在眼裡！

「要是你以為我們是在虛張聲勢，那你就錯了。」葉叔的一舉一動，盡在流星眼中，「學習弓道不只是興趣，更是伸張正義的手段！」

「沒錯！害人無數的老頭，就讓你見識見識『雷厲風行』的厲害吧！」諾莉拉緊弓弦，只待一聲令下。

「兄弟、諾莉、小風，準備了！」雷明頓稍退半步，那是他放箭前的起手式。

柳晴風箭在弦上，這是她首次以人為靶，若說不緊張一定是假的，但為了大家、為了死去的人，她必須——

「放！」流星高喝一聲，箭矢如本身的領袖氣質，率先射中葉叔右腕！

雷明頓與諾莉緊接在後，兩支箭矢在空中平行飛翔，展現十足默契，分別射入葉叔的左右膝；而最後的箭矢卻陡然偏了下，在射擊的途中即往下墜機。

「欸！」柳晴風忍不住嚷了聲，她怎麼又Miss了啦——

看著葉叔血流如注，葉筱君不由得將頭埋進米漿懷裡；而米漿置身事外地旁觀，暗暗下了「這些人真的沒在留手」的感想。

「好……你們幾個果然帶種。」葉叔滿額大汗地將箭矢拔出，顯是忍著痛楚，「好死不選，我就讓你們求死不能！」

說罷，只看他仰頭發出野獸般的長嚎，跟著一撮兩撮灰白色的毛髮從臉部蔓延至全身，取代了原有皮膚，以及身為人的身分——

「怪、怪物啊——」葉筱君嚇到飆出眼淚，她叔叔不只是殺人魔，更、更是一隻——

「大野狼？」柳晴風驚然目視葉叔現出原形，這是繼鬼以來，她首度見到活生生的妖怪！

從前她就聽爸爸說過，這個世界除了人類，尚存有許多肉眼看不見的非人。像是他們日夜供奉敬拜的「神」，對立神而生的「魔」，以及人與草木鳥獸通過修煉而成的「仙」、「妖」，餘下便是萬靈逝去的型態「鬼」。

「原來是隻狼人啊！這就能解釋你為何那麼滅絕人性了。」即使面對妖怪，諾莉依舊不改其色。

『小鬼！死到臨頭還這麼囂張？』葉叔全身覆滿灰白絨毛，一雙黃到發亮的眼瞳與利爪，兩支又尖又長的獠牙，若扣除它駭人聽聞的行徑，還真與童話故事中的大野狼頗為相似。

「你殺害了許多人命是事實！」雷明頓再次張弓，瞄準，「並不是你作為怪物就能合理化自身的罪惡！」

「沒錯！只要世間還存有秩序，義之所在，我們絕無所怯！」流星迅速抽出兩支箭左右開弓，連同雷明頓、諾莉一人一箭，卻通通被葉叔拍落！

「筱君，快向妳叔叔求情，不然他們死了，我們也難逃。」米漿低語懷裡的人兒，他明白實力相差懸殊，唯有動之以情方有一線生機。

「嗯、嗯……叔叔！」葉筱君拎著淚眼，看來著實楚楚可憐，「我們和你無冤無仇，能不能拜託你放過我們？」

『哼，剛才妳還叫我什麼來著？現在又變叔叔了？』葉叔豈不知姪女的意圖，『放你們出去告發我？』

「不管怎麼樣，殺人都是不對的啊！」葉筱君話中夾雜哭腔，「要是爹地知道，你要他怎麼接——」

『惦惦！』忽地聽見兄長名號，似乎惹得葉叔更加生氣，『看！就是我那愚蠢的兄嫂，寧願拋棄妖族之身，自我降格與人類生活在一塊，才養成妳這種無知心理！』

「你、你說什……」葉筱君瞪大雙眼，比起勸說失敗更令她震驚的是，叔叔說她爹地媽咪也是妖……那她——

『何必驚異？妳我本屬同族，是為地狼！』葉叔嘖嘖兩聲，甚是諷刺，『兄嫂對妳也真疼愛，讓妳不必殺生便渡修為予妳維持人形！』

等等，現在是什麼狀況!?情節之複雜快讓柳晴風跟不上！地狼……是什麼不見經傳的小妖？家裡的古籍完全沒提過啊！

「我在《晉書》和《宋書》上看過地狼的相關記載，最初為白毛狗形，居於地底修煉，一旦被人發現眷養即會帶來凶禍，沒想到是真的。」流星記得很清楚，他素來認為讀史可以鑑往知來，於是閒暇之餘便會翻上一兩本史書。

況且不能從歷史中吸取教訓的人，注定要重蹈覆轍。

『小子，有見識啊！』葉叔豎起「大拇指」，難得地狼一族為人所知，也算值得欣慰，『不過有一點你說錯了，我們並非帶來凶禍，而是手刃眷養我們的人，更可增加我們的修為！』

但它兄嫂卻在修成人形、誕下嬰孩後，甘心就此回歸平淡！連它想見見姪女也被百般推搪！

「喪心病狂卻能說得理直氣壯，你真噁心！」同樣是被人撫養，這種忘恩負義的作為深受諾莉鄙斥。

『呵呵……喪心病狂？』葉叔猝然笑得陰森，使眾人籠上一股惡寒——

『你們都吃了我的滷肉鵪？』

此言一出，再遲鈍的人都明白葉叔話裡的涵義，它的意思是——肉有問題⁉

「這你就得失望了，那鍋黑漆漆的噁心料理我們是怎麼敢吃啦！」柳晴風自鳴得意，轉頭看向安然無恙的友人，多虧媽媽的飯糰保護他們躲過惡妖怪的殘害，「對吧！」

「小風，我和諾莉……都吃了。」雷明頓面如死灰，中午諾莉和他餵完男童後，因為不想浪費食物，於是強忍腥臭的肉味吃了不少……

諾莉瞠乎其後，粉拳如同怒氣無法容忍般地顫動，該死！她就知道那鍋肉有問題！

說時遲那時快，葉叔唸著沒人知曉的語句，雷明頓與諾莉驀地兩眼一翻，雙雙砰的一聲倒在地上！

「諾莉！小雷！」柳晴風措手不及，忙蹲下檢視兩名好友的狀況，但無論她怎麼叫喚、怎麼搖晃，始終未見好友轉醒！

「妖怪！你做了什麼⁉」流星怒不可遏，沒想到葉叔如此歹毒，明知姪女也在用餐之列，竟甘心在食物裡動手腳！

然而……他一瞟狀似無事的情侶，他們多半也是嫌食物難吃才逃過一劫，反而是惜食的兩位夥伴遭殃！

『想不到啊想不到，你們四個倒是福大命大。』葉叔微感訝異，它原先還擔心因此害到姪女，看是它多慮了。

「你早在昨晚就盤算害我們？」緘口坐收漁利固然是最佳做法，但事態至此已讓米漿無法接受，況且對方打從一開始就沒想放過他們，他也沒必要繼續旁觀，「若非阿晴倒掉那鍋肉，我們早已為你所害！」

『四目仔，注意你的口氣！別以為你和阿君逗陣，便可以我另一個姪子自居！』葉叔重新盯上流星與柳晴風，『剩你們兩個小鬼了，打算如何？』

流星緊咬牙根，面對葉叔逐步逼近，他了解光靠弓箭根本無法保得所有人安全，但他是夥伴們的依靠，無論如何都不會就此放棄！

箭矢抽出，流星再度向葉叔射了好幾箭，儘管怒氣充斥全身，仍舊無法影響箭的平穩與急速；可惜的是葉叔畢竟修煉有成，尋常武器絲毫無法對其奏效，因此不消半晌，它便躍至流星面前，隻手將之揪起！

「住手！」柳晴風忿忿起身，將箭簇對準葉叔咽喉。

『別說妳這箭無法傷我，就是我站著不動讓妳射，妳那可笑的箭法又射得中我嗎！』葉叔掐住流星高舉，愈笑愈加誇張，癲狂的樣貌直讓柳晴風怒火中燒！

「流星！」柳晴風萬分焦灼，要是再拖下去，流星會被那臭妖怪掐死的！

「小、小……」流星奮力開口，但胸腔已然無法吸進更多空氣，他……明明說好要保護她的——

怎麼辦怎麼辦！架著的箭不停顫抖，現在就連敵人也看她笑話！

為什麼她的箭術總是如此？為什麼明明有妖怪作惡卻沒有天收？為什麼好好一趟旅程，會弄到老師失蹤同學命危!?

胸口的護符逐漸發熱，在此危急存亡時刻，竟有效緩和柳晴風的焦躁！

記住：射箭不只是妳拉弓放箭射目標而已，更是對這門技藝、對所追尋之事物，義無反顧的精神！流星冷靜的話語倏地從腦海閃過——

是啊！柳晴風登時醒悟，沒錯，義無反顧，心無旁騖！

為了救人，殺妖義無反顧；相信自己，張弓心無旁騖——所謂一意專心！

就在這時，一抹灰影由外襲捲而入，將流星從葉叔尖利的獠牙下救走；眾人還來不及反應，只聽得柳晴風怒喊道——

「死妖怪，你會後悔惹火我的！」

她怒叱一聲，奔騰氣勢融合箭矢，宛如一隻猛獸撲食獵物，直朝葉叔咽喉咬去！

箭在空中燒著隱隱火光，葉叔慌張之下已察覺箭非它所能輕忽，因此連忙向後邊用兩手抵禦，結果反被一箭貫穿雙爪直抵胸膛！

『不可能！妳、妳的箭怎會有如此靈力！』葉叔痛得大聲哀號，它的雙手不僅被交疊射穿，殘餘的靈力仍在燒蝕著它的血肉！

柳晴風自己也看得目瞪口呆，箭上有靈力？難道是出門前，爸爸為弓箭加持的奇效嗎？

無暇細想，她連忙趁葉叔動彈不得之際，先扶起流星，確認他沒有大礙後，再主動分出一支箭給身旁的大男孩——是她過往的啟蒙導師、此刻並肩作戰的夥伴！

流星順手搭上箭，即使沒有言語作為媒介，靈犀亦在彼此心間流通著——

「留你在世上只會多害人命，在我們的正義之箭下伏誅就刑吧！」他們倆同時彎弓放箭，兩道火光迅而迴旋交錯，在空中譜成一條絕佳的默契，直直削斷葉叔那顆尚在驚惶的灰白狼首！

「叔叔……」葉筱君無力地癱坐在地，雙手高舉欲尋求男友的攙扶，卻見米漿先一步上前，探視已退回原形的白毛屍體。

原來這個世上還有許多科學無法解釋的事物，他總算親眼見證。米漿微閉雙眼，彷彿承認自己的閱歷不足。

「妖怪死了，可是諾莉和小雷還昏迷不醒，怎麼辦⁉」柳晴風心急如焚，打倒魔王她是很高興沒錯，但現實不像電視演的那樣，隨著魔王死去就使一切恢復原狀啊！

「小雷和諾莉都是吃下那鍋肉才出事，所以猜得沒錯，他們是中了毒。」流星撫上頸脖，真是差一點他就得去見列祖列宗了……多虧那孩子，「感謝相救！」

形體飄浮於半空的男童木然頓首，表示接受這份感謝之意；但另一頭的長捲髮女孩卻尖叫著——

「鬼啊——」適才全身發軟的葉筱君這會兒又有力氣爬起，急跑到米漿身邊討抱，卻只被輕輕牽住。

「你也是被葉叔殺害的人嗎？」柳晴風已經見怪不怪，目前她總共遇過一群好心鬼與一隻惡劣妖，所以對比之下，沒道理對眼前這個救過她夥伴的單足飄害怕。

男童沒有反應，亦不願開口，只抬起小手指向昏迷的諾莉與雷明頓。

「中毒的原因來自於肉，葉叔又三番兩次蓄意加害，按照它的作風，有沒有可能肉的真面目就是，人肉？」米漿聯想到昨晚的菜餚，作出一個毛骨悚然的推理，「這就能說通它冰箱屯菜不屯肉，而今日的食材來源，恐怕就來自今早的死者。」

「你說的有道理！」柳晴風急得像隻熱鍋上的螞蟻，「但也沒用啊！現在食物中毒要去哪裡找醫生啦——」

護身符的溫熱感尚在，她下意識地觸摸，要是爸媽在，肯定有辦法教她怎麼做！

自從她能辨聽識物，接觸到的總是爸爸在家中為人處理疑難，其中不乏日常的收驚、補運之屬，亦有進階一些的破煞、除靈之類。

所以——如是中了汙穢之毒，勢必得用神聖的咒語符籙來解！對！

爸媽教她背過的咒語不下十幾種，像是往生咒、智慧咒、淨……沒錯！淨身咒！

突如其來的靈光猶如一絲新曦乍現，但緊張的情緒使得腦中一片空白，她敲敲自己腦袋，有無數支離破碎的語句散佚各處，就是想不起正確的咒語！

怎麼唸怎麼唸，快想起來！想想在那個令人安心的前廳裡，爸爸是如何為人消災解厄的——

塵封許久的記憶如同厚土覆蓋重見天日般，一字一句，皆隨昔日父母慈祥莊嚴的持咒聲而明朗化。

「是了……就是這樣！」柳晴風驟然奮起，急蹲在倒地的兩名好友前，雙眼緊閉淨空雜念，讓自己完完全全沐浴於沉靜的神聖領域內。

「嗡修多利……」像是觸動回放的按鈕，柳晴風僅僅開了頭，隨後的咒文便唸誦如流，因為這些咒語早就銘刻腦中，不過是久而未用，一時想不起來罷了。

如今重啟，就好比機械重新活絡般，不只淨身咒，凡是那個時期所學的咒語均變得鮮明在目！

流星與米漿愣然瞅視他們各自熟悉的馬尾女孩，一個是方才生死相交的夥伴，另一為曾經天荒地老的情侶，莊重的舉動、肅穆的語調，皆非他們熟識的那個她。

柳晴風將雙手放置兩位夥伴額上，藉此從上到下、由外而內地配合咒語祛除侵蝕肉體的汙穢……少時過後，諾莉與雷明頓幽然甦醒，並從口中吐出一大灘黑色液體，整個人才終於回過神來！

見到施咒成功，柳晴風總算如釋重負地開顏而笑，她簡要地向好友說明現場情況：大致上就是他們中了毒、葉叔死了、以及那個小鬼真的是一隻鬼！

至於中毒的詳情柳晴風很貼心地自動省略，要不然好友們一旦知道自己親口吃下的是人肉，她覺得會造成這兩人一輩子都不敢吃肉的陰影。

「鬼嗎……真沒想到，我居然和鬼相處這麼一段時間。」諾莉爬起望向那個飄浮著的小男孩，「不過很感謝你救了我的朋友！」

雷明頓也溫溫對著男童點頭行禮，不因對方鬼的身分有所恐懼，「小弟弟謝謝你！」

脫離危險後，流星表示先返回大廳整理現況，也不必一群人待在地下室，嗅著慘絕人寰的氣味侵蝕身心。

柳晴風簡單把夢境、李礎耀的行蹤猜測解釋給米漿和葉筱君聽，並認為當務之急，就是趕緊找到老師，離開這裡，舉發一切！

「聽來很難相信，但如果建立在『萬一』的結果上，我們必須提前作好準備。」米漿的心境轉換很快，既然短短時間內所發生的事已異乎尋常，那麼非常時期就得用非常觀念來應對。

「老實說看見葉叔現出原形後，我又發現一樁巧合了。」柳晴風不得不提起那一身灰白絨毛，與她初來乍到阿里山瞥見的白影、還有夢境中的天狗化身極為相似；再加上那對獠牙，也和天狗牙如出一轍……

然後葉叔又這麼「剛好」持有鬼車鳥的資料……怎麼想都覺得這種巧合有點扯！

「是否可以這樣理解：天狗與地狼具有一定的種族關係，而鬼車即為九鳳，所以出現這樣的巧合？」流星一聽完柳晴風的敘述，馬上就整理出共通點。

「通常出現數種巧合以上的巧合，都不是巧合……」雷明頓語重心長地說道。

「該想的是，地狼牙或許同樣具有克制鬼車的效用。」米漿已設想未來與鬼車發生衝突，必須持有足以自保的手段，「我認為須取下葉叔的獠牙作為防身。」

米漿一席話語驚四座，沒人想得到他有此心機；雷厲風行默默地將目光轉移到葉筱君身上，只見她一副失魂落魄，顯然無心參與討論。

「呃……你們覺得呢？」柳晴風面向其他三位友人，取獠牙雖非難事，但葉叔畢竟是筱君的親屬，貿然破壞其遺體，她終究覺得為難。

「如果對方真是夜載百鬼的妖怪，萬不得已只能出此下策。」這是諾莉首次聽那爛咖說了句值得參考的人話。

「我贊同諾莉的說法……」雷明頓幾經思考，衡量出其中的輕重，「若我們善用其遺體，也算對得起那些死去的人們。」

嗯……柳晴風仍在猶豫，就算略過葉叔不談，如果以上假設成真，夢境又屬實，她豈不是要再一次地傷害那個深情的男人？

「小風，我明白妳的顧慮。」流星深知她作為一個單純正義的女孩，絕對不忍心傷害任何無辜的人事物，「當作有備無患吧。」

從他們幾個跟葉叔的戰鬥就可以得知，單憑普通人的力量，絕非妖怪的對手。

雖然這麼說未免示弱，不過有時承認自己的脆弱與不足，亦是一種勇氣的展現。

「我知道了！」既然三位好友都沒有異議，柳晴風當即走向葉叔房間；而好友們不願讓她孤身一人，也起身跟著前往。

進入地下室，迎面而來的腐臭氣息讓柳晴風恨不得戴上口罩，她就不理解身為妖怪聞到這種氣味會亢奮的原因是什麼？

握住箭桿，走到葉叔屍體旁蹲下，那酷似天狗的毛髮與尖牙，總令柳晴風感覺一切漸趨複雜；她暗自祈禱，希望事情能夠圓滿、老師能夠順利找回、一行人能夠平平安安回到溫暖的家窩。

箭桿揮下，兩支獠牙巴答一聲斷裂，她小心翼翼地捏著鈍面取下，心想這大概是她這輩子以來拿過最奇葩的東西了！

怪不得昨天早上的噴泉會以那種形式呈現……她萬分慶幸，幸虧流星沒有被這副獠牙傷到，不然後果簡直無法想像！

「兄弟，我們來幫忙拿吧。」從看柳晴風動作開始，雷明頓就擔心她弄不好受傷。

「不，我跟你拿。」諾莉搶先取走兩支獠牙，一支交給雷明頓，然後拉著不會閱讀空氣的對方離開，這種時候當然是讓他們倆獨處啊！

「諾莉……幹嘛這麼急啊？」柳晴風不知所以然，但是下一秒她就懂了，因為這裡的氣味實在不是人聞的！

她也很想離開，不過在此之前，該回應的還是不能少——

「謝謝你們一直提醒我離開這裡！儘管我完全不懂你們的用意——」柳晴風原地轉了一圈，向這個空間可能存在的逝者、以及皮包骨遺體道謝，「我將在此唸誦往生咒，讓你們得以超脫——」

流星站在一旁，靜靜細聽令人沉澱的咒語；而柳晴風則一瞬間有繼承爸爸衣缽的感覺。

「好了，Let's Go！」咒語唸畢，意味此間諸事已了，就剩下失蹤的老師未歸。

走出地下室，民宿裝潢依舊看似純樸古色古香，試想竟藏匿了這麼多的悲劇；他們將一切行李打包完畢，隨時等找到老師後就撤離，並揭發這一連串凶殺案的真相。

長捲髮女孩埋首膝間坐在沙發上，形影落寞，明顯是對於自己的「身分」感到徬徨。

一直以來，青春洋溢、受人欽羨，有如鑽石般閃耀的前程乃是她的最佳寫照，有誰能預料，如此亮麗奪目的她竟是一隻……怪物……

怪不得爹地媽咪總是避免和叔叔接觸，更不許她私下與叔叔聯絡，原來是……

柳晴風於心不忍地走向其伸出手，「別想太多，就和諾莉說的一樣，不管妳是不是妖怪，在我們心中妳就是筱君。」

「小風……」葉筱君聲音哽咽，妖怪的身分確實使她大受打擊，但遭逢這份即時溫暖，也讓她深受感動。

「況且妳不是還有米漿嗎？還有許多支持妳的朋友、爸媽。」柳晴風大方並且坦然地迎上米漿的注視，「我說的應該沒錯吧？」

溫柔話語的背後隱藏著寬宏，流星深深敬佩，這是小風獨有的「正義」啊……

「妳爸媽之所以殺生讓妳維持人形，目的也是要妳過上正常人的日子。」葉叔那番話猶在流星耳邊，殺人固然無可饒恕，但兩種殺業的初衷，正是人心與妖心的不同。

「我知道了……謝謝你們！」葉筱君拭去眼角的淚珠，重新攀上男友臂膀，米漿卻有些尷尬地向眾人頷首，先行步出民宿大門。

「真是看不出來，妳對那傻女倒是挺大量嘛。」諾莉這句話是誇獎，即使好友失戀的時候，也未曾見她由愛生恨。

因為她將對別人的傷害，轉移到了自己身上。

「哎呀都過去了，現在的筱君最需要旁人鼓勵。」柳晴風瞅著大廳鐘上顯示下午四點，他們必須趁時辰尚早，趕緊前往北極天櫝找到李礎耀，結束這趟暑期惡夢之旅。

長弓在手，明知目標近而確切，她卻始終惴慄不安……

打開大門，迎面霧氣輕漫，如同茫茫前景……此時四人的心，沒有一顆是開闊的。

第八章　動搖

天色陰晦，煙霧迷幻，飄渺的白氣似能把人浮起來般，吞沒山間一切；戶外漠漠昏暝，值得慶幸的是如絲細雨已歇，讓處於山林步道的青春男女們不至於寸步難行。

柳晴風六人一鬼回到早晨遊覽的觀景步道，作為嚮導的老師已經不在，所幸還有雷明頓手持地圖帶路，好友們均對此細心程度感到可靠。

他們將地狼獠牙用毛巾裹好裝進布包，統一由流星保管；而小男孩繼續由諾莉牽著，彼此互動如常，未曾因為對方「鬼」的身分有所遲疑。

反觀米漿與葉筱君走在最後，兩人的手僅是輕輕牽著，對他們正濃的戀情而言甚為諷刺，更讓葉筱君一度受柳晴風安慰的自卑感大盛。

「你們……都不怕它嗎？我是說……那個小孩。」一路上除了腳步聲外只有寂靜相伴，葉筱君便隨意開了話題，只要有點人聲就好。

「為什麼要怕？鬼也是人變的，在我不知道它身分時尚且真心相待，沒理由知道後就得改觀。」諾莉不聽還好，一聽火氣越旺，「就跟我們沒把妳當地狼看一樣道理。」

聽見這番話，葉筱君再怎麼不敏感，也知道諾莉是在指責自己小人之心，旋即閉上嘴巴不再說話。

柳晴風有些無奈，就和諾莉說的一樣，人和鬼，本來就沒有什麼不同，一樣會笑、會哭，同樣有喜怒哀樂、愛恨嗔痴，為何要因為形象相異導致恐懼隔閡呢？

實際上流星完全明白葉筱君的顧忌所為何來。

人為表象動物，對於不理解的事物，通常會產生先入為主的排斥，因此，只有極少數的人能勘得破這一層。

氣氛頓時尷尬，雷明頓連忙另闢話題，「我以為鬼只有晚上才會出現，原來白天也存在嗎？」

「這個資訊其實是錯誤的。」在過去，柳晴風也以為阿飄只有晚上才能現身，直到爸爸告訴她：鬼無所不在。再到今天親眼見證，她才知道以前都被小說電視誤導了。

「這就跟『鬼可怕』的刻板印象相同，因為不理解，所以人們下意識地產生抗拒、畏懼、甚至是腦補。」流星想起早晨柳晴風輕唱的歌詞，「看見的事物並非全部，即便肉眼所見，亦時常受到蒙蔽。」

關鍵句使得柳晴風眼眸一亮，沒錯，所以才需要用心來感受啊！

走上水山巨木的觀景步道，至此皆為大家熟悉的路線，也不必再仰賴地圖，然而雷明頓仍盡責地領在前為眾人引路，「視線不佳，大家小心走喔。」

「這裡跟白天差好多啊……」諾莉昂首望著四周，早晨那股沐浴自然的徜徉感已不復存，尤其蒙上霧氣瀰漫的昏昧，一棵棵樹都變得陰森。

「那個，阿晴，為什麼妳懂得那麼多？」破天荒地，米漿居然主動向柳晴風提出問題！氣氛之凝滯，基本上除了葉筱君狀況外，其餘人均微微頓了一下。

「這種私人問題，還是得看小風願不願意透露，不是你問她就得說。」流星立刻補上一句。那人就不怕自己的問題造成別人的不適感？

說得好！諾莉翹起嘴角，有些人就算戴著眼鏡當四眼田雞，講話依舊不會看人臉色。

「是沒關係啦……我猜你們應該也很想知道吧？」他們雷厲風行固然相交甚厚，卻對彼此的隱私沒有深入了解。

一來他們的友誼是建立在欣賞雙方的人格上，而非家世背景；二來朋友，是長時間的交遊過程，講的是適時關懷，而非全然佔有。

君子之交淡若水，小人之交甘若醴，正存在這層意義。

「其實我家是宮廟，我爸爸也是這方面的專家，所以從小耳濡目染學了些。」見好友們沒說話，柳晴風索性直接開口，「有機會可以來我家看看喔！」

雖然父親向來喜愛低調，自己也不喜歡張揚，不過小雷單親混血、諾莉無親孤兒，就剩她和流星的背景無人所知，好像也不大公平。

「宮廟？也太特別了吧！完全跟妳的形象不搭啊！」諾莉噗哧一聲輕笑而出，「我和小雷多虧妳才沒事，所以之後一定得去妳家瞧瞧！」

「宮廟不是會有很多地痞流氓嗎？那妳家……」每每出現遶境活動，必然伴隨著鬥毆事件，葉筱君便對宮廟的印象只有低俗兩個字能形容。

「喔，我家不是妳想的那樣啦，我也很討厭8+9！」從葉筱君的回應聽來，柳晴風就可以感受到爸爸的無奈，傳統宗教真的都被那些人玷汙了！

「宮廟專家……」米漿輕微細語，似是揣摩無人知曉的心思。

流星倒是隱約猜到，在日常相處中，心儀的她周遭總是飄搖著和廟宇相同的淡淡檀香味，一如她帶給人的感覺，親和而溫暖。

眾人陸續登上觀景臺，四周空蕩蕩地毫無人影，水山巨木依然在此屹立，卻是標準的物是人非，早晚兩樣情；僅僅幾個小時之內的變故，已讓他們滿懷感慨，感覺像過了很多天似的。

他們再次沿著出口小徑行走，才剛踏上迴旋石階，一根粗實的樹幹即像有生命地違反自然法則橫了過來！

「哇啊——」葉筱君率先尖叫，因為正常人都知道，樹不可能自己動起來啊！

所有人後退兩步，雷厲風行也將長弓拿下來預備，人家說沒做虧心事不怕鬼敲門，儘管有葉叔的前車之鑑，他們也不會嚇得像葉筱君那麼慌，只是鎮定地盯著動靜，再作行止。

『小朋友……日已西落，云何在此逗留啊？』

柳晴風詫然轉身，她第一個念頭就是——身後的水山巨木！

樹幹有塊區域凹陷，樹瘤線條宛如歷練的皺紋，而「它」真的闔著眼睛、動著嘴巴和他們對話！

「你……是水山巨木本人嗎？」柳晴風忽然覺得自己在講廢話，對方都開口跟他們說話了，不是「本人」是誰？

「您大概就是這棵神木的樹靈吧？」雷明頓收起長弓，口氣就與尋常老者溝通般客氣。

『不錯……我在這有多久啦？』神木靈沉吟片刻，還真與老人憶起往事無異，『兩千……七？啊對……兩千七百年啦……』

「兩千七百年，換算成我們熟悉的中國史，大概就是春秋時期的人物。」流星點頭稱是，對大自然生命的奧妙感到敬畏，「萬物果真有靈。」

「哇賽！」柳晴風萬分吃驚，樹靈……所以就跟台灣民間信仰中，有些信徒會奉榕樹、石頭為「大榕公」、「石敢當」崇拜相同，是出於對自然的崇敬心理。

「這附近還有許多神木樹齡高達八百年至兩千年，在更遠一點的阿里山，那裡有座樹靈塔，也是日本人重視自然的『愛林』之舉。」雷明頓在出門前曾讀過導覽手冊，因而對阿里山神木史有些基礎的了解。

傳聞日本人在1934年，因為國內盛行生態保育思潮，因此制定了「全日本愛林日」；同年台灣尚在日本的統治下，便因應這種紀念日舉辦「樹靈祭」，意指愛的對象不僅是森林，而是涵蓋一切草木鳥獸等萬物的自然。

『是了是了……小朋友啊，你們還沒回答我的問——哈……題。』神木靈打了個哈欠，睜開惺忪雙眼，沒想到當它看見葉筱君時，整個臉色為之驚變，『地狼！』

電光石火間，數十根枝條樹幹撲騰開散，宛如波濤浪潮侵襲般，通通伸向尚未反應過來的葉筱君！

「靠！」柳晴風驚然躍起，怎麼說開打就開打!?

她在第一時間緊急推開葉筱君，讓那些枝幹撲空，不過對方卻也靈巧地繞了個彎，改換方向便繼續朝目標進攻！

柳晴風架起箭矢，目視好友們都被枝幹阻絕於外，而葉筱君還在地上翻滾掙扎，心中大感無力，可這樣下去也不是辦法！

但——對方好歹是塊兩千七百年的木頭，她的箭再怎麼鋒利，有辦法射穿日益月滋的厚實古木嗎？

情況不容多想，既然無法阻止枝幹傷害筱君，她就直接攻擊對方弱點，總能起點效果吧！

抓緊箭桿，柳晴風連搭弓都省，反正這些枝幹動來動去，也礙於箭矢的飛行路徑，不如她直接衝向目標要來得有效益！

她疾跑過去，跳過絆腳的樹根，神木靈的攻擊對象雖僅限於葉筱君，但是活動的枝木實在太多，一不注意，一根偌大的樹幹就此橫掃而來——

「小風！」諾莉使勁扳動擋路的幹木試圖加入戰局，不過人為之力在大自然面前終究徒勞，豈料她身後也有棵樹受到地面震動的影響倒塌，幸好男童及時凌空將諾莉抱走，才為她免卻一場劫難！

另一邊，一支飛箭削斷柳晴風頭頂的枝幹，緊接著又同時飛來兩支箭擊歪枝幹落下的軌道，正好減緩橫幹的衝擊速度，使柳晴風得以安然避開！

回頭，只見流星與雷明頓長弓開展，顯然是他們在遠處Cover，她連忙朗聲道謝，持續向前，再一個助跑躍起，將箭簇狠狠地往樹幹凹槽一扎——

『哎、哎呀！疼、疼……』神木靈全部的精神都放在葉筱君身上，乃至於未曾注意到柳晴風從旁偷襲；它的枝椏已將葉筱君縛起，受此疼痛，所有枝木又瞬息縮回水山巨木本體！

有了前一次經驗，這回柳晴風很機警地趴低身體，等那些枝幹樹木通通撤返後才站立起身；葉筱君則因失去箝制摔在地上，卻等不到米漿來攙扶。

『小朋友啊，出手這麼重……我的樹皮都險些擋不住啦！』經此一扎，神木靈重回祥和語氣，也未對柳晴風及其他人展開反擊。

「呃，神木爺爺，我應該可以這樣叫吧？」柳晴風見對方恢復如常，便將箭矢拔出，「你怎麼可以無緣無故說翻臉就翻臉啦！」

『小朋友，此女是地狼啊，難道妳看不出？』，神木靈面露不解，『其妖力雖未覺醒，亦不得輕忽啊！何況……』

神木靈眺向遠方，旋即興嘆，『前路即為地狼棲息之地，凶險異常，非你們幾個孩子能親冒啊……』

「這麼說，你是為了保護我們？」諾莉急跑至柳晴風身邊，確認好友有無受傷。剛才她居然犯傻，應和小雷流星一起在遠處協助才是最佳解啊，可惡！

「我們知道筱君身體裡流著地狼之血，但是她又沒有害人，神木爺爺你這樣很不應該啦！」柳晴風就事論事，口氣無所避諱。

『唉，罷了罷了……』眾人在它眼中，唯獨柳晴風散發著金黃色的光芒，既有靈光如此，它也不必相阻，『你等好自為之啊……』

流星與雷明頓陸續走來，米漿也在場面恢復和平後現身攙起女友，但葉筱君滿腹的委屈累積，已快逼近極限。

「那個……我還有問題！」這是柳晴風首度這麼自然地和非人攀談，心中竟有股莫名的興奮，「我想請問，像你這種神木體內……會藏有超巨型鳥類嗎？」

『啊？』神木靈瞬間聽糊塗，幾片樹葉還因此落了下來。

「就……我也不知道該怎麼說。」柳晴風搔搔腦袋，覺得很羞恥，「我曾經徒手觸碰一棵像你這樣的古木，結果整棵樹裂開不說，還跑出一隻超大型巨鳥！」

『小朋友……世上無奇不有，像我活了兩千七百年，也未曾見過人類與地狼、遊魂為伍而神態自若啊……』神木靈嘆了口氣，並將攔路的樹幹移開，不再多言，只凝眄著那個尚未覺醒的長捲髮女孩。

「好吧……」柳晴風難掩失望地與流星對望一眼，不過她還是欣然向水山樹靈揮手道別，「謝謝你的好意，神木爺爺，我們會小心的！」

神木靈定定目送五人一妖一鬼踏進告示牌的範圍內，不由得覆上雙眼，以樹枝為簾，三度嘆息……

『命啊……』

再次踏足這片陰森密林，所有人只有更加戰戰兢兢，尤其在水山樹靈的提醒下，已讓他們得知這一帶是地狼……也就是葉叔的地盤。

儘管葉叔已死，少卻了生命威脅，但林內仍舊漆黑一片，好在雷明頓與諾莉早有預見這種情形，便在離開民宿前各拿了一支手電筒預備。

這回沒有李礎耀帶路，柳晴風一行人也不知從何走起，反正當時老師也是亂跑亂竄，他們唯有信任自己的直覺，祈禱能順利走出這片林。

「神木爺爺說，這裡曾是地狼的棲息之地，老師又是在葉叔不見的期間搞失蹤，呃……」柳晴風不敢再想下去，雖然她是不覺得老師會死在葉叔之手啦，但一顆腦袋總愛亂想，她也無法控制。

「怪不得老師那時候走得那麼急，也許這就是生命本能的警示吧！」雷明頓回想當時李礎耀逃命般的疾趨，於是有此感想。

葉筱君失神地走著，一路上不停思索自己到底是做錯什麼才會落得如此田地。爹地媽咪和她都是怪物、又無緣無故遭受樹木妖怪的攻擊、自己深愛的男友現在也對她有層似有似無的隔閡……

米漿沉靜地並肩其旁，剛剛的騷動已使他有些打算，但還不到讓他付諸實踐的地步。

而一直適時伸出援手的小男孩就飄浮在諾莉旁，雙方手牽著手，已熟諳這種無聲的陪伴；流星守在馬尾女孩的身邊，方才情勢千鈞一髮，好在他和小雷配合得當，才不至於讓她有所閃失，因此接下來他必須隨時提高警覺！

水山樹靈剛剛提到，這片樹林是地狼的地盤，但為什麼，它會刻意選在這個地點？難不成天狗和九鳳、地狼和鬼車真是對立關係？

窣窣……

隱隱約約的擾動聲在靜謐的氛圍中很難不被注意，所有人不約而同止住步伐，柳晴風還因為腳下的泥土濕滑差點滑倒，所幸流星眼快及時穩住其重心，要不然她非得摔個狗吃屎。

「謝謝！」柳晴風側首向英挺的男孩道謝，她轉向前方，那裡恍如還殘留著餘音，「你們有聽到嗎？」

「是葉叔？不可能，它已經被妳射殺了不是？」諾莉摘下頭頂護目鏡戴上，她的鏡片經過特殊加工，除了一般功能外，還具有夜視的功能，「我來看看……」

透過鏡片上的膜層，諾莉舉目所見皆變得明亮且清晰；她循聲遠眺，馬上看見來自十一點鐘方向的異常震動——

「有動靜！」諾莉當即取下長弓，與好友們緩緩靠近。

他們步步審慎，以不打草驚蛇為前提下移動；米漿與葉筱君沒有防身武器，自然走在四人後頭。

他倆一前一後，不再有緊密的肢體接觸，似乎宣告彼此間的感情產生裂隙；葉筱君開始將委屈導向不滿，到頭來她還是想不透走到這地步的原因！

她煩悶地將怨氣出在沿路樹叢上，用手揮甩不夠，還撿了根樹枝往裡頭戳刺，才有辦法讓她——咦？

像是抵到什麼物體似的，這一戳竟讓葉筱君從中感到些微的反饋力道，難道是……草叢裡有著什麼嗎!?

突然間，一隻腐手從樹叢裡竄了出來抓住葉筱君，她定神一看，發現上頭滿是黏膩的血肉與蛆蟲，心態徹底炸裂，「哇啊啊啊——」

「怎麼回事!?」前方四人霍然轉身，卻看米漿與葉筱君之中落葉片片，跟著垂下一具殘缺不堪的屍首——

「米漿別動！」柳晴風信手張弓放箭，迅速解決一隻死靈，卻也引來同伴們的驚呼！

同一時間，樹叢內、樹幹上、地面下均竄出不少屍首，模樣大小殘缺皆有，多的是由器官勉強拼湊而成，轉瞬已然包圍眾人！

「不是說這是地狼的地盤嗎!?」諾莉和雷明頓、流星使用的均是尋常箭矢，因此飛箭射出，頂多是截斷亡靈肢體，卻無法徹底消滅它們！

「地狼的地盤——該不會這些死者全是葉叔棄屍之處吧！」雷明頓甩動長弓揮開一隻試圖撕咬他的亡靈，再趁機補上一箭，不過亡靈越湧越多，他們遲早支撐不住啊！

相比諾莉、雷明頓一箭一隻，流星更選擇一次架上兩支箭，雖然他的功夫尚未嫻熟，但近距離射擊已是綽綽有餘！

葉筱君仍被死命抓住不放，一隻只有半邊頭殼的亡靈緩緩從樹叢走出，它唯一的眼球彈出眼眶，僅靠黏液勉強粘連，每走一步就有腦漿傾出，模樣讓人感到十足噁心、噁心到快吐了！

「救我、救我——」葉筱君止不住地放聲尖叫，手腳使勁掙扎，卻都盼不來其他人以及米漿的救援——

柳晴風再單腳踹開一隻亡靈，她的箭攜帶不多，對付葉叔時已經用掉三支箭，如果真與九鳳發生衝突，爸爸為她加持的箭矢勢必得謹慎使用——欸!?

不對，除了弓和箭，她還有護身符啊！

「天哪我在想什麼，居然忘了！」她迅即掏出頸間護符，但是她不知該如何使用才能達到最大攻擊效果，因此只將符握在手中，看到亡靈就來一隻錨一隻！

她的拳頭在漆黑樹林中閃著神聖的金黃色，被擊中的死靈基本上都直接化為碎屑，也沒有過多哀號；其他三名友人見狀，也仿效起柳晴風的行為，還好他們身上都擁有廟宇護身符或十字墜鍊，既然射箭的效果有限，他們便祈禱藉由神佛的力量達到驅妖逐鬼的效益！

四人各自展開肉搏戰，儘管只是高中生，一旦涉及生死，人的潛力還是會在此刻爆發無窮；尤其是流星，拳腳施展起來絲毫不亞於職業格鬥家，輕輕鬆鬆就撂倒幾隻行動不便的死靈！

小男孩晾在一邊，它身雖為鬼，與這些殘破的亡靈勉強算是同族，卻彷彿遠離喧囂般觀戰，亡靈也對其視若無睹；而米漿早就不知跑到哪去，他和葉筱君自是沒有宗教信仰，護身符對他們來說更是落後與醜陋的象徵，誰想得到會在如此關鍵時刻發揮作用？

葉筱君的尖叫聲仍持續著，柳晴風再揍飛幾隻死靈，總算來得及解救被牽制住的長捲髮女孩！

「走開啦你！」柳晴風反手將那死靈的半邊腦殼也打掉，頭顱就落在地上與泥土共作塵埃，「巴著人家不放你是在性騷擾嗎!?」

不一會兒，亡靈的數量驟減，小男孩趕緊飄到諾莉面前，小指指向某方，狀似要為眾人帶路——

「你知道怎麼離開這裡!?」諾莉沒空確認，只叫小男孩逕自帶路，他們設法跟上就是，「其他人快跟小弟走！」

柳晴風聞言立刻拉了葉筱君起來，她已經被嚇到腿軟，路都走不了了，「米漿呢!?」

「在這。」他即時出現，拉過葉筱君的手攙在身上，並且望著柳晴風的臉表現擔憂之情，「阿晴，妳要小心。」

「……好喔！」柳晴風一時瞠然，轉過身為他們開路，心裡想的卻是別的事情。

米漿那是在關心她嗎？明明是久違的盼望，為什麼此刻聽來，渾然沒有半點開心的感覺？

而且現階段比起米漿的關心，她更在意夥伴們的安危，諾莉、小雷、還有流星！

她讓米漿扶著葉筱君先行逃走，自己負責斷後，眼下這群死屍都被他們解決得差不多了，不過為了防止又有死鬼偷襲，她還是謹慎地且看且走！

正當這麼想，一隻死靈真的從樹蔭垂吊而下，它半身皆已斷裂，唯獨靠腸子纏繞樹幹，下一秒，它趁柳晴風未得防備之際，竟以迅雷不及掩耳的速度朝她大口咬來！

此時的她本應拔腿向後，恰逢地底冒出一隻腐屍將其攫住，而前頭夥伴漸已遠去，致使無人發現柳晴風遲遲未跟上！

「放手！」她緊張到心臟快把胸腔撞破，護身符雖在掌中，但已來不及了——

咻！

迅捷而快速，柳晴風呆看一支飛箭從那死屍口中穿過，並將其震退；緊接著腳邊的束縛鬆脫，在她還沒反應過來時，一陣暖意覆蓋住她全身，同時傳來令人心安的慰問——

「小風，有受傷嗎？」

柳晴風餘悸猶存，受此驚嚇，再也忍不住地哭了出來！

「抱、抱歉！」流星比她還不知所措，只任憑柳晴風趴在自己胸膛上哭泣，「是我來晚了！妳、妳別哭……」

「我真的快嚇死了！我以為我死定了耶！」柳晴風想到那張嘴巴離自己只有咫尺之遙，甚至看得清那張嘴裡有無數蛆蟲攢動，根本是二度傷害！精神創傷！

「沒事了……我在這。」流星觀望四處，儘管他很想繼續享受這份依賴，但待在這裡絕非明智之舉！

不知哪來的勇氣，他竟大膽地牽起心儀女孩的手，「我一定會保護妳！」

柳晴風愕然抬頭，經此短暫一哭，壓抑的情緒總算找到發洩出口，當然更多的是，從眼前這位成熟的大男孩得到許多心安。

「走吧！到北極天櫃去！」她重新整理情緒，事情還沒解決，她可不能窩囊到在此哭哭啼啼！

這時諾莉與雷明頓也踅了回來，他們發現流星與柳晴風脫隊許久，不放心便趕緊回頭，哪知居然看到如此驚豔的一幕！

但是他們也不點破，作為好麻吉、好哥們，他們都希望這兩人能有一番花開果結；要是因為多嘴破壞這份小確幸，他們就真的難辭其咎了！

四人再次踏上征途，不遠處的小男孩與情侶檔尚在等待，他們快速疾走，沿路穿行，終於在不久後聽見令人適意的瀑布聲！

「北極……天槓……」透過光源，柳晴風再次念出眼前石柱的正名，確認自己不是作夢、也不是鬼遮眼。

「到處都沒看到老師啊……」雷明頓持著手電筒在山頂上大致繞了一圈，發現這裡除了他們外再無旁人。

「你們不是信誓旦旦老師在這嗎⁉人呢！」葉筱君的怨氣已經反映到言行上，因此說起話來衝又不善。

「不會錯的，我敢篤定老師就在這裡！」柳晴風內心有股強烈直覺，迫使她相信李礎耀絕對就在北極天槓！

然而事雖如此，情況儼然陷入膠著，小男孩主動撇下諾莉，獨自飄移到石柱正上方，一會兒仰頭向天，一會兒東張西望，不曉得在看些什麼。

柳晴風努力運轉腦袋，細想如果眼睛看不見，那會不會有可能是……她順著小男孩的舉動抬頭一觀，眼尾餘光掃到流星背著的布包，當下靈機一動！

「流星，麻煩你把地狼牙交給我一下！」

「怎麼了？」他雖然疑惑，但仍取下布包照做，或許家中的背景給了小風什麼靈感也說不定。

這番猜想流星自是猜得不差，柳晴風想起曾聽父親提過，關於有些迷失山中的案例，原因絕大部分是碰上所謂的「鬼打牆」。

用比較專業的術語來解釋，鬼打牆即是身處鬼魅、妖物形成的「結界」，普通人肉眼不可見，是以誤入容易脫身難。

所以她就「假設」北極天櫝有處肉眼看不見的結界，而老師身置其中；再「假設」地狼跟鬼車確實對立，那麼地狼的獠牙，或許真能破除鬼車所在的結界！

她解開包巾，小心戒慎地將地狼牙分持雙手，其他人則靜靜看著柳晴風深呼吸一口氣，接著雙手交叉，奮力面向石柱劃出一道十字——

剎那間，北極天櫝四字鐘鼎文迸出血光，所有人親眼目睹空氣像被「割破」一般，直往外綻裂！

柳晴風又喜又憂，喜的是她的直覺準到一個爆炸，根本可以去簽樂透；憂的則是這樣一來，他們勢必有極大可能性與鬼車發生衝突。

「這下目標明確了吧！」她收起獠牙，交還流星，向友人們露出笑容，那是一抹充滿挑戰性與衝勁的揚笑。

「哎哎~真受不了妳。」諾莉雙手攤開苦笑，意思像在說：無論上天下海永遠算她一份，儘管無可奈何。

「兄弟、諾莉、小風，我很榮幸與你們一塊並肩戰鬥。」雷明頓顯得較憂心，但仍不失其灑脫之氣。

「真正的冒險來了，各位，準備好了嗎？」流星拉緊護手、護臂作最後調整，然後往前一步，既大方又羞怯地牽起柳晴風的手——

「出發！」

第九章　請求

結界，一般是由怨念強大的死靈、道行深厚的妖怪，出於修煉、守護、掠食、佔領等因素而產生的領域。

常人目不可視，即便是蘊藏神祕力量的靈能者，通常也須找到結界破口，才能予以施咒破除；此外便只有施界者本身、擅長空間法術的高手能自由進出。

柳晴風一行人穿入結界，就好比越過簾幕般，只感到迎面一陣風吹來，紅光刺眼、周遭的空氣密度有些變異；再一次睜開眼時，所見已是……妖怪生活的國度。

白髮赤眼、長著鳥喙與翅膀的半人鳥似是此地土民；天空黯淡，當中亦有人面鳥身的妖怪展翅高飛，種種奇異之景，就這麼活生生現於眾人眼前！

柳晴風驚呆了，這可是比夢境、虛擬實境還真……不，這本來就是真的啊！

土地、溪流、天空，無一不是他們世界該有的場景，硬要說出不同之處，大概就是這個妖怪世界的東西看起來都很灰。

沒錯，就是灰。

並非是塵土廢氣造成的那種髒黑，而是所有元素、所有畫面，包含空氣、一切可視物品，都染上一層薄薄的灰。

那是種經歷挫敗、傷痛，到最後絕望的色彩，就連空氣中也彷彿嗅得到這股悽愴。

現在的他們依然處在山頂上，不一樣的是，有條溪流從原本的「地狼之森」潺潺流出，直瀉眾人身後——萬丈空谷的懸崖。

之所以形容「空」，是因為無法窺得底部有多深，因而讓他們所處之地有遺世懸空的錯覺。

「這就是，鬼車的世界？」強烈的視覺衝擊僅能令米漿勉強接受，他不明白柳晴風如何得知有這麼一個所在。

「原來北極天櫃別有洞天啊……」流星忽然思及「櫃」字在古代通「匱」，那「天櫃」解讀為「天上的收納空間」，指此妖怪世界，似乎也頗為貼切。

「你們看那裡。」雷明頓放低音量，用下巴輕點代替舉手直指，這是他一貫的禮儀，直指對方不但容易令人感到不舒服，同時也具挑釁意味。

所有人順著方向探去，只看溪邊聚集了幾個鳥人，彎腰利用鳥喙獵食溪中魚兒；而一旁幾個「孩童」嬉戲，平凡淡然，就與常人無異。

柳晴風不由自主上前，與流星牽著的手即在此時表露無遺；諾莉和雷明頓自然樂觀其成，葉筱君也短暫地脫離哀怨情緒，訝然目視；而米漿……則悄悄皺了眉，表情略為不快。

「那個，我想請問……咦？」柳晴風梗住欲出口的話語，她原本是想詢問這些人……妖有沒有看見和他們長一樣的李礎耀，哪知道這群鳥人通通停止手邊動作，充滿敵意地瞪視他們！

『是人類！』其中一隻男鳥人立刻振動翅膀遠離地面，直指雷厲風行，『背弓的人類！』

「呃……背弓怎麼了嗎？」柳晴風被流星拉了向後，她完全不解，這樣也算得罪它們!?

鳥人們陸續騰空，沒有飛行能力的「孩童」則由女性抱起守護，其餘人頭鳥亦停止飛翔，眾妖同仇共禦，如臨大敵。

「不是吧！帶弓也犯法喔！」柳晴風高嚷抗議，這比神木爺爺還不講理啦——

流星立即擋在柳晴風前，長弓在手，弦上已架好兩支箭，就等對方進一步動作；雷明頓和諾莉分站兩側，與其他二人背對背形成一個圓，互為援手。

雙方戰火一觸即發，雷厲風行努力保持呼吸上的平穩，以便隨時發箭；對他們來說，這些鳥人尚屬其次，那漫天詭異的人頭鳥才是重點！

因為瞄準上馬虎不得，稍有輕忽，危險的是全部人的性命！

小男孩口雖不言，但神情明顯忐忑，正躊躇不知該如何是好時，它眼神一瞟，忽見一黑色物體自遠處疾騁而來——

那股妖氣、那股磁場——小男孩瞪大圓眼，是它！

『做什麼？住手！』

乾淨的嗓音鮮嫩悠揚，聽起來頗像高中生該有的聲線，卻使所有鳥人恭敬地垂下雙翼，跪地迎接，顯是對其十分拜服。

一抹黑影從天而降，現身眾人眼前的，竟非什麼窮凶極惡的醜陋妖怪，反之與那聲音成正比，是一名冷酷俊俏的男性！

「他」並不像其他鳥人全身覆蓋羽毛、長著鳥喙，而是身穿黑色燕尾服，倒具有貴族子弟的氣息；不過身後兩片黑色羽翼、一雙猩紅色的瞳仁著實難以忽視。

『玄鳥大人！那是背弓的人類啊！』男鳥人怒目柳晴風一夥人，尤其對他們手上的長弓恨得牙癢癢。

『無妨，你等退下吧。』玄鳥冷眼一瞥，語氣卻有不言的溫柔；它側首眾人，卻不以正眼瞧之，『我感應到結界受損，沒想到……』

『妳還是到這兒來了。』它這話是對著柳晴風說，似乎早先預想到這種情況。

「你早知道我們會來？」柳晴風聽出對方的言外之意，「是因為我們老師真的跑到這嗎？」

『……跟來。』轉身，玄鳥沒有多作回應，就等眾人跟上。

「等等！我們就跟著他走，不怕中了它的陷阱嗎!?」葉筱君立即發難，「誰知道它會不會害我們!?」

「如果它要害我們，剛剛就沒有替我們解圍的必要。」論誠信篤實，雷明頓往往是貫徹最徹底的人。

「也有可能，是更深一層的圈套。」若說雷明頓是誠實的代表，米漿則是對立的深沉，凡事皆以心機設想細遠。

『哼，信使來，否則離開！』玄鳥懶得再等，逕自走了起來，『不想有事，最好收弓。』

「先跟上去再作打算吧。」流星謹慎將弓背起，另將護身符取下。他已明白弓和箭在這個世界是種禁忌，長弓沒得收，至少背起能降低他們本身帶來的威脅性。

柳晴風點點頭，和其他三名友人快步跟上，當前找到老師是首要目標，他們唯有見招拆招！

小男孩主動漂移到諾莉旁，看似單純地盯著玄烏的燕尾瞧，實際上是感應對方今非昔比的妖力；米漿和葉筱君雖然不願，但毫無防身能力的他們沒有選擇權，雙方心意在此刻又互相連通。

他們沿著溪流走入原本應是「地狼之森」的範圍，約莫數分鐘後，始出現幾間簡陋民房，加以周圍林木稀疏寥落，反而像是古代的城市邊緣地帶。

玄烏停下腳步，指向眾人左側一間規模較大的石屋，『進去吧。』

柳晴風微圓雙眼，就這樣？「我們老師就在這？」

『進去自有分曉。』玄烏只扔下這句話，當即振翼飛往懸崖方向，欲修補被他們破壞的結界缺口。

「這人……是怎樣啊？」諾莉只覺莫名其妙，「進去嗎？」

「事已至此，只能走一步算一步。」流星領在最前，邊提醒友人備好護身符與十字墜鍊，為免發生不必要的衝突，弓是他們不得已方用的最後手段。

這裡不像適才有所謂的「居民」活動，因此屋中是否有人，他們也不得而知；儘管如此，流星還是輕輕敲了兩下木門表示尊重，接著推開，踏了進去——

較之於外頭的晦暗，屋內多了一絲燭影搖曳，且裡頭陳設十分粗陋古老，遠不及現代該有的生活水準，是真真正正的古厝。

當中，一對雙人倒影映於牆上，並沒有兩對顯而易見的翅膀；再轉向目標，柳晴風掩不住內心驚訝搶先喊了出來——

「老師!?」

「是、是你們!?」李礎耀站了起來，瞠視幾名意想不到的訪客，「流星、小風、諾莉、小雷、米漿、筱君！」

「老師，真是你？」流星看不清李礎耀臉上表情，僅能從聲音推估。

「啊啊！」李礎耀驚喜之餘，仍不忘牽過身旁的女性，他的摯愛，「給你們介紹，這是我……未婚妻，蘇曉竹。」

「欸!?」學生們幾乎叫了出來，這是哪門子的事，他們從來沒聽說過啊！

「你……你才來這裡不過一下午，就找到個未婚妻？」諾莉不知道怎麼形容這種感覺，這太跳了，她接不上！

「呃，說來話長……」李礎耀一時間也不知如何解釋，只好先向蘇曉竹一一介紹這幾個學生。

「各位好，或許你們有一籮筐的疑問，但是遠道而來，先坐下歇息吧。」叫蘇曉竹的女子長髮及肩，不過礙於光線問題，學生們無法窺知她的長相，只能透過她說話的語氣、招待的舉動判別其柔婉個性。

柳晴風席地而坐，環望屋裡的每一樣家具，皆是古時候才有的產物，跟她夢境所處的時代……似乎是一樣的。

流星和她坐在一塊，面向木桌正對李礎耀、蘇曉竹，右側是雷明頓、諾莉、小男孩，左側是米漿、葉筱君。

溫熱的燭火飄搖，在寂然屋內獨抗黑暗，流星和雷明頓分別訴出李礎耀失蹤以來所發生的事，聽得他既是心驚、又是內疚。

「真沒想到……葉叔竟是這一串連環分屍案的兇手。」李礎耀神色凝重，因為他的離開，差點使學生們遭受妖怪毒手，當真愧對了他身為教師的身分，「筱君啊……」

葉叔身為地狼的事既為李礎耀所知，葉筱君自然也無從隱瞞，「有個故事，老師想和你們分享。」

學生們各個豎起耳朵，時光宛若回到教室，每當課程進度告一段落，剩餘的幾分鐘總是老師們的「講古時間」。

「有個男孩，從小是他父母眼中的乖孩子，因為他遵從父母的期待成長，無論課業、興趣、感情，無一不在父母的管教範圍內。」李礎耀懊悔且深情地望了蘇曉竹一眼，「後來他交了同是青梅竹馬的女友，開始擁有自覺與主見，殊不知這樣的想法在父母眼中，竟成了叛逆與不孝。」

「因此，他們的愛情只能在遮遮掩掩下進行，彼此約定透過行動證明自己的能力，卻沒想到……一場超乎常理的意外，導致男孩險些失去自己一生中最愛的人！」

說到此，李礎耀憤怒地一拳捶上木桌，卻濺起熔化的蠟油，燙得他哀哀叫。

「真是，你知道自己運氣不太好就別激動嘛。」諾莉無奈搖頭，內心替他未婚妻默哀三秒，祈禱他倆未來婚姻生活順利美滿。

「那對情侶，就是老師和……師……母吧？」雷明頓有點遲疑，不曉得這樣的稱呼是否妥當。

「啊，沒關係，就叫師母吧！」蘇曉竹害羞地低下頭，她的年齡雖與李礎耀相當，但懷春的心情則與當年的少女無異。

「咳，所以，人生的價值由自我創造，不要因為旁人的眼光、第三者意見，而左右自己身為『人』的身分。」李礎耀有了自己的慘痛經驗，更不希望學生步上後塵。

唉，難怪他會選擇當老師。

因為當他無法改變那些根深蒂固的迂腐時，就只能靠自己的力量影響下一代，避免負面迴圈。

首次聽聞李礎耀分享自己的成長歷程，柳晴風不由得慶幸爸媽的家庭教育還算開明，至少從來不會侷限兒女想做的。

每每寒暑假開學之際，她總會看到電視新聞播放學生不堪壓力自殺，那時爸媽都會告誡她凡事有商量，若有哪裡做得不好，大可開誠布公攤開來說。

他們也是人，過去亦未曾為人父母，因此不是生她出來的他們就比較偉大；父母同樣有需要學習的地方，而不是威權施壓、情緒勒索。

就如流星所說，行有不得，反求諸己。

許多家長常因為自己年輕時做不到，而將這份期望轉加於小孩身上，其實只是為了滿足自己的心理。

然而實際上，人生是自己的，必須自己為自己負責，無論父母、抑或小孩，旁人皆無權干涉，遑論若是自己做不到，就不要想要求他人。

「我好奇，老師怎會知道北極天樻內的世界？師母，又怎會在這生活？」米漿不得不起疑，憑空冒出的未婚妻、渾然喪失的記憶，種種跡象都顯示著異常。

他可沒忘記那本民俗解夢的內容，儘管那類書籍不足以採信，但在怪力亂神的環境下，還是有幾分參考價值。

「若非小風使用地狼牙打開結界，我們也不得其門而入；老師你手無寸鐵，又是如何進到這裡的？」流星同樣存疑，認為當中必有內幕。

「這就要從我剛剛說的意外講起了。」怒火重新燃上李礎耀，「我高中時，曾和曉竹他們家一同來阿里山度假。」

「當晚，我和曉竹到北極天樻……幽會，遇上了鬼車。」李礎耀頓了頓，「曉竹被鬼車勾走，此後世間一切，所有曉竹曾經存在過的證明，全部都消失，沒有人記得……」

「真正的人間蒸發……」雷明頓不禁駭然，消失兩個字說起來聽起來很容易，卻是如此可怕的事實。

「我也在甦醒後，喪失了所有關於曉竹的記憶。回到學校後，恍如命中註定，我還是下意識地接觸了鬼車的古文獻。」李礎耀喟然長嘆，「直到今天早上親眼見到北極天樻，那些記憶，才瞬息間通通回到我腦內。」

蘇曉竹撫上李礎耀，她也在這待了整整十年，萬沒想到有朝一日還能與心愛的男友相見……

「所以我將一切打點好，奮不顧身來到這裡，祈禱還能再見曉竹一面。」結果毫無異能力的他，終究只能在山頂上哭喊，所幸引來一隻妖怪，在聽完他的故事後，決定帶他進入結界。

「就是那個，玄鳥？」柳晴風對它很好奇，它的地位很明顯不同於其他妖怪，再者它和九鳳同是幻化成人形的帥哥，或許與九鳳有什麼關聯，「它是什麼來頭啊？」

「玄鳥大人……是你們口中的鬼車部下。」蘇曉竹也對玄鳥採用敬稱，「它是這個世界裡，唯一肯替人類說話的妖怪。」

「怪不得它會阻止那些鳥人攻擊我們。」諾莉豁然明瞭，「面冷心熱的類型。」

「這麼說，這世界不只師母一個『人』？」儘管從外頭那些民房可以推知，流星仍想進一步確認「家必破」的真偽。

「嚴格說起來，我已經是鬼了……」蘇曉竹淒淒苦笑，「我的肉體被勾走後，禁不起長時間在異世界的消磨，已經毀滅了……」

她哀傷地觸摸李礎耀飽受風霜的臉龐，「我不是第一個，自然也不是最後一個……」

「它……鬼車到底為什麼要這麼做!?」柳晴風還是不願相信，曾身為「神」的九鳳，又怎會淪為「妖」的鬼車呢？

「我也不清楚。這裡除了我，還有很多被鬼車囚禁的女孩子……」蘇曉竹茫然若失，「我們只能自生自滅，然後看著下一個被勾進來的人……」

「妖怪的行徑，總難以捉摸。」米漿這話再次讓身旁的葉筱君懷抱不安，雙手微微抖著。

「這麼多靈魂，許多人的人生，就因為這妖怪一己之私，破壞了無數人的未來與幸福！」李礎耀難掩滿腔怒氣，「不可原諒！」

「那……如果我們在這裡待久了，是不是也會……消失？」葉筱君只想知道這問題的答案，其餘妖怪、靈魂、還是什麼她通通沒興趣——

「比照我的經驗……是的。」蘇曉竹萬分不捨地望著李礎耀，「再次見到你我很開心，得知我一直處於你心中更是感動，但是……」

她流下眼淚，「我不能這麼自私地要你待在這陪我，你們必須離開這裡！」

「不！我……」話甫說出，李礎耀已乍覺不對，縱使他有長伴曉竹的決心，但那些學生、那些孩子，他們前途正要開始，怎能待在這裡陪他們一塊消失人間⁉「沒錯，你們必須回去！」

「事情恐怕沒這麼順利，我想玄鳥不會放任我們再度破壞結界。」流星左思右想，還是認為直奔源頭好過坐以待斃，「我看只有打倒鬼車，才有機會解放所有靈魂，回到人間！」

「兄弟，你的辦法雖然兩全其美，卻也是步險棋。」雷明頓難得與好友意見相左，「依我看，或許可以試著向玄鳥打聽消息，再作計議。」

「不好，玄鳥是正是邪我們猶未可知。」流星亦挑出友人建議中的缺失，事關所有人安全，他必須謹慎再三，「防範之心不可無。」

「要我說，你們兩個的建議都可以試試，重點在見機行事、隨機應變！」諾莉不像流星與雷明頓預先設立戰略，相反地，她認為世事百變，應該是他們順著事物行動，而非事物配合他們發展。

弓箭社四人其性各異，柳晴風宛如回到剛進社團的時光，那時初臨活動比賽，流星、小雷、諾莉亦是如此，雖不免偶有爭執，但大家始終是好朋友。

長時間以來，他們已磨合到彼此都能心意相通的地步，只不過值此緊要時刻，各人還是提出最直觀的建議，出發點都是為大家好。

她暗瞟三人一眼，腦袋想著若用遊戲的詞語來概括友人們的特性，流星即攻擊型，小雷為防禦型，諾莉則是平衡二者的靈巧型。

至於她嘛……箭射不準、也沒有領導才能，因此當然是配合大家的戰略走，所謂尊重專業，而非嘴砲云云。

李礎耀見三人僵持不下，原欲勸阻，但想到鬼車害他失去記憶、害他與曉竹天人永隔，這口氣他便嚥不下——

「我們去找鬼車！」李礎耀咬著牙，決定展開復仇，「不能讓這妖物繼續害人！」

「礎耀……」堅定的怒意讓蘇曉竹明白走上這一步在所難免，於是她緩緩道出致勝鬼車的關鍵，「其實要對付鬼車……辦法也不是沒有。」

「你們都知道，鬼車原本有十顆頭，其中一顆被天狗咬下，所以它非常害怕天狗的族類，頭就是它最大的弱點；你們能用地狼牙進到這個世界，也一定能對它造成顯著的打擊。」

蘇曉竹一番話，證明了米漿的先見之明，只是要如何找到鬼車、如何作戰，眾人還是沒有定論。

值此時刻，戶外突地傳來咿咿呦呦的車輪轉軸聲，所有人瞬而屏住氣息，因為，這正是歐陽脩對於鬼車出沒的聽覺摹寫啊！

李礎耀猝然急起，卻被流星一手壓回！他示意眾人噤聲，自己則放輕腳步走到門邊窺探。外頭夜幕低垂，不再是他們來時的昏灰，流星仔細盯著動靜，忽然間，一抹龐然大影疾掠而過，其後便是漸遠的輪軸聲，根本不及細看！

流星打開門衝了出去，望向殘存餘音的一方，「這妖怪……難不成又出去勾人魂魄？」

「每日戌時，最晚子時，是它出外的時間。」蘇曉竹和其他人都跑了出來，「常人的力量……是沒有辦法對付它的。」

「一般鬼車都離開多久？」按照米漿的性格，當然不可能待在這個妖怪世界傻等，偏偏離開的關鍵又落在那幾個好管閒事的人上，他沒得選擇。

「快的話一個時辰，慢的話天亮才回。」戶外天黑，少卻了燭火照耀，更看不清蘇曉竹臉上憂慮，「礎耀，你們……」

話沒說完，小男孩一個移形換位擋在流星前，其他人還搞不懂它的舉動所為何來，適才打過照面的玄鳥這會兒又現身眾人眼前！

『嗯？你是……』玄鳥方才未曾正眼瞧過他們，是以對小男孩的存在感到疑惑，『你非此地之民，何以在此遊蕩？』

「小弟是跟我們來的。」諾莉站到小男孩身旁，「找我們？」

修長的食指指著令人意外的對象，柳晴風瞪大了眼睛，「我!?找我幹嘛？」

『……有事。』玄鳥側過半身，『能否撥冗？』

「呃……」若在現實世界，面對這種冷酷帥哥的邀約，柳晴風應該會滿心動，但眼下身處異世界，她……有了！

「可以，但你要稍後片刻，我們老師有事情交代我們！」她邊說邊將李礎耀及其他人推進屋內，「馬上回來！」

關上門，李礎耀沒等柳晴風開口，已經著急地先用氣音追問，「小風！妳是認真的？妳不怕對方對妳怎麼樣嗎!?」

「放心啦！師母不都說它是站在人類這邊的？」柳晴風一副有恃無恐，「何況我想向它打聽鬼車的事，這樣一來無論是流星還是小雷的建議，我們都好隨機應變啊！」

「不能說擔心是多餘的，但保險起見，還是讓諾莉陪妳去吧？」雷明頓相信玄鳥沒有加害之心，但有精明的友人陪同總是多一層保障。

「小雷說的是，沒有讓妳獨自冒險的理由。」流星其實很想代替柳晴風與玄鳥交涉，「若有需要，我和小雷也能隨同。」

「都指名找我了，我想玄鳥一定不希望旁人在場。」柳晴風知道好友們的顧慮，「要是讓它不爽，想打聽鬼車的事就難了！」

「的確是這樣。」米漿插著口袋，「機會難得，得把握住。」

呿，諾莉聽米漿說話就想生氣，不是他去冒險，話倒說得輕鬆！葉筱君不發一語，誰去都無所謂，她只希望趕快離開這裡！

「那我走囉！」柳晴風直接把弓箭交託給諾莉，轉身出門，流星雖戀戀不捨，但見她心意已決，也只能祈禱她平安歸來。

門外，柳晴風孤身面對玄鳥一點也不害怕，反正一天之中撞上的妖怪亡靈不計其數，只有葉叔那種才需要擔憂生命受到威脅。

「說吧，找我幹嘛？」她單手插腰，氣定神閒，「我這次沒帶弓喔，別發火！」

『……妳不怕我？』玄鳥頗感驚訝，普通人要是遇上妖怪早就嚇得兩腿發軟，而這女孩隻身赴會，居然還能輕鬆對談？

「哎，你要害我剛剛就沒必要幫我們解圍啦！」柳晴風有點急，要是對方不趕快進入正題，就換她先問了！

『……果然與眾不同。』玄鳥眼神閃過一絲哀戚，不過並沒有被柳晴風捕捉到，『換個地方說吧。』

它拉住柳晴風，黑翼一振，轉眼就將她帶到一處渺無鳥跡的河畔，柳晴風甚至還一臉懵懵——

「欸⁉」她跳了起來，甩掉玄鳥握住的手，怎麼這人說牽就牽，都不給人心理準備的！平平都是牽，也差太——咦？她這是……

『不知你們是如何破壞結界進來的。』玄鳥劈頭即讓柳晴風緊張起來，『真有本事。』

「呃……」柳晴風眼光四處游移，對方該不會是專程找她算帳的吧！明明腦裡有個影像呼之欲出，經它這麼一講完全消失了。

『也罷，我有一事相求。』玄鳥語氣突轉誠懇，『如妳所見，此間是我等尊王，鬼車所建立之妖界。』

『千百年來，我等妖輩皆生活於此。妳所見的那些妖，無一非尊王所救。』玄鳥望著自己的手，上頭尚殘餘過往的傷疤，『亦包含我。』

救？這個字眼忽然與柳晴風所認知的鬼車形象大有出入！至此，她終於忍不住開口發問：「鬼車，其實就是九鳳對不對!?」

『……不錯，妳知道得不少。』黑夜下，玄鳥的猩紅瞳仁特別閃耀，『九鳳，乃是尊王昔日為神之名。』

果然！柳晴風早就有預感這兩者是同一人，只是親耳聽到證實還是相當震驚，「那為什麼——」

『上古時期，各國皆有神靈崇拜，尊王即為其一。』玄鳥囊地說了段柳晴風頗為熟悉的古文化，那是她學測的考試內容之一。

在遠古時代，政權往往結合神權產生，藉此鞏固君王地位的合理性與穩定性，所謂君權神授的觀點，東西方皆然。

而九鳳，即是戰國時期的楚國先祖所崇拜的半人神鳥。

當時，中原尚處於西周王朝的統治，因此遠離中央領土的楚國地域自然被「主流文化」視為蠻夷，連帶他們的圖騰信仰也受到排斥。

最後就如歐陽脩〈鬼車〉所述，九鳳失去了信仰的支持，逐漸從「神格」淪落為「妖怪」，更在其後被周公率眾逐出，原有的十顆頭也被天狗咬下一顆。

「原來還有這個典故……」柳晴風沉吟，怪不得那些鳥人看到弓箭就跟看到仇人一樣，因為它們的救命恩人曾被弓箭驅趕過啊！

知悉了九鳳由神轉妖的主因，但她還有夢境的內容，以及鬼車四處勾人魂魄的根由未知，「那再之後呢？」

玄鳥仰天長吁，嘆息中蘊含十分悲傷，『尊王敗後，養傷即花了三百年，但因其傷重難癒，某日竟退回原形，恰為一女所救。』

……不會吧！聽到這裡，柳晴風突然有股不好的預感湧上。

『在那女子照料下，尊王的傷漸有起色，尊王為了報恩，遂化作人形，欲與其結親，永世以愛相報……』

完蛋了完蛋了……柳晴風絞著雙手，該死，接下來的劇情她都知道了，就是——幾輩子以前的她闖禍了啦！

『爾後，那女子得悉尊王原形，竟聯合雲遊方士，於新婚當日，再次重傷尊王……』玄鳥全身顫動，幾欲無法容忍，『自此，尊王養傷又花了百年，卻仍掛心那女子。』

「所以，它就到處勾人魂魄，想找到那個女生？」一切前因後果，柳晴風總算明白，「但過了那麼久，那女的早就死了吧？」這樣有意義嗎!?

『肉體雖逝，魂靈尚存，只要輪迴轉生，尊王堅信能再見那女子一面。』青澀的少年嗓音訴說超齡的言語，她已略知其意。

「見她是要報仇嗎？」柳晴風已經做好心理準備，這鍋是「她」惹出來的，她勢必得背。

玄鳥搖頭否認，『尊王心意，始終如一……』

OK，這下柳晴風全懂了，就和夢境裡一樣，縱然被她傷害，還是那樣的溫柔且深情，唉……

「那麼，你想請我做什麼事？」繞了一大圈，她也該聽聽玄鳥的請託了。

只見玄鳥眼眸赤光一閃，不失優雅地走至柳晴風面前，像尋求舞伴同意般伸手，語出驚人——

『我求妳，隨我見尊王一面。』

「欸!?」柳晴風驚聲叫了出來，並非對這要求感到錯愕，而是——

它怎麼知道要找她!?

第十章　告白

「我答應你。」

不久前，出自自己口中的聲音猶在耳畔，柳晴風回想起剛才的情景，一顆心還是怦怦跳，原來她早在傷心山時就被盯上了。

玄鳥擁有穿越空間的能力，更可將之應用於「窺視」他人夢境，它也因而得知九鳳日日夜夜思念的女子，長得是什麼容貌。

但當她詢問自己是否真為那名女生的轉世時，它卻又不給出確定的答案，原因是「時間」不在「空間」的範疇內。

儘管如此，她還是答應了玄鳥的請求。

其實不用它拜託，即便出於同情、出於好奇，她都想親眼見見九鳳一面，弄清她想知道的。所以她和玄鳥約好時間，讓她先回去和老師朋友報個平安，玄鳥便表示可以帶她飛回去，不過有些事情她想一個人邊走邊思考，所以就婉拒它的好意。

九鳳和鬼車，已經確定是同一人了，如果自己真是幾輩子以前的那個女生，待她重新見到九鳳後，不曉得又會掀起什麼漣漪？

照玄鳥所說，九鳳四處勾魂奪魄只為了再見「她」一面，就某種程度而言，也跟昨天電視上那個女生一樣，算是極度執著的愛，要是真見到面，感覺有機率一發不可收拾。

她在腦裡模擬了好幾種情境，幾乎沒有一種是皆大歡喜的好結果，而且最有可能的結局，就是九鳳看到她，從此把她扣留在北極天櫃內！

但，她又不願就此離開，讓自己懷抱一輩子無解的答案；何況她答應了玄鳥，怎麼樣也還是要硬著頭皮上。

唉，這些事情的複雜程度已經比考學測還難了啦！

沿路上，她都沒有再看見那些鳥人，她想了又想，總覺得它們跟她小時候在《山海經》上看到一個叫「羽民」的妖怪插畫很相像。

「沒錯，一定就是！」她越想越對，目前接觸的幾乎都是《山海經》內記載的妖怪，九鳳、玄鳥、天狗……沒道理這裡的居民不是吧？

至於地狼她原本以為是個連《山海經》內都沒記載的小咖，沒想到它更威，直接出現在史書上，比其他妖怪更具真實性！

只是很奇怪，關於她遇上的那隻超大型猛禽就連玄鳥也表示不解，僅說六界之靈，妖怪種類繁多，無法盡知。

話又說回來，老師那麼痛恨九鳳，一旦讓他知道學生即將與其晤面，鐵定會氣到腦充血，外加被罵死兼阻擋……

還是只告訴流星、諾莉、小雷就好了啊？她搖頭興嘆，這太難了！

不知不覺中，她已走回臨近石屋的地段，溪水淙淙，在無輝的夜晚靜靜流淌著；米漿就站在水邊，狀似一個人沉思今後去路。

他聽到腳步聲，忙轉過頭查看，見來人是柳晴風，便向她招招手，示意他在此。

「你怎麼會在這啊？」柳晴風好奇，「筱君呢？還有其他人？」

「我不清楚，這裡就我一個。」米漿溫溫說著，嘴角鑲著淺笑，口氣恍如又回到當初交往時的溫柔，「談得怎麼樣？」

「喔……沒什麼，就聊個天。」柳晴風含糊帶過，雖然她覺得這麼說是把米漿當白痴，但她覺得告訴米漿和筱君要去面見九鳳的事，並不是什麼好選擇。

「這樣啊，沒事就好。」米漿不以為然應著，顯然這句詢問也是客套話。

突然間，他貼近柳晴風，和她之間的距離不過十五公分的縫隙，這讓柳晴風有點緊張——是沒事靠那麼近幹嘛啦！

她尷尬地往後挨，哪知對方也跟著上前，就差一塊柱子擋在身後等著被壁咚而已。

「呃怎麼了嗎？」柳晴風困窘地不得不發出疑問，要是用漫畫來詮釋，現在的她應該滿頭冷汗。

「阿晴，妳還是一樣可愛。」

柳晴風猛地瞪圓雙眼，不是，現在這是怎樣!?

米漿又靠近三公分，鏡框內的眼神堅定不移，「我想了很久……」

「過去是我不好，我不該因為一時的倦膩向妳提分手，我很懊悔，是我沒有好好珍惜妳……」米漿字裡行間充滿懇切，「如果我請求妳給我一個機會，讓我重新追求妳，妳會接受嗎？」

這一剎那，柳晴風腦袋空空完全不知該作何回應，自從分手後，她無不希望米漿能回心轉意，哪怕要她倒追也好！

但很可惜，要是他早兩天說，她絕對二話不說答應兼歡呼！然而經歷這麼多事後，她成長了，她意識到有比強摘果子還動人的甘甜，所以……

「很抱——」

「陳彥勳！」

葉筱君厲聲衝來，橫眉怒目，「你跟我提分手，就是為了她!?」

柳晴風一怔，他們分手了!?這又是在演哪齣!?

「跟阿晴無關，是我無法再忍受妳了。」米漿心平氣和地展現高ＥＱ，不溫不火，「妳給的負面情緒太多，我難以負荷。」

「說到底，你就是嫌棄我！你知道我的……身分後，就想捨棄我另找新歡對不對！」葉筱君眼睛快迸出火花，聲音大到柳晴風想摀住耳朵。

「妳冷靜點，我明白妳的心情，但、是——」米漿說得無比果決，絲毫不帶感情，「請顧慮別人的感受，沒有義務接受妳的情緒轟炸。」

這確是促使他分手的部分原因。

一個人的傾聽容量有限，就像垃圾場，縱然能廣納四方廢料，要是沒有善加處理，終究也有爆滿的一天。

尤其負面之屬，包含情緒或訊息等，皆能腐蝕、扭曲一個人的性格與價值觀，使之大受影響。因此人與人的相處上，不可能一味地負面來負面去，即使出現例外如伴侶親人，也絕無可能長久。因為那到底是建立於愛之上的容忍，一旦失去感情，伴隨而來的厭惡與煩膩必然無限暴增。

「阿晴，我先失陪，造成困擾我很抱歉。」米漿說完逕自離去，完全不把盛怒的葉筱君當一回事。

「陳彥勳你給我站住！」自己又被晾一旁，怒火中燒的葉筱君豈肯罷休！她瞪了柳晴風一眼，隨即拔腿追了上去。

柳晴風丈二金剛摸不清頭緒，她跟玄鳥聊天不是才一下子的事嗎？

「我說怎麼這麼吵，原來戰火燒到妳這來啦～」

諾莉和雷明頓、流星三人齊步走來，頓時讓柳晴風安慰不少！她跑上前，首先詢問這對情侶是出了什麼事——

原來在她離開後，一直黏著諾莉的小男孩也跟著消失不見，他們三人便知會李礎耀一聲，通通跑出來找尋男童。

誰知道出來沒多久，就聽到林內傳來米漿和葉筱君的爭吵聲，內容主要是：米漿覺得他們倆不再適合，提出暫時分開的想法。

而葉筱君當然不肯接受，於是各種指責、哭鬧，他們三人聽不下去，便轉而離開，卻沒想到米漿居然回過頭找柳晴風告白！

「那麼……妳答應了嗎？」流星素知柳晴風過往用情之深，故而非常在意她的答案。

「這怎麼可能啦！我又不是呆子！」柳晴風立刻反駁，聽在流星耳裡簡直是無與倫比的喜悅！

諾莉很想針對「不是呆子」四字提出質疑，不過小風這次的表現當真可圈可點！雷明頓笑著替流星高興，這對他兄弟來說著實是天大的好消息。

柳晴風緊接著把她與玄鳥的談話內容盡數分享給好友們，並提出她打算單獨面見九鳳的決定。

「聽起來有點毛，就像冥冥中安排好的。」雷明頓眉頭深鎖，「包含小風的夢境，偏偏來得這麼巧。」

「九鳳搞這麼多事就為了找妳。」諾莉為好友的遭遇哭笑不得，「妳也算是有魅力了，不只人，連妖怪也對妳著迷呢！」

「唉……但我覺得九鳳其實沒那麼壞，它本來也是神，就因為信仰不同，被人民視為妖怪，從此被追殺到天涯海角。」柳晴風深表同情，「太可憐了。」

如果說因為種族不同，下意識地產生排擠、懼怕……小雷也不算台灣人，在古代人眼中，他的膚色是否即代表罪惡？

但她沒想到，西方世界早有借鑒，南北戰爭的發生，不正是以黑奴為導火線嗎？

「同是源於內心的信仰，卻因為『相信』的不同被視為外道。」流星有感而發，歷史上的例子實在太多，「這點就和猶太人受迫害頗為相似。」

「話說回來，小風有做好最壞的打算嗎？」雷明頓已為她設想到可能的後果，「即是萬一九鳳不肯放妳走。」

「我猜還沒，她一般都是先做了再說。」諾莉不愧為柳晴風最好的朋友，「但我也知道妳一旦下決定，就沒有人能阻止妳，所以，祝好運。」

「我會平安回來的！」柳晴風有點冏，心裡想的是諾莉可不可以不要那麼了解她啊……

「那是肯定要的。」諾莉向雷明頓使了眼色，「我和小雷回去報備妳平安，至於妳要去找九鳳的事，我們會替妳隱瞞。」

雷明頓迅即會意，他才因為地下室的不解風情被諾莉念過，有此良機，自然是要製造小風和他兄弟獨處的機會！

「兄弟你就陪小風聊聊吧，留她一個人在這也不妥。」雷明頓這話讓諾莉滿意極了，真是一點即通，話還說得十分漂亮！

流星豈不明白二位友人的用心？再者小雷平常體貼歸體貼，卻也未見他如此機靈，定是出自諾莉的主意。

「其實我很怕。」

柳晴風等到人都走後，不由自主地說了這麼一句話。

自從經歷「地狼之森」的生死交關後，她在和流星相處時都會變得脆弱，也真正到了此刻，她才有辦法說出內心感受。

「我怕我回不來，我怕我沒辦法回家，我怕我再也見不到我爸爸媽媽。」柳晴風無助地坐了下來，目光投向河面，「可我又無法接受能探究卻不去探究，何況還是與我切身相關的事情！」

「我不像諾莉那麼堅強，也不像小雷那樣堅毅，我真是……太弱了。」柳晴風哽咽著聲，深深對自己的處境感到矛盾。

流星凝睇在旁，決定分享他最祕密的隱私，希望能幫助喜歡的她打起精神。

「我家世代都是仕紳豪強，負責保衛地方上的安全，所以我們家的家訓，歷來都是『正義』兩個字。」因此他的箭反映他的心，義之所在，當仁不讓。

「怎麼我的朋友們，家世一個比一個威啊……」這樣聽下來，就只有她的出身最普通，怪不得心理素質最薄弱……

「我爺爺從小受日本教育，當年國民政府撤退來臺，他為了讓周遭人民的生活不受到刁難，甘心捨棄日本人的身分為政府效命，這在當時重視榮譽的其他人眼中，是極度可恥的行為。」

「但是為了一直以來保護的百姓，他妥協了。即使冒著遭後人汙名的風險，他也沒有怨言，因為那是他想實行的『正義』。」所以流星以他爺爺為榮，並立志傳承這份正義觀，「妳明白嗎？」

柳晴風閱讀能力向來不差，聽到這則往事，她馬上意會流星想表達的意思，「你是想告訴我，想做就去做，至少不要讓自己後悔對嗎？」

流星一個彈指，表示讚賞，「不錯！」

她深吸一口氣站起，了然於心，「我知道了！世事無法盡如人意，但可以選擇做自己喜歡的事！」

「就像妳唱的那首歌？」流星彷彿還能聽見那充滿希望與朝氣的歌聲，「今日雖然無法盡如人願，但可以期待明天。」

咦？一絲曙光乍耀於柳晴風心中，花兒逐漸笑開了顏——

「謝謝你！每當我徬徨的時候，總有你在身邊開導我。」柳晴風重現活力，「很慶幸有你這位好朋友！」

關鍵詞頗令流星沮喪，因為，他想當的不只是朋友。

一陣風呼咻而至，玄鳥已現身於兩人面前，它看向流星的神情有些彆扭，畢竟活了千年，也不是沒見過暗戀的人類。

如今為了尊王，卻要他們……罷了。

『可否啟行？』玄鳥還是那副冷酷貴公子的模樣，言語簡潔不廢話。

「嗯！」柳晴風習慣性地摸摸胸前長弓，卻忘了她把弓箭寄放在諾莉那了。

流星瞧出她的舉動，便目視玄鳥那對發紅的雙眼，「你能保護好她的安全嗎？」

弓箭帶不得，只有護身符的力量，他不敢保證能有效阻止失去理智的九鳳。

『以身作保。』玄鳥在這個世界的地位僅次於九鳳，說出的話具有一定份量，既許諾於人，便不會失信。

「那走吧，Go！」柳晴風已做好隨時被拉著飛的準備，然後特地轉頭看向流星，「等我回來喔，我還想聽更多故事！」

「我會等妳。」流星語帶雙關，指的是雙重意義的等待。

腳步朝向天邊微微移動，柳晴風的身影已隨著遠去漸漸隱匿於黑夜之中；流星取出布包，以裡頭的地狼牙向結界外的蒼天起誓──

縱使沒有跟小風在一起，他也會盡他最大的力量，保護她周全！

內城，為北極天櫝結界內的核心，在九鳳救下許多流離在外的羽民與人頭鳥後，便成為眾妖安居度日之地。

城的規模不大，格局採傳統的正方九宮型態，建築則統一為對稱式院落[1]，與城外孤魂所居的石屋又是一大不同。

玄鳥攜著柳晴風從空中掠過許多民房，由於已近子時，故途中全不見他們傍晚遇上的羽民與人頭鳥；然而從天上俯瞰整座古代城市，大概是柳晴風這輩子也不會有的夢幻際遇。

他們往城中央飛去，有座偌大的宮殿在清一色院落中特別突出，誰都想得到，那是北極天櫝統治

1 院落：猶現今之「庭院」，是一種在房屋前後用泥牆或柵欄圍起來的建築。

者——九鳳的居所。

「這也太浮誇了！」柳晴風剛落地，面向她抬頭完全看不到屋頂的宮殿建築，發自內心地感到誇張！

『尊王尚未歸來，我等先入殿等待。』玄鳥恭敬地踩著石階上殿，宛如古代臣子上朝晤見皇帝般，只是種族換成妖怪。

柳晴風跟著一步兩步跳上階梯，這種建築以往她只有在歷史課本上見過，再不然就是古代宮廷劇，誰想得到她如今真的踩在這種「文化遺產」上？

幸好這個世界的東西不是真的，要不然她這「損害遺產」的舉動可能會被告到傾家蕩產。

進到殿內，裡頭就與她在古裝劇看到的排場無異，只是劇裡看到的景物皆是經過美化，實際上也沒有那麼金碧輝煌。

她閒著沒事亂晃，就像劉姥姥進大觀園般，直讓她這個現代小孩大開眼界！在殿內左右，還有臺階通往樓上，好奇心驅使下，柳晴風便獨自上了二、三樓。

二樓的場景基本上與一樓相差不多，只是同她在書上看過的，古時南面稱王、北面稱臣，是以在面朝南方的方向拓了個門口，象徵君臨天下、威加百姓。

三樓，不再是帝王聽政理事之所，整間殿內只有孤零零的王座立於中央。

恢弘的椅背上嵌有與周遭毫不相融的寶石，看似目不暇給，卻隱隱約約散發千年來的孤獨，只為等待。

這樣的氛圍不自覺地感染柳晴風，甫受流星開導的好心情也因之變得沉重；她皺眉將四周瀏覽一遍，綜合一二樓的心得，整理出這座宮殿的特點，便是充斥著圖騰紋理。

從支撐的柱體、屋外的筒瓦、板瓦、瓦當[2]，皆刻有令人熟悉的圖樣，乃昔日楚國的信仰崇拜，神鳥展翅的九鳳形象。

「我突然很想問，為什麼你要幫九鳳幫成這樣啊？」柳晴風聽到玄鳥上樓，總覺得這不完全是救命之恩使然。

『天命玄鳥，降而生商。妳可曾聽過？』猛地，玄鳥說了段流星在場定會大感興趣的歷史。

柳晴風很想說沒有，不過就某方面來說她現在的確聽到了，「什麼意思？」

不知從何時開始，《詩經》中記載了這麼一句話：「天命玄鳥，降而生商。」意思是上天派遣玄鳥，誕下商王朝的先祖，因此玄鳥代表的，即是商朝的「正統」象徵。

反觀同樣受人崇拜的神鳥九鳳，卻因為不符「正統」的「天授君權」，而被斥為外道妖邪，待遇之差，實令人不平。

『尊王不以我正統為惡，反助我療傷、助我修煉……』它玄鳥一族在過去雖為正統神獸，但隨著改朝換代，它們玄鳥也就此沒落，淪為妖怪；而它，更是在商代以後出世的玄鳥，因此壓根兒沒有什麼修為。

---

[2] 瓦當：圓形的瓦，通常位於筒瓦之前，具有美化、保護、防水排水等功能。

「那你要我見它一面，假如它不肯讓我走，你打算怎麼做？」說來好笑，她居然現在才問這個問題，「你答應過流星的！」

『我縱然粉身碎骨亦難報尊王恩德，然……』玄鳥話鋒一轉，『我要妳好言相勸尊王，莫再以妳為念！』

玄鳥語氣極為堅決，答案更令柳晴風始料未及！照理說玄鳥為了報答九鳳，應該拚死拚活也不會讓她離開北極天櫃啊？

現在竟然要她勸退痴情的九鳳不要再想她!?

『尊王九成靈力繫於結界，而它自逢天狗嚙下一首，迄今傷重未曾痊癒，加以結界時受侵害，我雖設法補強，但尊王的身體已日益衰敗……』玄鳥哀傷地望著那空無一人的王座，『故我以為，能了卻它一樁心事，也算開心一分，至少不再受思念之苦……』

玄鳥言語字字懇切，聽得柳晴風覺得它相當忠心，然後它說結界常常被破壞，該不會就是葉叔幹的好事吧？

「結界被侵害，沒意外是地狼幹的，不過別擔心，它已經被我們解決了！我們能進到這裡，靠的也是它的獠牙喔！」說到這個柳晴風就會微微竊喜，她的弓技似乎從那之後就抓到手感了，全靠流星的悉心指導！

『當真？』玄鳥略為吃驚，正欲回話，雕刻著圖騰的天花板忽有十八道紅芒閃現，它趕緊將柳晴風拉到暗處，沒打算第一時間與九鳳碰面。

『噤聲。』它與柳晴風躲在殿旁，看著紅芒閃爍一會，終於從中降下一雙腳、一雙腿，再來依序是身軀、雙手、以及——看似八片羽翼，實際為九顆鳥首的頭顱！

九鳳……亦是鬼車悚然降落，伴隨一名意識空洞的女子頹然而倒，它九首低垂，看得柳晴風幾度要衝上前制止，卻被玄鳥按住動彈不得！

『不……不是妳嗎……』鬼車心神沮喪，九顆頭同時落下血淚，咿咿抽抽的真面目，竟是九首此起彼落的哭泣之聲！

就在這時，它止住潸然淚水，化作柳晴風僅見過一次、卻熟悉到不可能遺忘的斯文人形，並從口中吟出令人無限惆悵的旋律……

清越悠揚卻暗藏憂傷的泠然音調，一會兒像流水般柔和，一會兒似凜風般蕭瑟，種種說不出的無可奈何，全寄託在這首旋律上。

一時之間，柳晴風竟聽茫了……她完全沉浸在鬼車獨吟中，以至於不曾注意到身旁玄鳥悄悄拭淚的舉動。

頃刻後，玄鳥以手示意柳晴風稍安勿躁，自己則現身王殿，打斷鬼車獨自沉思中的精神世界。

『尊王。』玄鳥恭敬地拱手一揖，然後揮動貴族般的纖手，如同既往，利用空間法術將女子的身軀移往外城。

『玄鳥……』鬼車恍若大夢初醒，手撐著額頭晃了晃，『本座時而清醒、時而瘋狂，恐來日無多……』

玄鳥聞言，立刻上前攙扶鬼車，將其虛弱之身安置於王座上，『我……將靈力分渡予你！』

『別傻……你身為天命神獸，豈可自戕修為？』鬼車頭戴額墜，頸部周圍染著青血，模樣卻恬淡安適，與它外出勾魂的氣場簡直判若兩人，『本座死後，結界消散，你即可帶領群妖另尋幽都之山……』

幽都之山？柳晴風在暗處聽得清楚，那是玄鳥在《山海經》中的棲息地，意義跟北極天櫝之於九鳳相同。

『尊王……』玄鳥盯著鬼車的眼神數度欲言又止，最後還是選擇托出，『屬下帶來一人——』

它話未說完，柳晴風已急不可待地走向鬼車——那個在夢境世界中的深情帥哥，「嗯……嗨！」

她舉手招呼想化解尷尬，豈料鬼車一見到她，竟驚憾到整個北極天櫝產生晃動，堪比昨日柳晴風引起的地震！

『真、真是妳……！』鬼車顫抖著聲，它朝思暮想的伊人，經過千年後，終於再次出現在它面前，而且面容……絲毫無異！

「等等！我先說，我對你一點印象都沒有，但是我知道你，我昨天才夢過！」柳晴風自認台風一向穩健，此時仍不免感到緊張與些微怯怯，「有很多事我也是聽玄鳥講才有那麼一點了解！」

她一口氣把自己想講的話講完，就盼鬼車能維持它的理智，不要正常沒幾分鐘說翻臉就翻臉！

『玄鳥！』鬼車急欲求解，口吻像在詢問：如何是好⁉

『尊王，此女容貌雖與幾世前相差無幾，然幾經輪迴，她已無前世記憶，尊王又何必……』玄鳥一心苦勸，卻又不忍打碎鬼車久旱逢霖的喜悅。

「沒錯！我想跟你說——」柳晴風話到嘴邊隨即縮了口，因為她感覺方才好不容易一瞬恢復正常的鬼車，似乎又開始——

『記憶……記憶……既無記憶，本座何不帶她一行！凡昔日熟稔之地，必能……必能喚起……』

急躁的自喃，已讓柳晴風察覺不妙。她記得輔導課教過，面對這類情況千萬別和對方講道理，安撫對方情緒才是優先考量，否則刺激更甚，只會釀就更嚴重的後果！

「好吧，你想帶我去哪？」無法勸說，柳晴風只有先順鬼車的意思發展，再找機會循循善導。

果不其然，鬼車聽不進勸告，唯獨對此詢問產生反應，它情緒漸平、神智漸清，匆匆走下王座，欲確認眼前是真抑幻。

柳晴風被它盯得不是很自在，只得重述一遍：「你想帶我去哪？」

其實她大概猜得到，這個世界理當以昔日它跟「她」相識的背景朝代作為舞臺，這點在她看見那些院落建築時就差不多確定了，因為夢境中與那方士會面的場景，也是在院落之中。

所以鬼車的想法她不難理解，這樣也好，單獨相處更好問清她想知道的。

她伸出手，當即被鬼車不敢置信地牽住，然後縱身飛出王殿；而柳晴風雖然不可能完全不怕，但至少能確定一件事：鬼車不會傷害她。

於是柳晴風二度乘著風在夜空翱翔，邊享受這股難以言喻的刺激與快意，直到他們落在一處離王殿不遠的民房中。

『妳……可記得此處？』鬼車強忍內心焦急，鬆手讓柳晴風自行探索，就盼她能尋回一絲前世記憶。

柳晴風環顧周圍，此時不若在王殿中有燈火照耀，倒也能分辨是何地。

「老實說，我不記得，但我知道你曾經在這裡跟……呃，很像我的女生成親？」柳晴風用字遣詞極力委婉，她實在很怕不小心說錯話，「是我夢到的！」

鬼車不曉得是不是聽得懂，但一張英俊的臉總算稍現喜色。它還記得當時新婚燕爾之情，當真是它這輩子少有的快樂時日，孰料……

『蘭似伊，蕙似伊，蘭蕙芳菲月憾遺，啞嘔灑淚悲……』鬼車不禁悲從中來，淺淺迂迴低唱。

柳晴風吹著蕭瑟晚風，耳聽淒涼夜曲，身為繁星上中文系的她，自然懂得這段詞的真意。

鬼車以象徵高潔芬芳的蘭草蕙草比喻「她」，可惜婚變一事，造就它心中宛若殘月的缺憾，此後只有無窮盡的悲鳴……

「你……為什麼那麼義無反顧地愛她？」柳晴風再也忍不住，提出她最想知道的問題，「她這樣對你，你不恨她嗎？或是後悔？」

鬼車絲毫不語，但柳晴風不覺得它是故意裝傻，就這麼沉默了半晌，鬼車陸續帶她前往那些曾有「他們」共同回憶的地點；當然，每一站的停留，均令鬼車希望落空。

最後，他們來到城外的河堤邊。

柳晴風似乎意識到這是最後一個點，她想起玄鳥說過，「她」曾對鬼車有過救命之恩，所以這最後一站，應也是開啟「他們」緣分的首站。

『本座當日傷重垂危，行人見之紛紛走避，唯有妳不以本座原形可怖，悉心看顧，本座方免一死。』鬼車壓抑的情感已快瀕臨極限，『妳如此相待，本座……本座又安敢不傾心圖報！』

望著鬼車激情的神色，說實在柳晴風相當動容，但儘管她感動，這些都是幾輩子以前的事，縱然她真的想起過去，今生今世，她就是柳晴風，而非那個女生！

「你的回答讓我沒有疑問了……但我還是想跟你說，我沒有過去的記憶。」柳晴風語重心長，她知道她正在摧毀一個痴情男的真心，「而且現在的我已經不是當初的她，我叫柳晴風！」

她的立場很為難，將言語化作利刃固然不是她的本意，卻又不得不說清楚講明白……長痛不如短痛，她總算明白這句話的必要性，「我希望你理解，把心力放在一個不記得你的人身上，是不值得的。」

柳晴風萬萬想不到自己也有說這段話的一天，她明明是昨天才看開的！因此箇中迷茫，她是最清楚的人。

人在沉溺時，感官往往受到蒙蔽，即便有人想拉你一把，自己也會生出無限個理由重回那負面漩渦之中，是以旁人終究只是輔助，重點在自身須產生名為「轉念」的動能。

鬼車定定地、痴痴地盯著柳晴風，深怕她再度消失不見，對於她說的話自然是選擇性忽略；既然她想不起記憶，索性……就由它來喚醒吧——

片霎間，鬼車的雙眼透出血紅腥芒，直射猝不及防的柳晴風！她只感到一陣頭暈目眩，接著意識越來越模糊，甚至連自己是誰都……都……

男人斯文的神情染上瘋狂，身後四對翅膀同時顯現，它失去理智地仰天狂笑，指尖捏住馬尾女孩的下巴，將嘴唇湊近，意圖享受那等待千年的灼熱渴望──

咻！咻咻──

三支箭矢急速擦過鬼車面門，伴隨著怒不可遏的咆哮聲──「放開她！」

流星義憤填膺地擎起長弓，護手、護臂、護膝均牢牢戴在身上，從遠處望去，果真有白馬王子帥氣救場之感！

諾莉與雷明頓伴其左右，同樣滿腔惱火，若非他們直覺地震的發生與好友有關急趕而至，後果豈不是不堪設想！

『何處凡人，竟敢對本座無禮!?』鬼車拍動八翼，帶同柳晴風飛往空中，傲然睥睨。

「我才要問你想對我學生做什麼！」李礎耀衝上前，毫無懼色地對著鬼車叫囂；蘇曉竹、米漿、葉筱君就站在流星三人身後。

『哼！此女乃本座之妻，爾等最好趁本座未動殺念，通通滾！』既然日思夜想的柳晴風已重歸它的懷抱，它只想趕快重溫往日那份繾綣之情。

「小風，快醒來！」流星扯開喉嚨吼著，就盼意識不清的她能趕緊清醒！

說也奇怪，這聲叫喚竟讓柳晴風從迷迷茫茫的混沌中轉醒，她雙眼未睜，已聽得遠處一個少年嗓音大喊著──

「我，也有喜歡她的權利！」

第十一章 黑化

「我，也有喜歡她的權利！」

介於青澀與成熟間的嗓音就這麼迴盪在無聲的夜晚裡，令在場所有聽者的心臟無一不漏跳了幾拍！人人紛紛轉向蓄箭待發的挺拔男孩，除了驚喜、意外的反應，還有嫉妒、怨毒的情緒包裹於外。

柳晴風恍惚中聽見這番告白，眼皮遽然跳開、神智驟轉清明——「咦我這是!?」她轉頭看了看，發現她居然凌於半空，旁邊是黑化的鬼車，底下是——流星！還有諾莉小雷和其他人！

「放我下去！」柳晴風不停扭動身體，卻始終無法沉下地面，「喂，你這算什麼！這就是你愛人的表現嗎！」

『娘子，少安毋躁，待本座收拾這些凡人，回頭便與妳成婚！』鬼車完全沉浸在自己的世界，耳朵只聽進自己想聽的內容。

「成你個大頭鬼啦！你再不放我下去我就不客氣了！」柳晴風持續扭著身軀，看好友們和老師都在下面，心裡只有更急！

殊不知她堅信鬼車不會傷害她，卻有個身材姣好的女孩止不住地咒她死——葉筱君冷冷看著，在經歷這麼多挫折後，她已把一切過錯與災咎全怪在柳晴風上！

若不是柳晴風，她心愛的米漿根本不會跟她分手！可恨的狐狸精，最好被妖怪殺死算了！

「小風，別衝動！」流星深怕這麼個掙扎法，萬一激怒鬼車，想營救她就難上加難了！

哪知這聲關心引來鬼車的惱怒，它雙目一瞪，隨即召出有如本尊般的分身靈體攻擊流星；事出突然，流星趕緊側身閃避，但他的箭對沒有實體的分靈根本無法奏效，情急之下，他忙取出護身符抵禦，並在閃躲之餘向遠處的鬼車本尊還出一箭！

雷明頓、諾莉相繼拿出十字墜鍊協助流星，總算結合東西雙方宗教的力量將分靈體消除；而鬼車冷眼睥著流星，八翼一振，便輕鬆將他所射之箭拍落地面，還連帶捲起沙塵襲向流星。

一波甫平一波接起，流星等人連忙護住臉面，避免口鼻吸進穢物，再迅速整飭好狀態！

「棘手了兄弟。」雷明頓留意到種種攻擊都是針對流星而來，「它的目標是你。」

「不只，凡是告過白的我看都危險了。」諾莉暗指稍早表過白的米漿也別想置身事外，順便看看他對柳晴風虛情假意有幾分。

葉筱君怨恨地瞪了諾莉及米漿一眼，覺得所有人都是害她不幸的推手！李礎耀將蘇曉竹摟在懷裡緊緊護著，這一幕勾起了他們倆十年前遭鬼車擄走的回憶，所謂一朝被蛇咬，如今只有更加畏懼！

柳晴風掏出護身符，正要祈禱家裡的力量助她一臂之力時，猛地一陣風颳來，將她完好無缺地送到地面！抬頭，只見玄鳥現於鬼車身後，狀似施展術法。

短短幾秒的事情發生得太快，包括鬼車在內，所有人均對玄鳥的舉動感到詫異萬分！原來它一直暗中跟隨柳晴風，總算沒違背它親口答應流星的諾言。

『玄鳥！你這是要背叛本座嗎——』鬼車勃然大怒，整個北極天樻再次為之震動！

『尊王，你誤會屬下了……』玄鳥低頭作好被嚴責的準備，『屬下僅是不希望尊王再為了女子傷神，何況她——』

『住口！』鬼車怒斥一聲，化作真身九頭妖鳥，激發的妖力瞬間將玄鳥震飛數百公尺遠，造成樹塌聲、撞擊聲隆隆，足見破壞力之強大！

柳晴風見鬼車連玄鳥都傷害，當即氣得破口大罵，「你瘋了是不是，玄鳥得罪你什麼了！」

『逆主悖上，死有餘辜！』鬼車不屑地哼了聲，毫無情感，『娘子，速速歸來！』

命令式的語氣，彷彿把柳晴風視為它個人的玩物；柳晴風當然也察覺到了這點，此時的鬼車，已非那個溫文儒雅的九鳳，它的所作所為，均是為了滿足自身欲望而已。

「別做夢了！有我們在此，休想帶走小風！」流星將柳晴風攬在身後，展現強烈對抗決心。

『原來……』鬼車九首同時咯咯啾啾笑了起來，『是妳變心……』

「什麼啦！我從來沒跟你幹嘛好嗎！」柳晴風差點氣到暈過去，變心？這到底哪來的結論⁉

事實上，這和某些偏執於戀愛的恐怖情人一樣，總自顧自地認定對方喜歡自己，逐漸演變為對方「應該有所回應」的心態；如若不然，則被定調於背叛，乃至於跟蹤、糾纏、甚至是殺害，種種社會案件層出不窮，到頭來傷人亦傷己。

前一日的女高中生新聞，正是愛到心態扭曲的典型案例。

諾莉戴上護目鏡，鬼車的樣貌因而清清楚楚地映在她眼中，那八片羽翼不僅作為翅膀，同時亦是各擁意志的頭顱！雷明頓則趁此空隙把手電筒交給李礎耀，並向諾莉取回弓箭，將之返還柳晴風。

『定是爾等從中作梗，本座今日便大開殺戒，奪回愛妻！』餘音未歇，鬼車九首同時尖聲唳唳，分裂出九隻分靈，直朝眾人索命而去！

蘇曉竹與葉筱君最先發出尖叫逃竄，場面頓成一團亂！除了柳晴風，其餘每人均成鬼車分靈的追魂目標！

諾莉與雷明頓背靠背，以十字墜鍊奮力抵抗張牙舞爪的分靈體，不禁感到吃力；而李礎耀既帶學生出遊，事前當然也有準備廟宇求來的護身符，另外好他在大學時學過自由搏擊，因此光源亂搖亂擺下，他尚能免除自己受到致命傷。

米漿不具防身能力，前番他總能憑藉機智與地勢躲過襲擊，此次卻是黔驢技窮，被撕扯得渾身是傷；葉筱君雖為地狼，其妖力尚未覺醒便與凡人無異，她和蘇曉竹兩個東奔西竄，下場自然是被分靈攻擊得體無完膚。

不過情況最凶險的莫過於被鬼車視為「情敵」的流星，因為九隻分靈中，就有三隻將他團團包圍住！若非流星捨生忘死地抵禦來自不同角度的突襲，他早已被撕裂得屍骨無存！

另一頭柳晴風被迫遠離戰線，幾乎所有人都需要她的幫忙，當真是徹底的「分身乏術」；她看諾莉和雷明頓暫時撐得了一時，流星也能再撐一下子，決定還是先幫葉筱君和蘇曉竹解圍！

她的箭還剩六支，但這種混亂場合以她的箭術來說，實在不宜亂射，所以她選擇更好掌握的護身符飛身救援！

然而鬼車分靈飛掠的速度何其快！柳晴風護符在手，卻連揮拳的機會都沒，不得已之下，她只好拉著葉筱君與蘇曉竹跑，起碼有她擋著，那些分靈體的攻勢會比較收斂！

「流星諾莉小雷老師你們還Hold得住嗎！」柳晴風大喊著，時不時就回過身擋下意欲進攻的分靈體，活像在玩老鷹抓小雞，「我還得救米漿！」

她邊說，邊將狼狽的米漿納入自身保護範圍，葉筱君卻頻頻有想推出柳晴風的衝動，尤其她看見米漿溫和一笑不是對己，更恨不得化身地狼殺了柳晴風！

「小風！九個裡面只有一個是真的！」雷明頓抓緊時機回話，鬼車分靈雖是虛幻，攻擊卻足以致命！

柳晴風隨即領會，既然九個裡只有一個本尊，那不用想了，本尊絕對在——她將視線轉移到奮戰的男孩——流星那！

「快去，我們還死不了！」諾莉急喊道，他們每說一句話都代表分神，等同於讓自己暴露在更多危險之中！

此時的流星已快應接不暇，護手、護臂殘破不堪，肉眼所見幾乎都是撕裂傷，但他仍舊面不改色，反而越戰越勇！

柳晴風看跑的來不及，在祛退周身分靈後，乾脆以肉身作盾撲向流星，直接抱住他轉了一圈——溫軟的身軀霎時成為流星最堅實的壁壘，他又驚又羞，忙從懷中取出地狼獠牙，對準齊來的三隻鬼車分靈就是一揮！

揮出的力道反映氣刃的鋒利，鬼車尚未接觸到流星，其分靈已先被破除，連同本尊劃出一道偌大的創口！

『啊！』鬼車急攻之間受此反擊不由得大驚失色！所有分靈瞬而消失，重歸其體內！

「幹得漂亮！」耳邊傳來柳晴風的歡呼聲，流星遂意識到她還抱著自己，羞赧得無法言語。

鬼車撫上胸口血痕，怒視著流星手上的地狼牙，心覺那痛楚、那氣息，竟與昔日天狗重傷它有幾成相似！

『爾等賤民，對本座橫刀奪愛不夠，非要趕盡殺絕嗎!?』那一劃使得鬼車銳氣大減，未敢再輕舉妄動，只得自半空忿忿瞪視眾人。

確如玄鳥所言，它的力量已大不如前，況有九成靈力繫於結界，剩下的一成力量根本敵不過手持地狼牙的凡人，除非……

『上天既如此不公，本座便解放全部妖力一戰，勝負猶未可知！』鬼車字字鏗鏘激昂，氣勢宏放，果有此地妖界之王的風範！

「不好了！」柳晴風一聽鬼車要解放全部妖力，隨即聯想到玄鳥所說，截至目前的鬼車只用了10％的力量啊！

光是一成力就讓他們快全軍覆沒了，要是讓它解放全部力量那還了得！況且她不敢想像失去靈力維繫的北極天樻會變成什麼樣！

「必須阻止它！結界一旦崩壞，大家會回不去的！」蘇曉竹久居此地，更是流離十年的鬼魂，自當明瞭結界損壞產生的後果為何。

「那怎麼辦!?」葉筱君滿腦除了仇恨，就只在乎怎麼離開北極天櫃。

「怎麼辦，只有先發制人啦！」諾莉嘴一扁拿起長弓，火氣油然而生，「嘖，希望有用！」

她連續朝鬼車射了好幾箭，雷明頓和流星也紛紛火力支援，但尋常箭矢料想而知根本對鬼車起不了作用！

流星正要嘗試把獠牙搭上箭射過去，乍然想起對峙葉叔時，小風的箭曾發揮絕佳的威力；當下他便向柳晴風要來一支箭，對準其中一顆頭顱就是——放！

他的箭法極準，儘管視野迷濛不清，卻無礙其準確度——他流星這個外號可不是白叫的！

飛箭破空的聲音只一瞬，緊隨而來的即是鬼車慘叫聲，一顆鳥首就此殞落。

『啊啊啊——賤民——』鬼車發出刺耳尖唳，等不及收回全部妖力，它已怒得分出八隻分靈，形體八方變幻地直朝流星衝去！

這下柳晴風也清楚事情不是她擋在前面就能解決的，所以——她用力把流星推開，讓自己代替他成為目標——

爸、媽、家裡的神明們，你們一定要保佑我啊啊啊！

柳晴風兩眼緊閉不敢直視，天曉得她會被撕碎成什麼樣！然而熟悉的溫度傳來，護身符感應到配戴者遭遇凶險，竟在這時散發光芒耀眼，硬是將來勢洶洶的鬼車分靈逼回真身！

「小風！」流星倉皇起身，見雷明頓與諾莉及時把柳晴風向後拉，而鬼車尚懾服於柳晴風護符所產生的神聖光輝，便手持地狼牙，再度向它揮——

手臂突地被扯住，李礎耀一個箭步上前搶過流星的地狼牙，忿道：「我要報仇！」

沒錯，就因為這妖怪，害他與曉竹陰陽相隔，此仇若是不報，他李礎耀枉為男人！

一旁，蘇曉竹神色擔憂，十年前的意外，真的造成礎耀內心相當大的陰影……

李礎耀持牙揮砍，迅速斬下一顆頭顱，其後卻因為施力過大、腳步又沒踩穩，獠牙直接甩飛出去，應聲而碎！

「哇老師你——」

鬼車連斷兩首，正是身受重創、元氣大傷，比起當年天狗折損有過之而無不及！它迅速捲起塵土，高鳴著刺耳欲聾的淒叫聲，蜷著三對翅膀朝城內飛去！

眾人頻頻喘息，開始檢視起自己與友人的傷勢。諾莉與雷明頓互為彼此支援，因此受的傷最輕；其次是奮力抵抗的李礎耀；東逃西竄的蘇曉竹、葉筱君、米漿則並列最後。

至於流星可以說是全身皮開肉綻，柳晴風連忙卸下束髮巾去河邊沾水替他清洗傷口，起碼看上去沒那麼駭人。

真是的……她明知鬼車不是什麼窮凶惡極的妖怪，只是因愛自亂本性、走火入魔，結果到頭來還是得重傷它……

她短嘆一聲，流星還以為她是責怪自己弄得渾身傷，連忙說了幾句抱歉。

「要是我更強些，就不會給妳添麻煩了。」他臉有歉意，想起適才柳晴風為了救他，自責感就越盛。

「說什麼，正常人能在三隻鬼車的圍攻下活過去已經很了不起了好嗎？」柳晴風滿滿的內疚，說到底都是她的鍋。

「兄弟，不礙事吧？」雷明頓手持電筒走來，表情頗為憂慮，「我注意到周遭空間產生裂隙了，這樣下去可真不妙。」

他特地照亮周圍，「背景」就與他們劃破北極天櫃結界時的樣貌一般，所見之處都有明顯的扭曲或斷裂。

「我看不妙的事不只這件。」諾莉的護目鏡在北極天櫃內可說是發揮了極大妙用，「我剛剛跑去探勘，發現城內似乎有些騷動。」

「按照正常邏輯，鬼車飛回去養傷，那些妖怪一定也知道了。」米漿簡單處理完傷口後接著走來，「它們的統治者有事，底下的小妖豈肯干休？」

「你是說那些羽民？呃，就是一開始找我們碴的鳥人。」柳晴風看到米漿露出疑惑的臉色隨即解釋，「我也很擔心玄鳥的狀況，唉……」

「且戰且走吧。阿晴，還好嗎？」米漿柔聲詢問。他見柳晴風與流星的互動甚為曖昧，意識到自己是落後的，因此逮到機會便在言行上表現一波。

「她最好會有事啦！你沒看剛剛那個怪物連發狂都捨不得動她！」葉筱君氣急敗壞衝來，「陳彥動，你怎麼就不關心我的死活！」

雷厲風行四人又莫名其妙捲入尷尬情侶檔的戰火，柳晴風不想在這個節骨眼上又添亂子，所以還是乾笑兩聲充當和事佬，「筱君妳冷靜一點，我想米漿他——」

「妳閉嘴！我不需要妳貓哭耗子假慈悲！」葉筱君毫不領情，「我知道妳心裡一定很得意，所有人都喜歡妳，妳滿意啦！」

呃……柳晴風剎那無言以對，葉筱君氣在頭上，竟忘了在她灰心沮喪的時候，柳晴風是第一個鼓勵她站起來的人。

李礎耀聽聞爭吵聲，也趕緊跑來勸架，結果卻有另一個人爆氣——

「妳到底鬧夠沒有⁉」諾莉扯下護目鏡，整個人就像火山爆發，「做人不懂得檢討自己，反怪別人是怎樣⁉」

有道是怪天怪地怪父母，人處於困境時，總需要為自己的遭遇找到一個可以平衡心理的藉口。因為自己永遠沒錯，所以不曾檢視己身是否大有問題。

因此小孩犯錯，同學害的；遊客不來，政府害的。其實主因人人都知，不正是管教方式與商品質有瑕疵，才導致如此結果嗎？

米漿反向小風告白必然另有目的，但那只佔其中一個因素，難道這傻女本身就不存在任何問題？驕縱、奢侈、無知，那爛咖自己也說了，負面情緒太多他無法負荷；怎麼說她也在孤兒院長大，人的劣根性如何她會不知？

「他們之前本來就在一起，就算這咖真的想吃回頭草，那也是意料中事！」諾莉故意提起舊事是想氣氣葉筱君，順便讓米漿顏面掃地，卻未料及這話將帶給好友無可避免的災厄。

「好了諾莉。」雷明頓趕緊替她拉煞車，危險尚未脫離就起內訌，實在不明智。

葉筱君咬著雙唇，氣到全身發抖，原來……原來她最愛的男友早就跟那個狐狸精暗通款曲了……旁人皆知，就她被蒙到最後被笑白痴！

她負氣跑離現場，李礎耀也欲追上去，蘇曉竹即攔下他勸說：「年輕人的感情，最好還是讓他們自己解決。」想當年他們不也很厭惡有人干涉他們的戀情嗎？

一會兒後，葉筱君果然自己走了回來，但她很明顯已不再是那個活力青春的少女，而是囊括怨恨、妒忌於一身的女人。

這段期間，雷厲風行四人也利用空檔稍作整頓。柳晴風把剩餘的五支箭各分出一支給友人們傍身，並大致解說城內的地理環境，指出鬼車撤退，落腳處一定在那座王殿內。

流星便整理他們可能面臨的各種情境，比如與羽民的地面戰盡量採取肉搏、人頭鳥則用箭矢解決、利用院落與九宮格局避開耳目等等。此外，柳晴風的箭擁有神聖威力，因此只用來阻止發狂的鬼車，而不作其他用途。

其餘人在旁靜聽，各有心得。李礎耀適才毀損地狼牙又被諾莉調侃一番，所幸還剩一支在流星那，不過他也針對柳晴風私見鬼車的行為叨念了幾句；蘇曉竹身為鬼魂，卻一點道行都沒，只能跟上去視情況提供協助；米漿臉色不甚好看，因這下所有人都清楚他無縫接軌的醜行。

討論完畢，諾莉和雷明頓先後與李礎耀打探城內動靜，一方面是製造柳晴風與流星獨處的機會，眾人都知道，流星剛才可是當鬼車的面跟柳晴風告白呢！

柳晴風再蠢鈍，也不會不清楚流星對她的心意，但她是個剛擺脫失戀的人，又有什麼資格接受別人的追求？

再者她對流星的感覺是什麼，她自己真的了解嗎？原本是社團指導她的良師，接著是普通同學、好朋友，直到現在……一種連她也難以言喻的感覺。

是依賴？是習慣？縱使她可以不考慮旁人的眼光和閒言閒語，流星好歹在校內也不乏追求者，她不替自己想也要替他想啊！說不定……當中就有條件比她好的女生……

「小風？」流星見她一臉出神貌不禁疑惑，「在想什麼？」

「我……呃……你……」柳晴風完全不知如何啟齒，她不想當個Bitch吊人胃口不回應，但是、但是，這要怎麼開口啦——

「是不是……讓妳困擾了？」流星看出她的猶豫，心中一個念頭湧現——他打破了他們之間的既有平衡。

「不是！」這點柳晴風倒能立即回答，「我只是不知道該怎麼回應你……」

「自從跟米漿分開後，我一直處於失戀的低潮中，也是到昨天為止，我才終於想開……然後聽見你告白，我不能說不喜歡、卻也不明瞭那種感覺……我想我需要時間好好思考。」

柳晴風絞著腦內無數想表達的意思，硬生生地組織成這段她聽了都卡的話。

微曲的嘴角略顯僵硬，流星難掩其心中失落，但至少往好方面想，小風並非直接拒絕他，嗯……的意思。」

「抱歉！我……」察覺到自己的回應好像讓對方有點受傷，柳晴風百般愧疚，「我沒有要傷害你的意思。」

「我知道，妳別放在心上。」其實流星本來就打算默默守護，「別這種表情嘛，我希望妳每天都開開心心的，妳可是好不容易才振作起來喔。」

流星腼然淺笑，「我……很喜歡看妳笑，要不，妳笑一個讓我看看吧？」

呃呃呃！柳晴風瞬間阻塞，害羞地咳了兩聲，心跳急速加快，這種怦然心動感，難道她真的——

「大家準備準備！城內有動作了！」雷明頓偕同諾莉、李礎耀慌張跑回，打斷了粉紅青澀的兩人世界。

流星暗嘆可惜，眾人集結聽著遠處擾攘，心中各自立下目標——

柳晴風想喚醒鬼車，履行對玄鳥的承諾；流星想保護柳晴風，使她不受任何傷害；李礎耀想手刃鬼車，為他也為蘇曉竹報仇；米漿想等待良機，實現他籌算已久的計畫；而葉筱君，嘴裡悄悄長出兩支獠牙——

是想殺了柳晴風！

錯綜傾倒的樹幹下，壓著一名氣息奄奄的優雅少年，它在毫無防備下受鬼車急遽膨脹的妖力所傷，沒死已是大幸。

它想爬起，但虛弱的身體絲毫無法使力，這讓它心急有如火焚，擔心它不在場，那些人會傷了尊王。

玄鳥忍住這股焦躁，在有限的時間內加緊療傷，終於讓它掙脫這些重物，躍出倒塌的樹幹堆。望著自己尚保持人類貴族的細手，它暗自慶幸，還好它的法力沒有隨著負傷而大減，這下只要盡快趕到尊王身邊，避免釀成災劇即可──

『啊啊啊──』

遠方傳來的淒叫令玄鳥頓時怔住，這是……尊王的聲音！難不成那些凡人……那個女子……傷了尊王嗎⁉

當下它腳尖一點，忍著胸口炸裂般的痛，正要振動雙翼飛行，忽然感到一陣尖銳的注視目光──一個小男孩站在它十步以內的距離，冷冷地、幽幽地凝瞅著它──玄鳥認得那是進到結界內的一員，怎會遽然到此？

『你是……何人？何以……到此？』玄鳥面露痛苦地撫著胸口，光講出這幾個字就讓它十分生疼。

只見男童面無表情地兩手上翻，召出一條鎖鏈與令牌，森然開口──

『玄鳥，隨我來！』

斑駁古老的城外，喧鬧聲與叫罵聲重疊紛亂，時不時還有音為「瞿如」的鳥叫聲自天而降，陸空雙面出擊，為的全是重傷他們尊王的侵略者。

柳晴風一行人緊躲在城外的樹叢下，靜待一批先鋒羽民通過；在他們上方，還有少許飛翔的羽民與大量叫聲怪異的人頭鳥四處搜索，逼得他們不得不審慎戒備。

他們依照稍早前討論的，決定等先鋒羽民與人頭鳥離開這塊區域，再伺機潛入城中，利用城內的九宮格局與建築，邊躲藏邊靠近柳晴風所描述的宮殿。

等待的這段時間，柳晴風聽那人頭鳥「瞿如」、「瞿如」地鬼叫不停，似乎也觸動她幼時的記憶，想起此鳥的真實身分——同樣是出自《山海經》內的妖怪，名字真叫瞿如，是隻像白鷺、擁有三隻腳的人面鳥。

「好了，按照我們計畫的那樣啟行，切記謹慎！」流星見時機成熟，便已氣音提醒眾人，氣勢比起李礎耀更像個 Leader。

隊伍由柳晴風領在最前帶路，其次是流星，中間是李礎耀、蘇曉竹、米漿、葉筱君，尾巴則以諾莉、雷明頓殿後。

眾人腳步如履薄冰，唯恐發出噪音吸引了敵人，而諾莉在後頭看李礎耀偷偷摸摸像小偷的模樣，不禁暗禱老師的衰運別在這會兒搞砸他們的努力。

進入城內，他們火速找到距離最近的院落當掩體，一面在城牆與建築間的窄道行走，一面注意前後上方有無羽民與瞿如的蹤影，很快地，便安全走過第一段路口。

接下來第二段、第三段，他們均按照相同模式度過，直至一處轉角，因遇上幾個羽民巡邏而暫時躲在牆邊，卻想不到有人在這時放了聲屁——

噗……

細碎的異響倏而引起羽民們警覺，諾莉牙一咬，與流星、雷明頓當即先發制人——結果天上的瞿如瞧見，不停發出警戒聲呼朋引伴，直讓諾莉哀怨吶喊：「老師師師——」

「不是我啦！」李礎耀又羞又氣地大聲反駁，事已至此小聲講話也沒用，他就知道學生會把帳算在他頭上！

他將蘇曉竹拉在懷裡，邊將護身符握在拳中抵擋鳥人的攻擊，幸好這些妖怪並不似電影、小說中描述得那般厲害，如此對抗下來，其實也與常人沒什麼不同。

身為人類，總擁有先入為主的既定印象，世人皆說妖鬼可怕，但其實鬼由人變，本來就不值得恐懼，難道自己的親人死後，也淪為恐怖一說嗎？況且若妖不為惡，委實比姦淫擄掠、吃喝嫖賭的人類親切太多。

支援的羽民與瞿如越來越多，雷厲風行四人除了以肉搏戰力抗排山倒海的羽民外，還須抽身閃避瞿如的三足利爪，可謂根本沒有餘裕拉弓回擊。

就一個閃神，瞿如的利爪插入雷明頓的大腿，三足同時發力，硬是扯下一塊肉來——

「啊！」雷明頓痛得大叫，揮拳掃開周身羽民後，便跪地緊按壓著傷處，防止血液越流越多。

「小雷！」柳晴風急欲取下長弓反擊，但想到她的箭只剩兩支不能沒頭沒腦浪費，心裡便掙扎著取捨！

諾莉斜格開從旁啄來的鳥首，再順勢一拳掄去，眼尾掃到又一隻瞿如試圖搞偷襲，便提前蓄力右腳，趁那瞿如飛來時，直接迎面一腳踹飛回去！

戰況越來越混亂，米漿與葉筱君身上均掛了不少彩，唯獨蘇曉竹受李礎耀拚死保護，因此絲毫未傷——可他卻忘了，蘇曉竹已是鬼魂，似乎更不須他來操心？

流星與諾莉緊守著受傷的雷明頓，也被羽民刺傷不少創口，見柳晴風仍力拒外敵，流星索性抽過手電筒朝她扔去，並大喊：「小風！先帶其他人到中繼站暫避，我們隨後跟上！」

柳晴風百忙中聞言一接，知道流星是想減少場面壓力，儘管她掛心好友們的安危，還是只能相信他們！

「快走了啦還在等什麼！」葉筱君急得跳腳，她被羽民攻擊得全身是傷，隨即衝到柳晴風身邊拉了她便跑——

受此牽引，柳晴風也顧不得許多，揍退幾個羽民後，即遵照他們規劃的路線，先往中繼站——也就是她夢境中的那所院落躲避！

那裡是幾輩子以前的她與鬼車的成親之處，所以他們猜測，出於緬懷、出於尊敬，絕不會有任何妖怪據守於彼，自然而然成為他們最安全的避風港。

沿途，柳晴風皆專注於禦敵，因此沒那個空閒注意其他人是否有跟上，只知道筱君一直在身邊，而流星和其他人都有能力自保、米漿亦聰明敏銳，料想也不需要她擔心！

一番折騰後，柳晴風才抵達不久前待過的院落，她環望四周，事實果然符合他們的猜想，那些妖怪基於對鬼車的崇敬、敬畏，是不會隨意接近這裡的。

她推開大門，急趨而入，雖知此處安全，中庭到底也是沒有遮蔽物的庭院，若是讓那些人頭笨鳥看見了，即便有這座靠山在，恐怕也沒那麼簡單脫身。

「我們先進去等流星和老師他們，希望他們一切平安。」柳晴風顧自說道，邊走到最前將木門打開，並沒因為葉筱君剛才對自己的無禮記恨於心，「進來休息吧筱君——」

就在這瞬間，葉筱君發瘋似地將柳晴風狠推在地，連門都沒關，積怨已久的怒氣終於喚醒她體內的妖族之血，成功讓葉筱君由人類之姿轉化為凶惡地狼！

柳晴風還未來得及反應，葉筱君已刷刷刷地朝她疾抓了數道血痕，若非柳晴風仆倒後立刻反射性地往一旁滾去，她勢必遭受更嚴重的傷害！

「筱君妳幹什麼！」柳晴風雙腿向上一蹬，整個人即藉由爆發力站了起來！還好她在家裡習慣了這麼起床，要不然她真是怎麼死的也不知道！

「我要……殺了妳啊！」手電筒掉落一旁，照出葉筱君嘴上兩支又尖又長的獠牙，可能連她自己也沒發現，因為妒火與怨恨已經蒙蔽了她的所有，包含她身而為人的心。

「妳！」柳晴風萬分驚愕之際，再也顧不了那麼多想取下長弓反擊，但葉筱君發現她的意圖，緊貼上去就是一陣猛攻！

「我不會給妳機會射的！」葉筱君怎麼說也親眼見證她叔叔被箭矢削首而亡，又豈會步上相同後塵，「狐狸精去死去死去死——」

她下手毫不留情，一心置柳晴風於死地，只把對方當作害她分手、害她不幸的仇人，哪曾記得對方對她的鼓勵與救命之恩？

利爪穿過柳晴風用來擋架的木椅，在葉筱君凌厲的攻勢下，柳晴風已漸感乏力，尤其雙手血跡斑斑，護身符卻無法發揮以往神效，讓她止不住地心想，難道是那時耗盡力量的緣故？

失去護符庇護的她漸漸被逼到角落，如同夢境中，九鳳被方士和「她」逼至絕境般，恰巧處在同一個位置上！只是她不像九鳳還有翅膀能衝破屋頂，當真是凶多吉少了！

她雙眼緊閉，將爸爸、媽媽、家中神明、流星、諾莉、雷明頓的影像在腦海跑過一遍，卻遲遲沒有想像中的痛苦——

這讓她既驚奇又害怕地偷偷睜開眼睛，卻見葉筱君的利爪停在空中，面目猙獰，肚子上插了一支……她的箭!?

葉筱君嘔出一大口鮮血，眼球布滿血絲地緩緩回頭，這時肚子上的力道又加強了些，她也終於看到，出現於她身後的人影——

慧黠的眼神道盡本身才智，米漿嘴角挑著冷笑，不帶任何情感地拔出箭矢，再更用力地往葉筱君胸口捅——

「住手！你……你……」柳晴風驚訝得說不出話來，心裡有一籮筐的疑惑，「她是筱君啊！」

米漿冷哼一聲，將那個醜陋的半人狼推到一邊去，然後拉起本能感到害怕的柳晴風，「她是地狼，而且她想殺妳，我是為了救妳。」

「陳……陳彥勳……」葉筱君努力維持一口氣，攀著牆與窗沿站起，「你……怎會……」

「跟妳交往也一段時間了，我還不懂妳？」米漿鄙夷地瞥著她，「刻意製造破口讓那些妖怪發現我們，就是為了找機會殺阿晴吧？愚昧。」

葉筱君瞪著死沉大眼，她本該殺了這對狗男女，但肚子裡、胸口中皆有難以形容的劇痛消蝕著她，導致她連說話都成問題。

「你怎麼會有我的箭？我應該沒給你。」被米漿英雄救美，柳晴風不僅沒有一絲感動，甚至有股惡寒湧上！

「妳在地下室射偏一支箭，被我撿走了。」當時他知悉葉筱君的身分，就預料這箭終將派上用處——比如用來擺脫個性糟糕的妖怪女友。

他一路上隱忍不發，即使遭逢腐屍、鬼車等妖怪的襲擊，也沒有取箭防身，為的就是等待最好時機，替自己創造最有利的局面！

「筱君，如果妳不是妖怪，我還能看在妳的外表上委屈自己和低智商、低情商的妳在一起。」米漿露出兩個女孩交往以來，從未見過的輕浮神情，「相比之下，阿晴倒可愛多了呢，嗯？」

葉筱君越聽越氣，忽地胸中一股熱液翻騰，緊接著一口氣上不來，就此活活被氣死！

「哎呀，說兩句實話就死了，嘖嘖。」知性輕快的語調陳述著冷血事實，米漿居然還能輕鬆一笑！

「你當我面尚且能這麼無情地批評筱君，真不知分手以來你是怎麼看我的？」柳晴風突然覺得自己是個傻瓜，那段陰鬱苦悶的時間，搞不好米漿背地裡還嫌她有剩！

「你的告白我可以回答你了，答案是，不能！」柳晴風厲聲回應，以表達內心的堅決，「你前一天才希望我明白我們結束了，結果隔一天就回心轉意，你真以為我是白痴嗎！」

「呵，阿晴，變聰明了喔。」話裡蘊含對柳晴風的蔑視，米漿還是笑咪咪地，「無所謂，反正目的達到了。」

他抽起葉筱君胸口上的箭矢，削斷其獠牙，然後……指向柳晴風——「把護身符給我。」

「混蛋，你是為了我的護身符！」柳晴風忍不住大罵，越是到了後面，就越看清她過去用全心全意愛的男孩真面目！

米漿不等柳晴風動作，逕自搶走她手上那枚別緻的碧綠護符，同時用獠牙抵住她蠢蠢欲動的臉龐，「威力強大的玩意兒，居然不懂得好好運用，真是一群愚蠢的人。」

他邊說、邊把玩著那枚護身符，一切事物發展就同他策劃的一般，果然還是聰明如他才有資格存活下來。

至於……他冷冷一瞟那個馬尾女孩，拋下手中血箭，那對他來說已經沒用了，「我要的東西已經到手，念在過去的情分上，我也不為難妳，有緣再會。」

臨走前，米漿還不忘回頭附贈一抹虛假的溫柔，看得柳晴風超想追上去呼他兩巴掌！

她拾起照明，將光源投射在死不瞑目的葉筱君身上，好好一個人，就這麼偏激到迎向自己的死亡……

唉，柳晴風惋惜地嘆了聲，那則新聞恍在眼前，想不到她身邊就有這樣的傻瓜存在，諾莉常常說筱君是傻女，不知道算不算沒說錯？

儘管如此，她還是顧及同班三年的同窗情誼，為葉筱君念誦往生咒，祈禱下輩子的筱君可以當一個快快樂樂的亮麗少女。

不再偏執。

第十二章　決戰

無光的深夜，戶外遠處彷彿有寥寥的鳥鳴聲襯托幽靜，對比屋內咒語稍歇，更顯氛圍之死寂。

柳晴風為葉筱君誦完咒語後，便將其遺體安置一旁，與之共處一室，等待好友們與老師到來。

為了不引鳥耳目，在屋裡她並沒有隨時亮著燈，只是偶爾開來看看外頭，心中有所牽掛……那名男孩。

如果能平安離開這裡，她一定要設立一個期限給流星答案，否則吊著人家不說，這行為實在太賤了！

院外，門咿的一聲被打開，流星和李礎耀一人一邊，攙著雷明頓一跛一跛走進院內，而諾莉在旁護衛，蘇曉竹協助照明，表示一行人是這麼合作過來的。

柳晴風聽到聲響，立即出屋迎接，沒等眾人入內，她已先將米漿和葉筱君的事情挑簡要報告，並提醒葉筱君的屍體就在屋內，要大家作好心理準備。

「妳就和這傻……它待在一塊？」死者已矣，諾莉也不想再出言譏諷，「妳膽子也忒大。」

「小風沒做虧心事，也沒有害怕的理由。」雷明頓被安置在地，由流星為他簡單進行包紮，

「啊，疼……」

「只能先這樣了，手邊沒藥，將就一下。」流星的狀況也好不到哪去，他的傷本屬眾人之最，雖有柳晴風幫忙清洗傷口，但經歷羽民與瞿如的襲擊，身上又重染不少血汙。

李礎耀默默走到葉筱君的半人狼屍體前，心中感觸無限，他還記得前一天在傷心山上拍照的筱君是多麼青春洋溢，結果到頭來還是勘不破情字一關。

他明明才教過凡事要懂得換位思考啊……

蘇曉竹佇立在旁，明白李礎耀是心疼學生的遭遇，畢竟他從以前就這樣，對任何人事物都極度重情，有時，也是把雙面刃……

「追根究柢都是那爛咖的錯！」這點諾莉無法容忍，要是她在場絕對跟他拚個你死我活！

「的確不可原諒，隨意玩弄女孩子的感情……」每當雷明頓說出重話，總意味著對該人或該事表達強烈的不滿，「真替小風和葉同學感到不值！」

「算了，這一次我真的學到很多。」柳晴風從念完咒後就一直在想，「人的一生很長，會遇到很多人和很多事情，所以此時認為很重要的人，未必是生命中的白馬王子。」

就像自己和筱君都曾把米漿當作全部的天與地，誰知在可靠男友的表面下，卻是一個不折不扣的自私混蛋！

柳晴風與流星四目相交，她說的這些話，其實也是要流星再想得透澈些，自己……是否真的值得她喜歡？

然而流星又何嘗不明白柳晴風話裡的涵義！自從他第一次接觸柳晴風，就被她毫無心機、見義勇為的個性所吸引，三年來的愛戀，一如他當時的初心堅定。

「是說你們的傷都還好嗎？」柳晴風不想增加流星的心理負擔，便轉開另一個話題，「小雷，你還能走嗎？」

「啊，勉強的話還行，再說我也不能成為大家的累贅。」汗水佔據雷明頓的額頭，他卻強笑著使友人們安心，「倒是小風妳的護身符被奪走，在找到鬼車前，就讓我們來開路吧。」

「我會和諾莉負責抵擋攔路的羽民，妳再視情況……我是說真的危險，妳再射箭掩護我們。」流星看穿柳晴風的心思，她不是那種什麼事都不做，只等著坐收他人成果的女孩。

「好吧……我知道了！」柳晴風嘴角上嘟，口氣不甚甘願。她還是想不透，米漿究竟搶走她的護身符幹嘛？

最後的決戰一分一秒接近，四人內心卻巴不得在此多聚一刻，彷彿一旦離開這裡，後續將有令他們終生追悔莫及的遺憾；李礎耀與蘇曉竹緊牽著手，彼此早已許諾無論上天下地，都將追隨對方而去。

而時間，終究還是到了。

柳晴風卸下長弓，將流星和諾莉僅存的尋常箭分給自己和雷明頓備用以發揮戰鬥價值，畢竟不能扣著自己的箭什麼都不做；至於米漿留下的血箭已沾染汙穢，她自當不願使用。

雷明頓數度調整自己的行走方式，設法讓右腿的負擔減至最低，友人們皆有重任在身，身為男兒，必不能成為團體破口。

流星和諾莉負責開路及護衛眾人，方才背水一戰，他們大致上都抓到應對要點，因此接下來若是對上那些羽民，料想也不至於太艱困；加上同行的人一下子少了兩個，需要顧慮的人物變少，更有餘力護及自身。

李礎耀無庸置疑，唯二的目的僅有保護蘇曉竹與手刃鬼車，其餘人事，包含他一向重視的學生，似乎都遠比不上這兩個目標的重要性；蘇曉竹已是遊魂，此番重逢愛人，已是別無他念，現在所做的一切，不過是為了李礎耀一人。

眾人離開絕對安全的院落堡壘，重新踏上危機四伏的古代街道，鳥鳴聲、瞿如聲、以及隱隱然的咿咿抽抽聲，皆隨距離宮殿越近而成正比。

他們將葉筱君的遺體安放在屋內，其獠牙雖剩一支，卻也沒人想著去取，畢竟同學一場，沒有人想破壞其大體的完整。

走過城間，暗度窄道，途中他們再度遇上一些巡邏的羽民與瞿如，免不了又是連連惡戰，致使他們抵達宮殿周遭時，已幾是彈盡援絕的狀態。

「從階梯上去，就是鬼車所處的王殿了。」柳晴風一行人躲在院落牆邊，對著十一點鐘方向的宮殿說道，「諾莉，妳的傷要緊嗎？」

「小傷而已，妳應該問問流星。」諾莉用手擦拭掉額上血漬，笑著輕拍右側男孩，「他的傷可比我多著。」

「這些只是皮外傷，沒傷及要害，我們還是多注意小雷吧。」適才惡戰，流星終於取出另一支地狼牙反擊，否則糾纏得越久，他怕引來更多危險。

「抱歉，都怪我一時大意，要你們分神照顧我。」雷明頓的傷無法讓他快速行走，所以惡戰的發生，有部分原因是來自他，「老師和師母也辛苦了。」

「你們四個合作無間，這份友情實在不可多得。」蘇曉竹自從被鬼車勾走，不曉得有多久沒有體會到人世間的情感，因此他們四人的默契，著實令她欽羨不已。

李礎耀有些羞慚，他剛才全部的心力都放在保護蘇曉竹上，倒是不曾注意學生安危，「所以我們一定要消滅鬼車，讓你們回到現實世界。」

但說是這麼說，宮殿上尚有羽民和瞿如守衛，他們又該如何乘隙潛入？

「上面敵人不多，看來硬闖不是難事？」李礎耀報仇心切，提出最直接了當的想法。

「硬闖不是不行，但在階梯上開戰對我們不利。」諾莉訝異這提案居然出自熟慮的老師之口，「他們能飛，要是我們沒站穩摔下來就得不償失了。」

「我有個主意。」流星遽然開口，腦海已在盤算這個計畫的實行方式。

「聲東擊西之計？」雷明頓馬上領會友人之意，他同流星想到一路去了。

「沒錯，小雷果然懂我。」流星揚起笑，體內的冒險之火正要燃燒，「我去引開那些妖怪，你們再趁機溜入宮殿。」

「這太危險了！」柳晴風第一個反對，「你一個人怎麼有辦法對抗那些妖怪？而且你又要怎麼脫身!?」

諾莉暗暗好笑，或許這傻瓜自己也沒發覺，她的反應完全就是在說明：她相當在意流星啊！

「不行不行，我跟你去，起碼有個照應。」柳晴風只道她是想為友人多盡心力，但其實就如諾莉所想，也許她早在不自知的情況下將流星當作十分重要的人物。

雷明頓笑著點頭贊同，他也看出柳晴風對流星持有一絲特別的情感，「多一個人也好，兄弟，你就讓小風一塊幫忙吧。」

「我跟老師會照顧小雷，帶路的事就交給我吧。」諾莉不等流星推託，大好機會都送上門了還婉拒？

「那麼流星、小風，麻煩你們了。」李礎耀不想在此虛耗太多時間，是以一有定論就想趕快實行。

「好吧。諾莉、老師，你們見機行事，我和小風會盡快和你們會合。」流星一手持電筒、一手持獠牙，即與柳晴風繞到建築的另一側，準備調虎離山。

他將自己的護身符掛在沒有力量守護的柳晴風身上，並交代她別再輕易為了他以身犯險；他最不希望的，就是看見她受傷。

這種關懷備至的舉動，不禁令柳晴風又感激又感動，心中，答案也似乎逐漸明朗，「等到我們離開這裡，我會告訴你我的答案！」

流星微微一笑，並不是很在乎這個答案來得快來得慢，只要能夠陪伴她左右，他也就心滿意足了。

告白，本著重在表明己身心意，總有人誤會對方「有其義務」對此回應，甚至「應該」有所反饋；實則好好的情感告白成了情緒勒索，邏輯倒置，卻是悖離了原本的初衷。

他們為確保其他人平安潛入宮殿，因此繞到院落的另一側後，又輾轉走到隔壁房屋，藉此保持安全距離。

流星取下慣用長弓，熟練地架上利箭，將箭頭對準宮殿方向，使勁拉滿弦讓眼睛、箭矢、目標呈一直線，然後放——

咻！

箭矢劃破周遭空氣的獵獵聲在此夜中著實突出，所有羽民、瞿如皆受此破空聲響而駭動，乃逐漸朝他們二人的所在地進發。

「它們來了，我們怎麼辦？」柳晴風極力發揮所有感官的敏銳度，因而能聽見那繁雜的翅膀拍動聲。

「別擔心。」流星朝她露出的笑容胸有成竹，「還記得路怎麼走嗎？」

「嗯！」柳晴風用力點頭，心頭那股異樣的感覺正轉為羞澀，剎然間，流星將他們賴以照明的手電筒向上一拋，然後咻咻啵三聲，一簇火花即像煙花般在夜空中爆裂開來——

柳晴風呆愣得還來不及說點什麼，流星已牽住她的手，表情活像剛惡作劇完的男孩調皮——「走囉！」

急速的力道拉著柳晴風迅捷疾行，在城間穿來穿去、片刻不停，宛如上演警匪片中的逃命橋段，讓她吊著一顆心完全不知該往何處放！

他們在城內兜了好幾圈，每到一處，就設法製造出噪音與騷動令敵人驚疑，柳晴風越跑越有趣，到最後兩人比起逃命更像是在探險嬉戲！

終於，他們逮到機會，趁眾妖被耍得團團轉時奔上宮殿，裡頭燈火凋殘、氣勢衰敗，比起柳晴風初次到來之景，又多了一分日薄西山之象。

諾莉、雷明頓、李礎耀與蘇曉竹就躲在臺階角落，見柳晴風與流星平安歸隊，彼此間皆放下一塊心頭大石。

「沒想到外頭戒備森嚴，裡面卻是空無一人。」流星這時才鬆開柳晴風的手，昂首觀望，「明知是假的，這座宮殿倒也宏偉。」

「早猜到你會這麼說。」諾莉還能侃侃而談，「外面情況怎麼樣？」

「暫時繞得那些妖怪暈頭轉向了，射爆一支手電筒當作進來的門票，賺。」流星的目光仍在殿內其他物件上，看得出對歷史古物的熱愛。

「是說你們怎麼會選擇窩在這，外面就是那些妖怪耶？」柳晴風往門口探去，勉強還能瞧見一絲外頭夜景與結界裂隙。

「這……是師母建議我們先待在這的。」雷明頓當然不會忘記，老師剛進殿時那副要把鬼車生吞活剝的神情。

若非師母有所感應，表示待在一樓安全，老師很可能已經衝去找鬼車拚命了。

「流星、小風，需要休息嗎？」李礎耀開始不耐，雙拳緊握，「如果不需要，準備好我們就上樓吧！」

柳晴風和流星同時看向李礎耀，不是沒發現老師變調的言行舉止。

自從他與師母重逢，便只一心念著復仇，甚至不惜奪走流星的地狼牙也要親自殺死鬼車，就知道這份恨意有多重。

仇恨足以改變一個人的心性，筱君早有前例，只是身為學生，他們又該做些什麼防止老師執迷入魔呢？

「我感應到……樓上有很窒息的感覺，大家要小心。」其實用不著蘇曉竹提醒，眾人也清楚最後決戰的危險性。

加以結界的裂隙越來越多，可想而知絕對是鬼車將維持結界的力量轉用來療傷，那麼用不了多久，結界也會因為失去力量的支撐而崩毀，屆時就算鬼車不出手，他們也會永遠被困在這。

望著燈火殘照下，蘇曉竹甜美可人的樣貌，柳晴風突然有股倏忽即逝的疑問閃過，隨即又想不起自己困惑的點是什麼？

她領著其他人上了二樓，迎面即可看到那堵坐北朝南的開口，並傳來依稀的鳥叫瞿如聲，卻沒料到它們苦心防衛的人類早已溜進自家門。

所有人站在往三樓的階梯前，屏氣凝神，都不曉得這一上去，面對的將是垂死的鬼車、抑或狂暴更甚的妖界之王？

約莫半晌，柳晴風與流星率先走上三樓，李礎耀、蘇曉竹緊接在後，不良於行的雷明頓則由諾莉扶著拾級而上。

昏暗、沮喪、毫無生命力的氛圍佔據整個空間，殿內遍地都是青綠色的血液，而王座上本應有著微微的寶石亮光閃耀，此刻卻成了死氣沉沉的絕望色彩。

柳晴風視線隨著血跡移至王座，連斷兩首的鬼車即高踞其上閉眼療傷，其餘七顆鳥首一聽到動靜，皆同時睜開雙目，極瞠以兩輪血芒瞪向眾人！

『賤民！本座已候多時！』鬼車雖身負重傷，卻毫無懼色，畢竟它擁有三千年以上的修為，更曾經貴為神獸，膽識絕非等閒貪生之妖可以比擬。

「等一下！」柳晴風趁雙方還沒開打，先擋在李礎耀與流星等人面前與鬼車談判，「傷害你不是我們的本意，我也真的不是那個女生，結界快毀了，你清醒一點啊！」

『多說無益，再戰便是！』鬼車再度分裂出對應七顆頭的七個分身，置柳晴風所說若罔聞。

「可惡到底聽不聽人說話啊！」柳晴風苦口婆心，已然想不到該用什麼言語來喚醒鬼車——她答應過玄鳥的啊！

「小風，妳退後！」對比鬼車，人類這邊也有執著如李礎耀，「別再跟這妖怪廢話，今天不殺了它我誓不罷休！」

他向流星伸出手，要的，當然是克制鬼車的武器——「把地狼牙給我！」

「老師！」諾莉急嚷了聲，他忘記上一支獠牙毀在誰手裡了嗎!?

不等流星遲疑，李礎耀直接搶過地狼牙，死握著如此尖銳利器急衝向前，結果獠牙還沒揮到，倒是先被鬼車轟了回來翻躺在地！

『無知！你認為本座還會著你的道嗎!?』鬼車異口同聲，七個分身移形變影，轉眼將地狼牙奪到手中，然後——七雙十四隻瞳孔共同迸出紅光，將李礎耀賴以報仇的利器化為粉碎！

「你看啦——」諾莉與柳晴風同時驚呼，這下克制鬼車的武器，就在老師的衝動行為中白白送掉了啦！

雷明頓急扶起李礎耀，一抬頭忽見鬼車靈體分攻而來，不得已又推倒李礎耀，兩人皆因反作用力又重摔地上，卻也因此躲過一劫！

另一方面，諾莉與鬼車與其說是戰得難分難解，不如說她拚卻性命不要，是以還能從鬼車的攻擊中活過一陣；蘇曉竹不停逃竄，鬼車由後猛趕，兩者就像雄鷹捕食獵物般上演你跑我追！

而流星想當然耳又是被分靈體群起圍攻的目標，失去了地狼牙，護身符又在柳晴風身上，他毫無武器防身，赤手空拳穿過靈體，也只是遭受更嚴重的打擊！

柳晴風再次被鬼車忽略，無論如何，鬼車對她始終保留情分，即便「她」不愛它，它依然對她保持那份真心情意直到瘋狂！

這讓柳晴風更加不想傷它、更想讓它清醒，但是她毫無能力、媽媽為她縫製的護身符也被搶走，到底能怎麼做！

眼看流星渾身鮮血、雷明頓與李礎耀被拽下許多血肉，所有人都快支撐不住，她——說什麼也不願親眼看著他死！

長弓取下，箭矢抄來，手臂猛地向後拉弦，瞄準的，當然是圍攻流星的鬼車分靈！她怒喝一聲，按照身為射手、義無反顧的直覺，專心致志地朝鬼車真身發射！

箭矢呼嘯而過，又是一顆鳥首滾落於地，淒厲的聲響劃破黑暗，直讓在場所有人的耳膜幾近撕裂，腦子裡呼呼嗡嗡作響，神智大受打擊！

柳晴風一個站不穩先跪了下來，止不住的噁心感讓她當場嘔了數聲，吐到胃酸反逆，腦袋還是相當暈眩！

其餘人因攻勢緩解，亦癱軟著腿半跪半站，雙手摀住耳朵狂吐穢物；鬼車卻在此時攫起流星，眼光紅芒閃爍試圖取其魂魄，叫他身死、魂靈亦不得輪迴超生，當真將他恨到骨子裡！

雷明頓恍惚間瞥見大事不妙，硬是將那些唾沫胃酸吞回肚裡，執起弓箭，手抖意堅地射出柳晴風贈予的神聖之箭——

咻！淡橘色的箭影劃過，立刻迎來咚的一聲，鬼車遽斷一首！箭上殘餘的靈力仍燒灼它的斷頸處，痛得鬼車連魂魄也不取，直接把流星整個人拋出猛摔至牆上！

一大口血從流星嘴裡吐出，他卻不敢貿然站起，因為這一摔，不曉得當場讓他肋骨斷了幾根，胡亂行動只會讓傷勢更加嚴重！

柳晴風眩暈中接連聽到鬼車的慘叫、撞牆的巨響、嘔血的瀝瀝聲，再痛苦也還是強振起精神……流星，正需要她！

纖手撐起顫抖身軀，柳晴風即憑藉這股信念站了起來！她身子微晃地衝到流星面前檢視其傷勢，不看還好，越看心裡就越著急！流星他……一定是傷到內臟了啦！

她急到眼淚快飆出來，結果眼前這男孩還能慘淡一笑，伸手觸摸她因焦慮而扭曲的臉龐——

「我……沒事……別擔心……」流星的氣息微弱，斷掉的肋骨極有可能壓迫到他的肺臟，柳晴風意會到這點，便不急著要他說話。

她讓流星靠著牆歇息，轉身探視諾莉和雷明頓的情況；至於蘇曉竹神智恢復得快，已在李礎耀身旁照料，就不須柳晴風來操心。

鬼車九首斷其四，八片「羽翼」一下減少兩對，力量削弱大半，已近窮途末路，周遭視界亦趨向扭曲擘裂，但它還不肯放棄——

『賤民——』鬼車瞪裂紅眼，高音頻的尖嘯代表憤怒已達極點，明明對外開口近如咫尺，可戶外的羽民與瞿如卻絲毫未聞！

殺氣融合疾風形成鬼魅般的速度，朝雷明頓俯衝而去；柳晴風與諾莉一人感受到風的壓迫、一人藉由護目鏡窺視，都知道要是受此攻擊必死無疑！

情急下諾莉撲向雷明頓與其滾到一旁，而柳晴風還遲疑在原地，事到如今，不傷也傷了，她難道真的只剩你死我活這一條路能走嗎!?

然諾莉的思維比柳晴風直接乾脆得多，她一滾到地，隨即起身架箭張弓，管它是多情種子還是恐怖情妖，只要害人，下場一律處以制裁之箭！

飛箭射出，立時譜出一條淡橘色的射擊軌道，而在終點處，理所當然是那顆驚駭萬分的鳥首——

『啊呀呀呀——』極尖刺耳的音響再次重挫眾人心神，所有人皆死命摀住雙耳，將嗅聲的影響減至最低，所謂魔音穿腦的痛苦，他們剛剛都已充分體驗過了！

鬼車縮著剩餘的四顆頭亂飛亂竄，一會兒護著傷處在地上打滾、一會兒又試圖衝出王殿，但總被無形的力量所阻！

流星虛弱地扶著牆勉力站起，柳晴風、諾莉、雷明頓也通通聚集到他身邊，只見他緩緩取下長弓，打算施予最後一擊！

「流星……你受了傷啊！」柳晴風雙手懸空，唯恐胡亂一碰會牽動流星的內傷，但她又不敢稍加阻撓，只得與友人們在一旁看顧。

一陣陰風幽微而至，眾人以為生死不明的玄鳥竟現身眼前，隻手朝著流星打直——『且慢！』

柳晴風俄然欣喜，她一直掛心玄鳥的狀況，如今見到它……似乎平安無事，那真是再好不過！

再瞅向飄浮玄鳥身旁的人物……不正是諾莉與雷明頓苦尋不著的小男孩嗎！只是重逢熟人的它，手上居然持著極度違和的鎖鏈與令牌，散發的氣場也不同以往，難道它……不是單純的阿飄？

男童察覺注視目光，便朝柳晴風與諾莉等人微微頓首，其模樣雖為孩童，卻一本超齡正經地守在玄鳥周身。

『別傷……別傷了尊王！』玄鳥一手撫著胸口，腳步踉蹌地跪倒在半昏厥的鬼車跟前，『尊王……尊王……』

「小弟？這到底？」諾莉瞪圓了眼，有股不耐煩的火氣上升。

『我，是鬼差。』男童彷彿洞悉柳晴風等人的疑問，『奉命到人界拘捕玄鳥，不料為鬼車所阻，從此滯留人間數百年。』

「數百年!?」柳晴風大驚，「但是你的樣子……而且你會說話!?」諾莉甚至牽它抱它還餵它吃飯！她記得爸爸提過，身為靈體孤魂，即隔閡於人間一切，看不見聽不著摸不得，不會受傷流血、無法進食飽肚，除了流離浪蕩、變厲為禍，便只有受人超渡方可解脫。

『滯留人界過久，於我法力大損，不得已，只好附身於孩童之軀，度一日算一日……』

原來！柳晴風恍然大悟，這就能為它謎一般的來歷與身體殘缺找到解釋……可是──

「那這個身體原本的孩子呢!?」倘若對方為了皮囊附在一個小孩身上數百年，就算是鬼差，諾莉同樣不會原諒！

『已入輪迴……』鬼差說話的語調真與電視上演的無異，毫無起伏溫度的陰森森。

「你早知道我們會遇上鬼車？」雷明頓回想起今早在水山巨木的情景，雖說是諾莉和小風堅持要帶它找警察，但它不僅沒有拒絕，甚至還跟著他們！

鬼差面色木然地搖了搖頭，『我漂流數百，未曾有人仗義如爾等，想來必是緣分，助我緝拿玄鳥──』

「你附身在小弟弟身上，是因為你法力大減。」遮蔽柳晴風內心已久的疑雲正在消散，「代表如果你是靈體，就無法讓普通人看見、觸摸、以及幫忙對不對？」

「小風……」流星還沒搞懂柳晴風的意思，就在這一俯一仰之間，他也明白柳晴風話中涵義了！

「我們身在異世界，看見靈體也不是什麼大不了的事，但不能改變靈體不能觸碰、甚至是流血的事實！」話已至此，就連諾莉與雷明頓亦頓時醒悟！

「所以我說——」柳晴風驀地側首，一雙明眸捕捉到理想中的溫秀人影，「師母，妳身為鬼，怎麼有辦法被我牽著跑、被老師摟抱——乃至於受傷流血？」

話音方落，諾莉與雷明頓倏然悶哼一聲仆倒，只看李礎耀面露凶光、手作刀狀，顯然是劈擊了兩人後頸——

而蘇曉竹抬頭，嫣然巧笑，轉眼間連傷鬼差與玄鳥——

「因為，我不是鬼。」

幽暗的古城外，溪水細流，背景扭曲，有名臉戴細黑框的知性男孩，手持碧綠護符，毫無忌憚地行走於林野間，慧黠外溢不可忽視。

他憑藉自身聰穎，於城內群妖之中安然遁出，舉手投足洋溢自得，年雖十八，卻大有成人快意之風發。

說得也是，他年少氣盛，成績向來名列前茅，未來亦選擇了最高學府作為升學之所，同儕景仰他、誇讚他，更羨慕他有個正妹女友陪伴在側。

可惜一場出遊，竟讓他得知風姿美麗的女友是個妖怪，逼他不得不回頭找前女友復合，以苟求這護身符安身立命。

哼，真是可笑。

他指勾著線繩甩動那枚護身符，心中早有計較。既然這玩意兒能震退鬼車，想必也蘊含離開這世界的力量，再加上地狼牙……那幫人想不到，這會兒還拿命去拚，簡直愚蠢。

溪流一路潺潺向東，引導北極天槓的盡頭，途經他們甫來時的石屋地段，竟跑出一名慌慌張張的女子，像是畏懼什麼。

她見到米漿，猶如迷茫大海中蒙燈塔指引，忙奔至男孩面前，急聲呼救——『你——你是那群生者！拜託你，帶我離開這裡！』

「哦？」米漿挑眉。所謂來者不善，這世界中除了他們再無其他人類，而對方看上去頂多十六、七歲，莫非就是被鬼車囚禁於北極天槓的女孩？

『求求你！只要你帶我出去，我願意做牛做馬，幫你獲得任何你想要的好處！』女孩跪了下來，眼眶泛紅，想哭又不想哭的模樣委實可憐。

但看在米漿眼裡卻毫無反應，一來論身材美貌，柳晴風與葉筱君均完勝數倍；二來對方已是鬼，他可不是笨蛋！

不過倒是有一句話打動了他：做牛做馬，獲得任何他想要的好處。

他幾經思考，聽來確實有利無弊，再說護身符在他身上，要想自保、奴役鬼魂都是輕而易舉的事……

米漿睥了她一眼，一抹狡慧自他臉上揚起——

「好。」

這一聲允諾持續了許久，就像演講結束後的尾韻，聽眾尚在咀嚼前頭話語……

忽地，門開了。

左右石屋的門陸續被打開，接著闖出不少與那女孩年紀相仿的女鬼——因為她們都聽見了！人在瀕死時，求生慾望尚且強盛，何況乎久困妖界、魂魄不得其返的花樣女鬼？她們一聽米漿作出承諾，紛紛巴上前去，只為爭奪離開此地的一線生機！

米漿怛然失色，立即察覺事態嚴重，連忙掙開女鬼的求助手腕，一路直跑向他們來時的山崖上！好不容易盼來的昇天就要來臨，女鬼們豈肯錯失良機！因此米漿跑，她們追，稍具修為的「年長」女鬼更直接用飄的黏在米漿身上，到他抵達崖邊時，身子已攀了四、五隻女鬼！

最後，他堅信的那枚護身符與地狼牙卻沒發揮奇效——從遠處觀之，僅能看到一個人影上爬滿許多女性，而那身子在幾經搶奪後，也終於堪不住負荷，身軀一偏，即墜往深不見底的空谷。

連回音都沒有，永不見底的空谷。

第十三章　逃脫

天愁無光，地晦難明，伸手舉目幾乎與背景融為一體，那般黑、那般灰，如同妖界之主鬼車帶給人們的既定印象，恐懼、死亡……

殿內，碧血遍地，燭影昏暗，更襯托出此刻的戰慄瀰漫——柳晴風雙腳彷彿被凍住，這是她前所未有，首次感覺生與死的交界如此逼近！

她看諾莉與雷明頓被劈暈後，李礎耀旋即將目標轉移成自己，當下連忙一閃，格開擒拿的手臂；但李礎耀畢竟是練過自由搏擊的成年人，因此身為區區女高中生如她，再招架數招之後，仍無法避免被制服的命運！

「放開我！老師你神經病發作了是不是！」柳晴風雙臂被李礎耀束於身後，不停掙扎叫罵！

流星重傷一旁，手持的長弓亦被李礎耀趁隙拍落於地，他想出手援助柳晴風，怎奈受內傷的壓迫而力有未逮！

「敵人當前，還能識破我的身分……」蘇曉竹罩上一層輕蔑寒冷，柳晴風忽然對此感到似曾相識，「礎耀，你這學生反應挺快嘛。」

「妳不是蘇曉竹！」柳晴風語氣嚴厲，她的好友們安危未卜，偏偏老師又中了這人不人妖不妖的邪！

「不，我是，否則又怎麼記得和礎耀過往的一切呢？」蘇曉竹笑得三分虛七分假，儘管看在李礎耀眼裡幸福歷歷，但柳晴風完全看得出對方在說謊！

倘若……倘若能戳破這人不是師母的身分，說不定有辦法解除老師被迷惑的理智！但是要怎麼做呢……

「別……傷害小風！」流星焦急攻心，一口血竟嘔了出來！

「我們不會傷害她。」李礎耀至此終於開口，「我們只是想針對鬼車報仇，你們別礙事。」

「針對鬼車？你明明打暈了諾莉小雷還押著我，跟我說你們只針對鬼車!?」柳晴風身體動不得，嘴上氣勢未嘗退縮。

「礎耀，你的學生嘴還挺刁的。」蘇曉竹擺起架子，隱隱殺氣流洩而出，「對待老師和師母是這種口氣？」

口氣？蘇曉竹這話與口吻令柳晴風莫名熟稔，她記得上一個這麼說的人是……莫非——

『妳……為何下此毒手……』即便遭到偷襲重傷，玄鳥依舊寸步不離鬼車。

「你問我們？怎不去問問你主子！」李礎耀怒聲咆哮，「問他對我們這些普通人有何深仇大恨，為何要硬生生破壞所有人的人生！」

「好了，礎耀。」蘇曉竹似有些不耐煩，轉頭冷眼瞧著玄鳥，「我很感謝你把礎耀帶進來，念在你一片忠心，就讓你親眼見證你家主子的處決過程吧。」

『不……要殺……就殺了我！』玄鳥以身護在奄奄一息的鬼車上，『別傷害尊王……』

「放心，會輪到你的。」蘇曉竹殘虐地訴說無情，言下之意是連曾經對她與李礎耀有恩的玄鳥也不放過。

如此以怨報德之行徑，均使柳晴風與流星想起某一人物……

「妳不是說玄鳥是唯一肯幫人類說話的妖怪嗎！」柳晴風試圖讓蘇曉竹言談中自行露出馬腳，「忘恩負義恩將仇報沒心沒肝！」

「嘖，吵死了！礎耀，讓她安靜點！」蘇曉竹開始覺得沒把這丫頭打暈是錯誤的抉擇，「再吵就先殺了妳！」

「老師你看！這人動不動就說殺，怎麼可能是師——啊！」柳晴風痛哎了聲，李礎耀竟然真的加緊力道，掐得她手臂快斷了！

「小風，別自討苦吃。」聽到向來重視學生有如畢生使命的李礎耀說出這種話，柳晴風不禁備感失望！

因為愛情，就可以拋棄素來所堅持的原則，可以變得沒有是非對錯嗎⁉

柳晴風越想越不服，「還說針對鬼車呢！這會兒還不是喊打喊殺，我看妳根本就不是人，是妖怪！」

「閉嘴！」蘇曉竹惡狠狠走向柳晴風摑了她一耳光，「礎耀，給我打暈她！」

「哼，說中心事了嗎？」灼熱的刺痛感在臉頰擴散開來，伴隨著口腔內的淡淡血鏽味，柳晴風乾脆一不作二不休有什麼說什麼，「老師，你都不覺得奇怪嗎？她說她是蘇曉竹，可是做的全不是人會做的事！」

「你想想，她如果是人，怎麼有辦法傷到玄鳥跟鬼差，分明就是妖怪！」這番錚錚之言確實讓李礎耀不得不遲疑省思，「你應該清楚才對啊！」

「小風……」李礎耀並非傻子，此次與蘇曉竹相逢固然歡喜，不過在他倆獨處時，未婚妻提的盡是如何對付鬼車，對於他們之間的事情反倒提及甚少。

比方那些孩子出去尋人時，曉竹便和他商討決戰之刻，必須由他倆親自報復鬼車——寧願劈暈那些孩子，也不要他們礙事。

他只道是曉竹與自己戮力同心，否則又怎會沒發覺她大不如從前的性情溫良？儘管如此，他還是……相信曉竹……嗎……

見到李礎耀動搖，柳晴風連忙再下一劑猛藥，「而且她明明親口承認，在這個世界待久了肉體會消蝕毀滅，連帶影響到現實消失；但你卻在醒來後馬上忘記有關她的一切，證明真正的蘇曉竹早在進入北極天櫃後就死了！」

「不！不是這樣！別再說了！」李礎耀鬆開對柳晴風的箝制，雙手扯著頭髮，理智正處於崩潰邊緣，「曉竹……怎麼可能會是妖怪！」

他步伐蹣跚，瞠眼逼視著蘇曉竹，對方的聲音、容貌、甚至曾經在一起的回憶、一顰一笑、一舉一動，無一不是昔日深愛的她啊！

「告訴我！告訴我妳是曉竹對不對！」李礎耀渴望從蘇曉竹口中得到自己想聽的答案，只要一句「是」，他就甘願為她上刀山下火海！

此情此境，流星不由得想起柳晴風哼唱的那首歌：看見的事物不完全是一切。一如人不願面對現實時，總會生出無限個理由自欺欺人，實際上事實總是殘酷，縱使心甘情願沉醉在虛假的夢裡，終須迎來夢醒的那天。

看李礎耀已無心顧及其他，柳晴風趕緊將諾莉與雷明頓搖醒，邊佩服自己的腎上腺素讓腦筋動得特別快，於短時間內組織起所有線索；流星悄然拾起箭支，拚著傷勢惡化也要保護友人們全身而退！蘇曉竹被李礎耀的連連追問逼得語塞，眼角陡然間瞥見箭簇寒光，當下嚇得花容失色、急欲躲藏！李礎耀關心情切，回頭看流星箭在弦上蓄勁而發，原想推開蘇曉竹代其受箭，蘇曉竹卻更快地把他攬於身前！

「老師！」柳晴風驚聲呼叫，諾莉與雷明頓已在她的「激烈」搖晃下甦醒過來，四人同時目睹箭尖貫入李礎耀的胸膛，均是驚駭不已！

流星一大口熱液嘔出，內傷經由開弓的動作又加深一層，再因箭射恩師，整個人氣血逆轉，幾度就要暈死過去；蘇曉竹立即攙住倒下的李礎耀，神情漠然，絲毫不符她應有的反應！

「曉竹……妳是曉竹……對嗎……」那一箭徹底命中李礎耀要害，深入臟腑，但他不怪蘇曉竹拿自己當擋箭牌，能為愛人而死，是謂死得其所。

唯獨在他死前，想知道這一生追求的摯愛，到頭來究是有悔無悔……

蘇曉竹凝視著那堪稱痴情的臉龐，幾秒後，一抹嘲訕躍上——「我，還真的不是。」

李礎耀雙眼瞠至極致，不敢確信自己親耳所聞！還沒來得及激動，蘇曉竹已將手指化為利爪，輕而易舉地挖出其心臟，捧在他眼前微笑一二。

那抹無情與嘲諷，以及自己怦動不止的心，是他死不瞑目的最後畫面。

「真是傻子，哈哈哈——」蘇曉竹縱聲大笑，「誰叫你要救了我呢？」

「妳——是地狼！」柳晴風扶著流星，兩人目睹李礎耀慘死，怒火均無法止息地高漲，「該死！你們講話模式都一個樣，我早該發現的！」

『現在發現也還不晚啊～』蘇曉竹終於現出原形，如同葉叔與葉筱君的灰白狼人貌與尖銳獠牙，『要不然你們怎麼死的都不知道呢！』

親手殺死保護自己的人，再啃食其心臟，瞬間讓蘇曉竹的樣貌變得更加邪惡！四人都意會到，這便是葉叔所說的：手刃眷養己身之人，更可增加修為的過程！

「喪盡天良的噁心怪物！」諾莉同樣怒氣爆表，「誰死在誰手上還不知道！」

「Ede faecam！」雷明頓連家鄉髒話都飆了出來，「別小看我們！」

『別以為你們解決那老傢伙就有兩把刷子，我跟它是不同級別的。』蘇曉竹口中的老傢伙，指的自然是葉叔，『更別指望那些妖怪能幫你們，我佈下了結界，它們是自身難保！』

「怪不得玄鳥說結界常被侵害，原來就是你在內部搞破壞！」柳晴風起初還以為是葉叔在搞鬼，畢竟同為地狼，幹的盡是這些下等事，卻沒想到北極天櫃早有內鬼！

『你……究竟是……』玄鳥自問守衛北極天櫝嚴密，竟不知何時混入一個偽裝成人類女子的妖怪！

『喲，居然還沒死？命可真硬。』蘇曉竹隨手將李礎耀的屍體一扔，張揚地走至玄鳥身前，『也罷，就讓你死得甘心。』

『我是地狼，先祖為天狗，原受領天命討伐九鳳，有望躋身仙班、封為神獸，卻沒想到你們人類改朝換代後，仍視我等為妖物！從此我們從天狗一族淪為地狼，誓要向九鳳以及那些忘恩負義的人類報仇雪恨！』

『所以論過河拆橋，你們人類貫徹得最為徹底！』蘇曉竹句句忿恨，恨不得殺盡天下間所有人！

「先不說後來的人們哪會知道這段往事，他們什麼都不懂、什麼都不了解，當然會下意識產生畏懼，妳怎麼可以把帳算在所有人類頭上!?」柳晴風還記得今早流星提過，這就跟鬼可怕的刻版印象相同。

若對事物的理解程度有限，僅從表面上來判斷，很容易就會摻入個人主觀好惡，進而往「惡」的方面腦補。

『妳懂什麼！當年要不是我看這對男女還有點用處，早在森林我就把他們給吃了！』蘇曉竹……不，地狼言及舊事，代表它不再是蘇曉竹本尊，『我讓這男的多活十年，已是莫大恩惠！』

「妳說什麼？老師跟師母不是遇上鬼車才分開嗎!?」如此聽來，豈不是當年的遺憾也少不了這妖怪一份？

「定是它……在旁……觀看全程……再潛入……北極天櫝……」流星只剩微弱氣音，柳晴風連忙要他少說話多休息，儘管他們能不能逃出去還是未知之數。

「然後它使了某種妖術，殺害師母並佔據她的軀體，企圖利用無害的外表伺機偷襲鬼車！」雷明頓接過好友想表達的意思，「後來老師想起一切，再加上我們手持地狼牙到來，我們便成了它處心積慮借刀殺人的工具！」

經雷明頓這麼梳理，所有真相總算大白；玄鳥也終於了解，毋怪從那女子來了之後，結界內便潛伏著一股未現的妖類之氣……

『說夠了？那就領死吧。』地狼邊說，邊將礙事的玄鳥踢飛，跟著狂喜地嚙下鬼車一首，百年修為又更進一層！

這回，鬼車只慘嘯了幾聲，隨後便昏死過去，又或者痛暈於劇痛之中無法言語；外頭忽地轟咚一聲，地面傾斜，餘震不斷，很顯然隨著鬼車力量的消逝而漸趨毀滅！

王殿一側陷於地底，柳晴風三人同時重心不穩摔在牆上，幸虧流星早在柳晴風的協助下抵在牆邊，否則重度內傷再這麼一摔，估計當場就要喪命！

地狼笑得狂妄囂張，彷彿千百年來的期盼終於實現，受人崇拜是假、受封神獸亦是假，唯有實實在在獲得修為方是真！

現在，它只要把鬼車剩下的頭全數吃進肚裡，此後十方妖怪、千百妖族，都必須奉它為王，向它俯首稱臣——

呼咻！一條黑影掠過，旋即縛住了地狼全身，小男孩……鬼差一手持鎖鏈，另一手的令牌則為鎖鏈提供禁錮能量，暫時封住了地狼的狂傲行徑！

鬼差脫離小男孩形象，正式現出白袍真身，『妳忘了，我的肉體亦為附身而來，妳雖偷襲了我，卻未必傷著我。』

『是嗎？』地狼自體內一個催勁，瞬間將鎖鏈震成數段，回身反掐住鬼差，『莫說我不是遊魂野鬼，就以你那微不足道的法力，難道真能困住我嗎！』

短短數秒，情勢驟然逆轉，但鬼差也非省油的燈，它雖法力大損，靈體尚能漸隱逃出對方手心，再召出多條鎖鏈將地狼重重縛住！

只是確如地狼所言，這索魂鏈僅有在拘魂勾魄時方能發揮效用，如今能制它一時，卻難以——

『快射箭！此妖為禍匪淺，天所不容，若不滅之，必讓生靈塗炭！』鬼差咬牙大喊，它是無法消滅地狼，但那女孩的箭能啊！

柳晴風顧盼左右，她送給諾莉小雷流星的箭都射完了，現下這最後一箭的重擔就落在她身上了！她尚在遲疑，另一頭立時傳來啪啪兩聲，鎖鏈已被震斷大半！諾莉與雷明頓見狀，也趕緊取下十字墜鍊相助鬼差，爭取柳晴風發箭的時間！

他們將墜鍊分從兩旁套入地狼的駭人獠牙上，希望藉此起到牽制作用；柳晴風則立穩身子，深吸口氣，心中念著她最愛的爸爸媽媽、家中神明……請你們一定要賜予小風力量，讓這支箭為萬惡的是非劃下句點！

箭尖刻意指向地狼胸膛，柳晴風意在為老師復仇之餘，也要親手將箭射入它的心臟，叫它永世不得為惡！

她將弓弦拽到極限，對應他們四人熊熊怒火——

「這是為被妳利用的老師報仇！」

吶喊中夾著淚聲，柳晴風怒中帶悲，箭矢破空呼呼獵獵，充分展現所謂化悲憤為力量！

橘紅的熾熱火光燒得璀璨亮眼，宛如天外殞星飛墜，直直貫入地狼胸膛，並從中向外延燒，直至烈火焚毀它的身軀，它卻依舊激烈掙扎著，不知是眷戀殘生，抑或不甘得來的修為終將付之一炬？

火焰持續燒著狼嚎，鬼差與諾莉、雷明頓均疾而向後，放任地狼掙脫鎖鏈，歪歪斜斜地搶到對外開口邊，然後，親身撞破自己設下的結界，踉蹌跌落——砰！

這一聲不曉得令柳晴風四人有多心安，他們再也承受不住極度發揮體能與精神的疲憊，通通癱坐下來，乃至四肢躺平。

不知過了多久，一陣微弱的氣息於靜謐的空間起了漣漪，更準確來說，是鬼車意識茫茫中，仍哼著理當只有柳晴風聽過的悲悽曲調……

『蘭似伊……蕙似伊……』鬼車不停重複這隻字片語，儘管神智模糊，內心始終念念不忘當年那名摯愛。

『妳不喜歡我嗎……為何那時……』片碎參差，恍如馬車輪軸、機杼轉動的聲響，正出自傷重垂危的鬼車口中，『這是妳最喜歡的曲……我吟得好聽嗎……』

『不管妳喜歡我……不喜歡我……我始終只在乎妳一人……怎麼放……也放不下……』人之將

死，其言也善，這段至死無悔的告白，聽在柳晴風四人耳裡皆是微微鼻酸。

原先身為正統神獸的九鳳，因為受到主流文化的排斥，而被人們視為外道妖魔，重傷其身；其後它為了報恩，甘願付出全部的心與命去愛一個人，卻也落得被追殺的下場。

它從來沒有什麼過錯，生而為妖更不是它選擇的，只是至情至性、錯付痴心，以致墮落成令人聞聲喪膽的鬼車……追根究柢，亦為可憐之屬。

玄鳥雙眼盛滿淚水，拖著傷重之軀爬到鬼車跟前，舉止輕柔地撫著它，不自覺地透出款款憐惜；鬼差木然注視，口雖不言，心卻無奈異常。

『此世離，彼世移，九首一心輪轉飛，遇逢君可知……』出乎眾人意料，這會兒玄鳥竟也淺淺吟唱起那段蒼涼旋律！

柳晴風觸電般坐起，雙眼不敢相信地睜到最大！玄鳥它……不會吧——

『鳳郎……我何能……令你如此……』玄鳥流下眼淚，淚珠滴上鬼車臉龐，居然有效喚醒意識混沌的鬼車！

『玄……鳥……？』鬼車的身體與聲音均顫抖著，方才朦朧間玄鳥所吟，它雖未完全聽清，可也都聽得大概！

諾莉與雷明頓相繼爬起，柳晴風已經張大了嘴驚詫到說不出話來……這是什麼神展開啦！

『是我……是我……』玄鳥閉起眼睛，不敢直視鬼車，眼皮底下仍有淚水不斷流洩而出，『我一直……都在……』

「此世離……彼世移……難道你就是——那個女生的轉世⁉」柳晴風不想打亂氣氛，但是她不得不問！

『不錯。』接過話的正是鬼差，『玄鳥前世為女，死後心中有愧，避喝孟婆湯而私入輪迴，轉生玄鳥。閻王命我拘捕，不料鬼車阻撓，使我滯留人間，不得而返……』

「那、那、那……」柳晴風打了打臉頰，她緊張到話都說不好了，「既然你就是那個女生，為什麼不承認⁉」害她以為她幾輩子以前那麼沒良心、還差點被鬼車控制、更害慘了流星被鬼車針對！

她轉頭探向流星，見他傷勢雖重，眼眸仍澄澈雪亮，顯然也在聆聽這番真相。

『生而為妖，又為玄鳥，我方能感同身受……鳳郎之無奈。』就像人有好人壞人，妖怪也非全然皆惡，人類僅憑一己臆測而斷定妖怪是邪，何曾公平？

爾後它以玄鳥之姿追隨左右，每見九鳳思及往事，歡少憾多，止如枯木，動如槁葉，居無所留，往無所從，再運用空間法術窺視其夢境，乃得知九鳳對自己當真是一往情深，遂對自己昔日所為益感咎責。

『往事追悔莫及，縱然於心不忍，今世既為男兒之身，又能如何……』玄鳥痛心疾首，淚眼望向柳晴風，『我見妳與我前世容貌如出一轍，便施法入妳夢中，再求妳說服尊王，孰料竟發展出這許多……』

「愚昧！」諾莉直接定出結論，「你既然愛它，又怎捨得它痛斷肝腸，縱容它勾魂造孽，這就是你所謂的愛嗎⁉」

「承認脆弱固然需要勇氣，所以才彰顯你的愛意堅定，怎能因為你今世是男，反倒眼睜睜看鬼車追尋不是你的人？」此般本末倒置，雷明頓恕難苟同，「你不光牽扯到其他人，也害了我兄弟和小風！」

諾莉與雷明頓一席話猶如當頭棒喝，重擊了玄鳥；它回首前塵，雖是出於守護之情，卻害了無數少女……至今鳳郎命在旦夕，它的確難辭其咎！

這番義正辭嚴，也將鬼車從迷失的本性中拉了回來——三顆鳥首重新聚合成溫文高雅的男性，與冷然俊俏的男孩四目交會，原來自己日思夜盼的愛人，從來就在身邊……

『我都……做了些什麼……』得知自己一生所為，半生皆錯，鬼車不禁懊悔萬分；柳晴風則是首次聽見清醒的鬼車自稱「我」，而不是「本座」耶！

玄鳥有氣無力地與鬼車相互凝眸許久，彼此心意不言而明，歷經了上千年的等待與隔閡，終在此刻有了結果……

鬼車捧起玄鳥的青澀臉蛋，深情地吻了上去——柳晴風與諾莉暗暗點頭，有情人終成眷屬，她們都發自內心感到高興，只可惜付出的代價實在太大……

就在這一晃眼，數道赤光自鬼車軀體迸射而出，光芒所到之處，皆如同被太陽照耀般溫熱暄暖！

柳晴風望著被葉筱君抓傷的血痕，見其正以驚人的速度急遽癒合中！而且不僅是她，諾莉、不良於行的雷明頓、乃至於肋骨不知斷了幾根的流星都感受到呼吸驟然順暢許多！

原來重新受到愛情滋潤的鬼車，即因這一念之間，找回了失去的良善，因此它也從象徵死亡的鬼車，蛻變為復甦萬物的九鳳！

鮮豔如火的羽毛驅除了墮落的黑暗，九鳳臉上額墜正閃著耀眼的生命之光，與殿內圖騰相得益彰。

它失去了六顆頭，自是傷重無法根治，而玄鳥之所以支持到現在，亦全靠意志力死撐，如今二人毫無懸念，即笑著相擁彼此，散盡修為，一同在眾人的矚目下飛昇，化作點點治癒之芒，成就永恆。

「神妖之隔，只在一念之間。」良久，流星由衷感嘆，身體已完好如初，「人人懼怕的鬼車，同時也是如此神聖的存在。」

「流星你──沒事了嗎!?」柳晴風雙眼也映著光而生亮，眼前這男孩就跟新的一樣嘛！

「嗯，保持在最佳狀態！」流星揚起勝利之笑，「妳那箭射得很好喔。」

「欸!?」柳晴風相當驚喜，能受弓箭社之星如此誇讚，比她繁星上大學還來得榮耀得意！

轟！轟隆隆──

響徹雲霄的裂地聲自外傳進，王殿霎時傾斜更甚，柳晴風四人均是一陣驚愕！他們及時攀住牆和柱，才不至於摔得青紫遍布，可殿上已是立足難穩，更不用說跑下樓了！

『九鳳已逝，結界將毀，爾等速速離開北極天櫃！』鬼差飛出殿外，確認高度人類跳落不會受傷，『快跳下！』

你叫我們──柳晴風差點脫口而出，隨即意識到肯定是距離安全，鬼差才放心讓他們跳樓！

「我先跳下去，你們再接著來！」流星一恢復健康，領袖魂便油然而生，「小雷──沒事，我忘記你腿傷也復原了！」

「這高度應該還行！」雷明頓抓著門緣探視，「我和你下去，諾莉小風在這待著，一會兒我們在下面接住！」

「說什麼！結界快崩了，哪有這個美國時間站在這浪費？」諾莉展現巾幗不讓鬚眉的氣概，「一起跳！」

「沒錯，Go！」柳晴風將身體放低，與友人們縱身一躍，同時抵達地面；區區兩層半的高度，在腎上腺素的發威下，根本感受不到落地反作用力的疼痛！

人家跳樓是為了尋死，而他們卻為了活命才跳，所以說凡事果然是一體兩面呢！

地表開始分裂，晃動幅度加劇，天空閃著無聲的雷電，白光縱橫、黑影交加，比柳晴風從前看過的那些末日災難片還要可怕、還要驚險！

她被流星緊緊牽著，舉目亦不見瞿如和羽民蹤影，想是發現情勢危急，先一步逃命去了；再回頭瞧向王殿，只見如此雄偉建築正隨著重力加速度倒塌，他們連忙拔腿狂奔，當後方傳來震耳欲聾的聲響時，所有人都忍不住回眸一看！

與此同時，地震產生的裂隙朝他們急速蔓延而來，跟著越擴越大，簡直就像有東西在地底下襲擊他們一樣——!?

說時遲那時快，適才燃火墜樓的地狼霍然從地底中跳出，它全身焦黑，獠牙尚且套著被火焰燒焦的十字墜鍊，唯獨胸中箭矢仍保持原貌般潔淨！

『誰都別想走！』地狼狂聲嘶吼，周遭地面即崩毀於它的出現！

「妳沒死！」柳晴風不停暗罵完蛋，她的箭全用光了，這下該如何退敵⁉

「它是地狼，莫非墜落地底，反而吸收了地氣復生⁉」流星可沒忘記史書所載，地狼一開始就是躲在地底下修煉的！

『快走！』鬼差打斷柳晴風等人驚疑，深瞥諾莉一眼充當告別，與地狼鬥在一塊，『速速奔出此地，莫再逗留！』

以它衰弱法力，自非獲得部分九鳳靈力的地狼敵手，僅能盡力拖延時間——反正拘魂失敗，再也無顏回地府，不如犧牲自己，也算報答了他們相助之恩……

另一方面，柳晴風四人極限發揮體能，從城內跑到郊外，一點也不浪費鬼差捨身救援的黃金時間！因為在奔跑的途中，諾莉曾擔心鬼差的狀況回首遠眺，誰知卻看到地表沿著他們一路崩陷，是徹頭徹尾的不跑也不行！

地震的威力還在加大，土地上下錯落形成地塹，石屋分崩離析，坍塌聲不絕於耳，致使他們腳步絲毫不敢放慢，還得留意每分每秒都在變化的地面是否穩當！

柳晴風喘得上氣不接下氣，速度漸漸落後，連帶影響流星三人的腳程；此時他們距離山頂僅有百步之遙，若是極目遠視，已能見到溪流終點流瀉於懸崖的景象。

「你們……先過去！」柳晴風禁不住喘，停下來大口呼氣，「不用管我！」

「要走一起走！」諾莉何嘗不想喘息？但此刻卻是懈怠不得！她寧願喘死，也不要葬身於這虛幻世界！

地面持續崩裂，流星見這樣下去不是辦法，便以眼神知會雷明頓，與之一人一邊架著柳晴風疾走，也好過乖乖站在這等死！

再行數十步，四人終於抵達開啟一切奇幻冒險的北極天檟山巔！汗水濕了他們一身，空氣越來越窒悶，扭曲、擠壓、破裂的元素充斥著周圍，更有無數巨響摧殘聽覺，可謂各種不適到了極點！

然而面向崖邊，有一處背景特別迥異，透明的視野宛如被外頭的風吹進簾幕般，飄搖著、擾動著——就與他們進入北極天檟時相同，是整個結界的出入口！

四人大喜，正欲奔出結界，整座山卻再次被震得四分五裂，連底下支撐的山體也大幅崩落——

流星反應迅速，急忙將諾莉與雷明頓推出結界！在即將輪到柳晴風時，土地突然塌陷一端，一隻手拽住她的腳踝，將她定在原地，進退不得！

她低首一看，那東西豈止是隻手！根本就是——地狼!?

「放開我！妳把鬼差怎麼了！」柳晴風試圖把腳抽出，甚至用另一腳狠踹死纏她腳上的狼爪，可對方非但沒有反應，還快把她的腳給捏碎了！

地狼疾躍而起，順勢挾持住柳晴風，『當然是讓它再死一遍！什麼東西，敢阻撓我!?』它的利爪就抵在柳晴風的脖子上，迫使在另一端高地上的流星不得不受制於其，『臭小子，給我過來！』

「不行啊！你快逃，別管我！」比起個人生死，柳晴風更在乎流星安全逃出生天！因此，她絕不能讓自己成為把柄！「死妖怪，有種妳就殺了我！」

她急於求死，但地狼卻不慌不忙；它曾親眼見識過柳晴風與流星的情感羈絆，基於這點，它便自恃對方絕不可能捨下戀人而逃！

不出地狼所料，流星果然二話不說跳下土塹，模樣無所畏懼，「放了她！」

『你沒資格跟我談判！』地狼敞開血盆大口，獠牙正下方即為柳晴風頭顱，『過來！』

流星步步為營，眼神卻早已看準那支明亮箭矢——只要將其拔出，牽引的痛楚必讓地狼分神，屆時他便可趁機救出小風！

不過這是最危險的賭注，稍有差池，不僅他性命不保，就連小風的命也會賠進去……

『很好，該死的人類！我要你們全部陪我死在這！』地狼自以為掌控全局，殊不知流星已經眼露殺意，『還有兩個呢！』

餘音未落，流星倏地一個箭步急竄趨前，火速扯下插在地狼胸中的箭矢，另一手把柳晴風拉開，再迅疾撤——呃啊！

「流星！」事情來得太急太快，柳晴風心跳彷彿靜止了數秒——因為那個男孩為了救她，竟被地狼用手貫穿腹腔，血花瞬間四濺！

「我說過……我一定會……保護妳！」危急中釀造的情感尤為刻骨銘心，在這一刻，柳晴風已確信她愛上了流星！

接著流星舉起箭矢，雙手用力地朝肚子、以及身後的地狼戳刺——

「不、不要——」

柳晴風眼淚頓時奪眶而出，全身無法控制地顫抖，「趙健豪！」

『你——你瘋了嗎！這樣你也會死的！』聖潔的靈力重新燒蝕著地狼，連帶奪去它的力量！明明只要推開這小子就可以獲救，對方卻拚上全身力氣和它壓在一塊！

「小風……快走……」流星緊緊握住箭尾，血液不斷從肚子和腹部泉湧而出！

「你為什麼要這麼傻！為什麼不撇下我跑掉就好！」柳晴風淚如雨下，仍絞盡腦汁想著有什麼辦法能救流星一命！

「我……我是真的很喜歡妳……第一次見的時候……就喜歡上了……」流星把握最後機會正式告白，他怕此時不說，就再也沒有機會了，「可惜妳離開……我也就不存於妳的記憶……也好……」

『她逃不掉的！我是地狼，只要吸收地氣——』語未畢，地狼已將雙手大開，凡是經由它接觸到的岩石土塊，皆在頃刻間散為粉塵！

這情景使流星心頭一凜，冰冷的血液流遍柳晴風體內每一角，卻在胸口、手中散發著光與熱，她淚眼瞠著這份啟示，內心已有覺悟，為了不讓流星犧牲得毫無價值，她、她……只好……

風，在柳晴風取下流星親手掛在她身上的護身符後始變得疾勁，為北極天櫝的末路揭開終幕——所有樹木連根拔起，已傾倒的樹幹亦被狂風捲入空中，沙霾漫天，亂流怒吼，柳晴風身不由己飛騰而起，因為她，正是這場風暴的源頭。

她的馬尾被吹散，髮絲凌亂飛綻如柳，雙臂明顯發顫，連換氣都困難！她淚汪汪地凝視那個英勇挺拔的男孩，長弓悲惋舉起，卻遲遲不願下一步動作！

流星淺淺揚笑，柔聲直達柳晴風耳畔……

「我的正義……與妳的心靈之光同在。」能為喜歡的人而死，他，義無反顧。

這一聲令柳晴風徹底潰堤，原本她還守著最後一絲界線，如今要親手射殺自己喜歡的人，那是何等殘忍！

「不要哭……我最喜歡看妳笑了……很可愛……笑一個讓我看看吧……」流星意識逐漸恍惚，後方地狼立時傳來晃動，他趕緊再將箭往內插了些，鮮血也因之吐了出來！

柳晴風強忍悲痛，努力讓自己維持嘴角上翹，雙眼捨不得多眨，誓要將流星最後一絲身影深深烙印在腦海裡——

她將護身符充當箭矢架在弦上，竟真的幻化出一支白光閃耀的聖箭！箭支捲動著周圍氣流，形成一股小型旋風，呼應持箭者此時此刻既激動、又紊亂的心緒！

「就是現在！」

流星高亢的聲音穿越柳晴風腦內直對理智下達命令，她痛苦悲切地發出長嘯，將弦拉到最滿，聲嘶力竭射出——

箭矢絞碎空氣，射穿流星與地狼的軀體，當即化作無限風暴能量，削斬地狼每一吋表膚，直透其靈魂，連同驚恐聲在內切裂地連灰都不剩！

柳晴風飛身抱住流星，口中不停傾吐來不及回應的答案：「我喜歡你我喜歡你我喜歡你——」

流星心滿意足地笑著，絲毫不感到痛楚，反而充分體會到柳晴風對他的情意，如此，他也沒有遺憾了……

他伸手撫摸柳晴風的頭，將她抱了滿懷，兩人在沖天風暴中享受彼此最後的體溫，直到……

振作起來吧，哭完就得快樂喔。

尾聲

蔚藍天際點綴著稀疏白雲，底下霧氣洶湧，翻滾著樸實民宿；曙光初露，淡淡的金黃色像是劫難後的傷痛撫慰，照耀於倒地的一男兩女。

柳晴風啊的一聲嚇醒，還分不清現實夢境，因為她剛剛夢到喜歡的對象為了救她，甘願與妖——她愣住了。

眼前的場景，是他們三天兩夜之旅的歇息處，葉叔的民宿。他們昏倒在民宿門口，但身旁的人卻只有諾莉、小雷……

流星呢！她著急地淚水在眼眶裡打轉，忽聞好友們打哈欠醒來，沒等他們開口便詢問：「諾莉、小雷！你們沒事吧！」

「嗯？怎麼這樣問？」諾莉環顧周圍，顯得一片疑惑，「奇怪，我怎麼會在這？」

「小風妳……還好嗎？是不是昨晚消滅地狼，讓妳精神有些緊繃了？」雷明頓撫著後腦勺，睡在地上讓他的頭有些疼痛。

「你們……還記得發生了什麼嗎？」柳晴風心已涼了半截，仍試圖作最後的確認……或說是奢望。

「啊？不就我們發現民宿老闆是妖怪，就是妳說那個什麼……地狼？然後我跟小雷中毒了，是妳救了我們？」諾莉自己講出這段記憶也覺得哪裡卡卡的，始終有些不踏實。

不對……柳晴風怔忡半晌，諾莉這番敘述，顯然把他們三個以外的人都忘了……老師、米漿、筱君，甚至流星……沒有一個人被記得……

懵懵間，她像是想起什麼似地趕忙衝進民宿！卻怎麼找，也找不到他們三人以外的行李……明明大家去北極天櫃前，都已將行李打包好放在大廳啊！

她難掩悲愴地走出民宿，不禁令諾莉與雷明頓一頭霧水。

「小風，是不是出了什麼事？」一覺醒來，好友的舉動變得令人難解，雷明頓不由得擔心。

「我……」淚珠滾落柳晴風臉龐，她內心千頭萬緒，卻又不知從何說起！

九鳳、玄鳥、北極天櫃，這些事彷彿船過水無痕，壓根兒沒發生過；老師、米漿、筱君、還有他們三人最信賴的流星，一切有關事物，全都人間蒸發，一絲不留……

明明兩天前的他們還是如此高興愉悅地遊賞傷心山和水山巨木，為什麼近如昨天的快樂，轉眼間灰飛煙滅，什麼也不剩呢!?

所有談論過的話語、相處過的回憶，一起做菜、一起比箭、一起冒險，明明是那麼靠近、那麼深刻，為什麼只剩下她記得!?

「但……」這句轉折稍微將柳晴風的注意力拉回來了些——

「我卻覺得，內心好像空了一塊，似乎有非常重要的東西被剝奪……」說及此，雷明頓忽而鼻頭一酸，掉下男兒淚，「究竟是怎麼了……」

「感覺好奇怪，明明我們三人好好的，為什麼我會想哭呢？」諾莉跟著流下兩行清淚，悵然若失的落寞感顯露無遺。

三人就這麼抱在一起痛哭失聲，柳晴風尤其哭得心碎，完全無法接受充滿嬉笑的昨日被抹除掉！直到一陣由遠至近的叭叭聲終止他們的哭嚎。

「哇同學，你們是怎麼了!?怎麼聚在這裡哭呢？」來人打開車門，柳晴風一眼就認出駕駛是老師的好友許彌生！

「毫無原因。」諾莉率先拭淚，「請問你是這附近的遊覽車司機嗎？」

「能不能請你帶我們到警局？阿里山近日的連環分屍案，兇手就死在裡面。」雷明頓的記憶中，僅存與諾莉、柳晴風揭開葉叔殺人的事件經過。

「天哪！這可不是小事！」許彌生聞言大驚，「來來來，快上車，我載你們到警局！」

於是在許彌生的協助下，他們前往警局報了案，更準確點來說，是諾莉和雷明頓負責說明案情經過，而柳晴風只待在車上。

畢竟他們的記憶已經被修正成沒有流星、沒有其他人的經歷，因此她不僅幫不上忙，同時也避免自己徒增悲傷。

報案過程出奇地順利，警方對於諾莉和雷明頓的說辭並沒有太大意外，事實上這串分屍案的犯案手法過於離奇，若說牽涉到妖鬼一事，有點經驗的警察皆是毫無疑問，問題只在：誰要出面扛這個鍋？

在阿里山上的諸事已了，諾莉問到許彌生非本地駕駛，因何原因一大早跑到的處偏僻的葉叔民宿？許彌生僅僅回答他也不清楚，似是「冥冥中」總覺得該來這裡一樣——其實原因柳晴風都明白，即使李礎耀這個人已消失，許彌生與好友的約定，也早烙於潛意識中，如同諾莉小雷為了「不存在」的流星大哭。

許彌生與諾莉、雷明頓越聊越投機，細問之下才發現大家都住在同一縣市，因此回程方面，許彌生樂得開起順風車。

遊覽車上冷氣開得特別強，又或者是柳晴風的心理因素使然，因為上一次搭這輛車，是一群人熱熱鬧鬧出遊，哪曾想得到如今冷冷清清，惆悵異常？

她坐在椅上閉目養神，實則一個人靜下心好好整理這段被改寫的三天兩夜。

他們倒在民宿前，或許是因為北極天櫝本就是不存在的地方；再根據諾莉和小雷所述，這趟旅行是他們三人決議好出來玩的，當中所有旅費，全由諾莉個人負擔；住宿方面，則是原訂飯店歇業，無意中遇到葉叔推銷，趁機把他們三人接到民宿去。

之後，他們也真的去了傷心山、回頭做了菜，只是當夜的鬼車話題被回房睡覺取代；隔天，他們清晨比箭、隨後去了水山巨木，也同樣沒有遇見偽裝成小男孩的鬼差；接著到了中午，他們回民宿準備午餐，諾莉和小雷吃下滷肉，她則吃飯糰逃過一劫……下午，她發現民宿裡的死者，與諾莉小雷探查葉叔房內的地下室，終於揭穿它是地狼的真面目，並予以制裁。

這當中，所有涉及流星、老師等人的戲分，通通變成他們三人分攤。

時間來到正午十二點，他們在原集合地點下車，彼此約好下一次的飯局，無論是她、還是諾莉小雷，都相當在意葉叔連環殺人案的後續。

站在家門前，柳晴風失魂落魄地開門走進前廳，看見笑臉迎來的父母，她只是滿臉愁容地點頭，然後一個人像死魚般回房，把自己關在房內，什麼都不做，也什麼都不過問。

她知道這種行為無疑令爸媽感到憂心，十分不孝；不過短短三天，真的讓她身心俱疲，精神上困憊到一個極致，急需好好沉澱……

柳爸爸與柳媽媽對視一眼，彷彿知悉這是預料中事，因此也不去打擾，只有在用餐時間才會叫女兒出來吃飯。

就這樣，她消沉了一個月。

這一個月內，她幾乎每晚都會夢見親手射殺流星、與其在風暴內相擁，然後從中嚇醒，周而復始，無限循環。

柳媽媽數度忍不住為人母親的擔憂，眼眶含淚，幾欲追問這趟旅程中究竟發生了什麼大事，讓原本開朗樂觀的女兒變得像行屍走肉一般！

而柳爸爸卻勸阻了愛妻，並言道：「那是成長必經之路，妳我年輕時不也是如此走來？」

無論如何，終須靠自己想通想明，作為父母，就是體諒、包容，而非打著關心的名號情緒勒索，這樣反而失去原先好意，也會為親子間的關係加深誤解。

一日，柳晴風睡到下午方醒，腦袋沉重地走至神明廳，見到在佛樂的播放下，父親正雙手燃香敬拜神明，表情莊重嚴肅。

柳晴風若有所思，猛然開啟這一個月來未曾說話的雙唇——

「爸爸，人真的有可能什麼都沒留下嗎？」

柳爸爸將線香插進香爐，合掌再拜，對於女兒的驚然一問顯得相當淡定，「緣起緣滅，六道輪迴，都脫離不過此範疇。」

他溫和地拉起女兒的手，語重心長，「爸爸不曉得妳發生了什麼，妳想說，我們自然歡喜；妳不想說，我們也不勉強。只是要妳記住，爸媽也是過來人，我和妳媽，永遠都為妳這個女兒感到驕傲。」

親情的溫暖，一瞬間瓦解了柳晴風封閉武裝的心房，她嚎啕哭了起來，將一個月以前所發生的事情，毫不保留地告訴了父親。

柳爸爸靜靜聽著，時而皺眉，他老早算到女兒命中有此一劫，卻沒想到是這樣的來龍去脈。

「我的女兒，委屈妳了……」大掌撫上柳晴風的頭，一如流星訣別前的舉動，最能緩和她的情緒，「妳說的這個流星，並不是什麼都沒留下。」

咦!?關鍵字讓柳晴風眼眶閃著詫異與希望！爸爸的意思是——

「妳心裡有他，不正是他存在的證明嗎？」柳爸爸話中意味深長，「所謂念轉，妳總能明白。」

就好比人除了業報隨身，尚有此世留在人間的名聲、評價作為依據；甚至往昔一句話、一個舉動使人腦有所感、心有所悟，皆可作為曾經存在的證明。

所以說，一件事情可以有多重面向，能用不同角度來解讀，端看我們使用何種心態面對；肉體固然已逝，但精神仍會存續。

柳晴風邊思索父親話裡的涵義，不知不覺來到公園河堤邊。黃昏和風吹來暖洋洋，柔似水波地輕撲鼻面，她坐在岸邊，雙手擱於腿上，遙想一個月以來，她萬念俱灰，撇除終日思念流星之外，便只有透過新手機聽諾莉和小雷分享葉叔那件案子的最新進度。

情況大致與他們猜想的相同，警方親眼目睹了真兇的「屍體」後，不管信邪不信邪，最終都與公家單位達成共識：將案子草草作結。

值得一提的是，當初向諾莉吐苦水、說要直接做到退休的那位年輕警官，眼看時機成熟，便一舉將分屍案發生以來，局長搓湯圓、地方人士施壓等證據上告至調查局；最終，局長遭到撤職處分，其他涉案人士亦面臨法律的懲處，那位警官因此受到褒獎，據說還被調到台北準備一展長才。

葉叔的事件落幕了，米漿最後也沒逃出北極天櫝，此外發生的事情，在這世上，就只剩她一個人知道……

她曾向諾莉要了這趟旅行拍的所有照片檔，當她滑過在傷心山上的群照時，流星那未脫稚氣的成熟樣貌已不復存……而她跟流星的雙人合照，自然剩下她形單影隻的獨照……

她也曾去圖書館找過歐陽脩〈鬼車〉的文獻資料，當時，葉叔給他們看的內容只到「有時餘血下點污，所遭之家家必破」這句，其實，後面尚遺有這篇古詩真正要闡述的重點：

我聞此語驚且疑，反祝疾飛無我禍。我思天地何茫茫，百物巨細理莫詳。吉凶在人不在物，一蛇兩頭反為祥。

意思很明顯，吉凶在人不在物。很多時候，人類對萬物僅憑一己之好惡而妄下定義，就拿九鳳來說，在它墮落成鬼車之前，是為楚國先祖崇拜的神靈，卻因與主流文化的信仰不同被貶為妖魔，不是很不公平嗎？

人有好人壞人，妖也有善妖惡妖，玄鳥最具說服力。它前世為人，受制於目光短淺而傷害九鳳，直到今世作妖，才曉得妖也和人一樣，有血淚、有感情，若不為惡，為何懼之？

所以歐陽脩的這篇古詩蘊含了智慧，前半部敘說了常人對鬼車的懼怕及防衛，後半部則表明自己沒有親身接觸過，而不妄加評斷的原則。

九頭鬼車聽來很可怕，但傳說中的雙頭蛇亦具奇異之貌，為什麼待遇就和鬼車天差地遠呢？

葉叔狡猾，拿著古詩的前半部矇騙他們鬼車邪惡，殊不知最狠毒的反倒是它；「所遭之家家必破」，有鬼車的地方就有命案發生，現下仔細想來，鬼車只勾年輕女生的魂，那麼剩下的分屍案，肯定就是地狼報復人類、嫁禍鬼車的一石二鳥計了。

看見的事物不完全是一切，就像做人不能只看表面，交友更不能以貌取人，而是要用心去感受……

這句至理名言，字字珠璣，出自流星口中，還記得當日她哼唱那首歌，流星就在身邊，如今……

妳有正義的心，卻不夠專注。射箭除了義無反顧，更須心無旁騖，所謂一意專心！

我……我是真的很喜歡妳……第一次見的時候……就喜歡上了……

我的正義……與妳的心靈之光同在。
她總以為未來還有數不清的日子可以相處，誰知緣分這種東西如此任性，要來要走，完全不會給予任何預警……
淚水模糊了她的視線，哪怕是過去的歡聲笑語，此刻也足以令她熱淚盈眶……
晚霞爛然，斜暉脈脈，夕陽照臨於河面，晶瑩閃爍，粼粼美麗，不禁令她憶起在傷心山時的絕世美景……
莫聽穿林打葉聲，何妨吟嘯且徐行……料峭春風吹酒醒，微冷，山頭斜照卻相迎……流星瀟灑的語調、飄逸的神情隨著風吹，恍如在腦內重現了一遍。
柳晴風驀然醒覺，又想起流星曾說過的：過去的所有都是美好的養分，灌溉著你我意識持續成長。意識……精神……念轉……難道，這就是爸爸說她總能明白的事嗎!?
晚風徐徐拂過柳晴風漸乾的臉龐，像是一種安慰；她站立起身，握緊雙拳，朝向西方夕陽大聲吶喊，抒發心中壓抑許久的悲慟——
俄頃，她拭去臉上淚花，內心已然舒坦不少。
老師要她別損失心中的晴，換位思考；流星更要她好好振作，人生跳躍，因此今日雖然無法盡如人願，但只要她還記得流星，同樣可以期待明天！
光明存於每人心中，時而黯淡，時而大放異彩，但流星教會她的，正是要以自身的晴閃耀他人。
遙遠的天際，日輪西沉，一抹流星悄然劃過——

哭完，就得快樂喔。

風光明媚，鳥語啁啾，微風在樹上沙沙作響，輕撫著肌膚；盛夏的朝陽昇得特別早，早上八點，地面就已被火熱陽光所籠罩，嶄露著無可限量的活力芬芳。

紫絲巾在空中飄揚，馬尾女孩足音蹦蹦，一臉焦急地從隧道中奔馳而出——

「傻眼要來不及了——」

今天是新生入學的第二天，除了註冊繳費，還須進行一連串的健康檢查，確保學生身體狀況足以應付接下來的四年學業。

柳晴風雙腿狂奔直衝校內，她都還沒搞懂校內的地理環境，真不知她幹嘛那麼雞婆按掉鬧鐘啦啦啦——

亮眼的鍍銀長弓、細緻的碧綠護符和紫絲巾，是爸媽就原有長弓改造、縫紉給她，當作「長大」的禮物！

她翻著校內導覽地圖，對於上面的圖樣是有看沒懂，不如問人來得直接乾脆，所謂路在嘴上嘛！恰巧前方就有個女學生模樣看起來挺可靠的，這會兒還悠哉悠哉地餵貓呢！會專程帶飼料來餵野貓，想必也是個心地善良的女孩吧？

「嗨！同學～」柳晴風笑吟吟地趨前，卻發現對方似乎是跟她同班的女生！

為什麼這麼說？因為前一天迎新時，學長姐試圖發起一些活動破冰，結果這女的超有個性，聽完該聽的注意事項後就逕自離開教室，連甩都不甩！

幾個女生竊竊私語她長得恬靜，個性卻是怪咖，但如今看來，同學們的指指點點未必就符合現實。做人不能只看表面，交友更不能以貌取人，而是要用心去感受！

恬靜女孩皺著眉頭，顯然不是很想理會柳晴風，不過她不在意，每個人的個性本來就獨特嘛。

「我要去做健康檢查，但是我看不太懂地圖上的體育館在哪，妳能不能告訴我呢？」柳晴風搔了搔頭，有點尷尬，「我睡過頭，連地形還沒勘察就遲到了……」

「喔對了！我叫作晴風，晴天的晴，微風的風，姓柳樹的柳！」她差點忘記最重要的自我介紹，「我們好像是同班，能不能問妳叫什麼名字啊？」

恬靜女孩瞥了她一眼，伸手指引大樓的方向，跟著很勉為其難地開口……

「……沈舒澐。」

「舒澐啊……謝謝妳！希望我們之後能成為好朋友！」柳晴風拋出一朵燦笑，揮手道別，「掰掰！」

面向陽光，柳晴風昂首闊步，未來，只要日輪仍在閃爍的每一天，她都會用更加開朗樂觀的心情，成為每個人的晴！

附錄一：歐陽脩〈鬼車〉

嘉祐六年秋，九月二十有八日，天愁無光月不出。浮雲蔽天眾星沒，舉手嚮空如抹漆。天昏地黑有一物，不見其形，但聞其聲。其初切切凄凄，或高或低，乍似玉女調玉笙，眾管参差而不齊。既而咿咿呦呦，若軋若抽，又如百兩江州車，回輪轉軸聲啞嘔。鳴機夜織錦江上，群鴈驚起蘆花洲。吾謂此何聲，初莫窮端由。老婢撲燈呼兒曹，云此怪鳥無匹儔。其名為鬼車，夜載百鬼凌空遊。其聲雖小身甚大，翅如車輪排十頭。凡鳥有一口，其鳴已啾啾。此鳥十頭有十口，口插一舌連一喉。一口出一聲，千聲百響更相酬。昔時周公居東周，厭聞此鳥憎若讎。夜呼庭氏率其屬，彎弧俾逐出九州。射之三發不能中，天遣天狗從空投。自從狗囓一頭落，斷頸至今青血流。爾來相距三千秋，晝藏夜出如鵂鶹。每逢陰黑天外過，乍見火光驚輒墮。有時餘血下點污，所遭之家家必破。我聞此語驚且疑，反祝疾飛無我禍。我思天地何茫茫，百物巨細理莫詳。吉凶在人不在物，一蛇兩頭反為祥。卻呼老婢炷燈火，捲簾開戶清華堂。須臾雲散眾星出，夜靜皎月流清光。

繫於全篇故事內容的九鳳，原是戰國時期南方楚國先祖的崇拜神靈，因為當時中原地區為西周王朝統治，因此遠離中央的楚國地域信仰便被「正統」視為外道妖邪。

隨後周公東征（即文中的「居東周」，而非東周時期），九鳳被周公率眾驅趕，還被上天降下的天狗咬去一首，跟著負傷遠離，不知去向。直到三千年後的北宋歐陽脩時代，九鳳已被人們傳成會夜載百鬼、帶來災禍的妖怪鬼車，而歐陽脩對此不以為然，並表示世上萬物本就族繁不及備載，鬼車再怎麼樣也只是隻九頭鳥，憑什麼就要因為樣貌可怖受到毫無根據的汙衊？

樣貌云云，本就因人而異，如同雙頭蛇也是個奇特物種，卻被人們視為吉祥的徵兆，如此雙標，歐陽脩無法苟同，因此在古詩的最後，他提出「吉凶在人不在物」的觀點，並選擇破除這種以訛傳訛的迷信，開門點燈，證明鬼車根本就無害於人類。

當然，在後來的一些文獻裡，同樣也有記載到鬼車勾魂的傳說，不過呢，庚晴以為這到底還是人類道聽塗說的成分居多，就像歐陽脩提到的：「吉凶在人不在物。」人類對萬物時常憑一已之好惡而妄下定義，實際上人有好人壞人，妖也有善妖惡妖，絕不可因為不理解，便擅自將之腦補成邪惡的一方，庚晴認為這是不可取的。

至於本作為了加強「看見的事物並非全部」的表象認知觀念，特意將鬼車渲染成為愛執迷的妖怪，就請大家輕鬆看待啦～

附錄二：庚晴〈長相思〉轉靈迴

蘭似伊，蕙似伊。蘭蕙芳菲月憾遺。啞嘔灑淚悲。　此世離，彼世移。九首一心輪轉飛。遇逢君可知？

譯文：

像蘭草的她，像蕙草的她，本身就像蘭蕙香草高潔芬芳，可惜悔婚一事造就心中宛若殘月的缺憾，只能對空灑淚悲鳴。這一世分開別離，下一世物換星移，你雖然擁有九顆頭，卻一心一意地為了找我四處飛翔，但是當我們相遇，你是否又知道我就在你身旁？

賞析：

這闋詞為庚晴所作，體制上為宋詞，押的是「上平四支韻」，〈長相思〉為詞牌名，用以入樂，概念與旋律相同，本身名字沒有意義，但因其名稱很符合九鳳與玄鳥的故事，格律上也搭，因此庚晴便按照這股冥冥中的巧合，為九鳳與玄鳥略賦一首。

詞中上片，採用九鳳視角描寫其被救助、悔婚、重傷三個過程中，對人類玄鳥的種種心境，相信讀者們對細節都很清楚，庚晴就不多加贅述；下片，變成轉世的男兒身玄鳥對鬼車的自我抒發，自卑與悔恨造成它不敢與鬼車相認的結果，導致後面一連串遺憾的發生。

庚晴認為，九鳳與玄鳥的悲劇，肇因皆為「表象」的認知。九鳳與人類玄鳥，原本是一樁美事，卻因「妖怪可怕」的刻板印象，從而變作遺憾；其後鬼車與妖怪玄鳥，本可歡喜團圓，卻也繫於「男兒身」的皮囊假象，致使鬼車從未發現玄鳥，玄鳥亦不敢自揭身分，因此牽扯了無數女性與本作主角小風，實在可惜。

所以，看見的事物並非全部，做人不能只看表面，凡事均為一體兩面，放寬眼界、用心感受，才是明智之舉。

跋

嗨！謝謝你／妳購買這本書，如果是舊讀者，很感謝你／妳的不離不棄；若是新讀者，也很開心你／妳的大力支持，若是看完了前面故事，歡迎接著看下去；若是還沒看完，建議趕快翻回去，否則被暴雷就不好囉！

本作要帶出的主題是：轉念。人，常常會因為一時的我執，導致眼裡看不見是非曲直，進而沉迷徘徊，扭曲成只問自身好惡，因此書中展現多種案例來凸顯轉念與否的下場。

在一開始，小風的失戀營造出沉淪的抑鬱，旁人的開導關心始終有限，最終還是得靠自己脫離那負面迴圈；諾莉的出身，若非修女媽媽鼓勵，她不會學習堅強，更不會憑己身之力攢下那麼多錢；小雷的單親，其母念頭是個重要關鍵，許多問題學生的出現大多是錯誤的身教使然，我很開心小雷有個健全的心智發展；最後，是失去流星的小風，若非柳爸爸提點、柳媽媽寬容，加以自身省思，也不會因想起流星的一句話，一念之間豁然開朗。

筱君的黑化，米漿自然難辭其咎，不過若是筱君沒有將自身偏執無限上綱，倒果為因，她不會變身為地狼找錯誤的人復仇，將自己從亮麗的未來中越推越遠；礎耀的愚痴，導致眼睛分不清真假，為了曉竹的表象，一度對學生出手而背棄了自己多年來的原則，明明他還是提倡換位思考的人。

再來是本書想討論的另一個議題：表象認知。有很多事情正如書中所述，均為一體兩面，很多人受制於自身眼界，往往只看到壞的一面，殊不知黑暗的相反即是光明，固執己見的醜陋邪惡，背後也有可能是被隱藏的正直善良。

是以眼尖的讀者可以發現，在這部書中，「鬼」都不是作為反派出場（腐屍……應該算妖物吧？）。比如在民宿製造靈異現象的阿飄，其實只是想提醒小風離開；陰森木訥的鬼差，雖然跟在小風等人身邊是為了拘捕玄鳥，但在它聆聽玄鳥的願望後，不僅幫助有情人終成眷屬，也為報答諾莉的見義勇為，選擇阻止地狼而犧牲。所以同樣是那句老話，眼睛不一定為憑，唯有用心來感受。

接著是書中場景，北極天櫃固然是虛寫，但是裡頭的院落建築、瓦當裝飾、圖騰文化，可都是參考古中國周朝的特色加以創作的喔！「天授君權」也是個值得省思的議題，不符「正統」的文化通通被斥為外道妖邪，總覺得時至今日，這種自我為中心的歧視仍然四處可見；然後傷心山的日落雲海真的相當壯觀，從高處俯瞰，會不自覺地對大自然產生敬畏，十分值得一遊！（前提是等疫情結束啦XD）

另外，若是從《執靈怨》入手的讀者，庚晴在這部書內也埋了不少彩蛋，相信讀者們讀到相關之處，都能有些驚豔的感覺；若是從本書入手，也可以回頭看看《執靈怨》的故事，那將會對小風的成長有相當明確的理解。

嚴格說起來，小風在本書中的表現比較貼近正常人該有的反應，但當讀者們明白一切的來龍去脈，或許再讀《執靈怨》後，便不會覺得小風有那麼瘋，相反地，還會為她增添一絲心疼不捨，唉……

最後，真的不得不再提，凡事一念天堂，一念地獄，像庚晴就非常喜歡九鳳與鬼車間的轉化，人人聞之喪膽的鬼車，也可以是治癒萬物的九鳳，因此一切善惡，皆由心生，千萬不可輕視執迷不悟之人，任何人在一念之間，都有可能棄惡從善。所以說：幸福圓滿，即在轉念之間。與大家共勉，我們下一部書再見！

2022.1.23　庚晴

釀冒險57　PG2687

轉靈迴

作　　者	庚　晴
責任編輯	陳彥儒
圖文排版	陳彥妏
封面設計	劉肇昇

出版策劃	釀出版
製作發行	秀威資訊科技股份有限公司 114 台北市內湖區瑞光路76巷65號1樓 電話：+886-2-2796-3638　傳真：+886-2-2796-1377 服務信箱：service@showwe.com.tw http://www.showwe.com.tw
郵政劃撥	19563868　戶名：秀威資訊科技股份有限公司
展售門市	國家書店【松江門市】 104 台北市中山區松江路209號1樓 電話：+886-2-2518-0207　傳真：+886-2-2518-0778
網路訂購	秀威網路書店：https://store.showwe.tw 國家網路書店：https://www.govbooks.com.tw
法律顧問	毛國樑　律師
總 經 銷	聯合發行股份有限公司 231新北市新店區寶橋路235巷6弄6號4F 電話：+886-2-2917-8022　傳真：+886-2-2915-6275

出版日期	2022年3月　BOD一版
定　　價	320元

讀者回函卡

Printed in Taiwan

國家圖書館出版品預行編目

轉靈迴/庚晴著. -- 一版. -- 臺北市：釀出版, 2022.03
面；　公分. -- (釀冒險；57)
BOD版
ISBN 978-986-445-638-3(平裝)

863.57　　111002828